나의 지친 마음이여, 산다는 것은 얼마나 어려운 일인가.

유중원 단편소설집

우리들의 시간

차 례

소록도 이야기

소록도小鹿島 이야기

슬픔 때문에 많은 사람들이 죽었다.

그날 하늘에는 낮게 먹구름이 잔뜩 끼어서 날씨는 우중충하였습니다. 그러나 비는 아직 내리지 아니하였고 약간 거센 바람만이 남쪽 바다를 일렁이게 하였습니다. 2007년 6월 14일. 초여름 이른 아침이었습니다. 작은 통통배에 서서 두 수녀님은 하염없이 소록도를 뒤돌아보면서 흐르는 눈물을 걷잡을 수 없어 작고 예쁜 노란 손수건으로 연신 눈시울을 훔치고 있었습니다. 20대 꽃다운 처녀 시절부터 40년을 넘게 살았으니 소록도는 고향과도 같은 곳이었습니다. 배는 10여분 만에 육지에 닿았습니다. 소록도와 녹동항은 지척거리에 있습니다. 두 수녀님은 아침 일찍 아무도 모르게 섬을 떠난 것입니다.

이렇게 하여 두 수녀님은 나이 들어 거동이 불편해서 더 이상 나환자들을 돌볼 수 없게 되자 고국인 오스트리아로 정확히 48년과

45년 만에 귀국하게 된 것입니다.

마리안 (71) 수녀님은 1959년에, **마가레트** (70) 수녀님은 1962년에 소록도에 각기 첫 발을 내디뎠습니다. 그 무렵 오스트리아의 고향에서 간호학교를 나온 두 수녀님은 수녀회를 통하여 소록도 병원에 나환자들을 돌봐 줄 간호사가 없다는 딱한 소식을 듣고 자원해서 머나먼 이국땅을 밟은 것입니다.

두 수녀님이 소록도에 처음 왔을 무렵에는 문둥병 환자가 6,000여 명이나 되었는데 그들은 창살 없는 감옥인 소록도에 강제로 갇혀서 인고의 세월을 보내고 있었습니다. 그러나 그 무렵 소록도 병원은 가난한 국가 형편 때문에 재정적 지원이 빈약하여 치료약도 제대로 없었고 나환자들을 돌봐줄 의료진도 갖춰져 있지 않았는데 말입니다.

그리고, 그 무렵, 그 후로도 오랫동안, 소록도에는 불법행위가 판을 쳤습니다. 강제로 수용된 것도 억울한데 남자들은 허약한 몸으로 대부분 오마도 간척사업이나 공사판에 동원되어 매일 매일 고된 노동일에 시달려야 했고, 나환자들이 결혼하기 위해서는 먼저 강제적으로 단종수술을 받아야 했으며, 어쩌다가 임신이라도 하게 되면 섬 밖으로 안 쫓겨나기 위해서는 강제로 낙태 수술을 받아야 했습니다.

두 수녀님은 처음 소록도에 당도했을 때에는 평생을 지내리라고 미처 생각지 못했습니다. 그러나 한 사람 한 사람 치료해주고 돌봐주려면 평생 이곳에서 살아야겠구나 하고 이내 결심을 하였습니다. 그 당시해야 할 일은 지천이었고 돌봐야할 사람은 끝이 없었습니다. 두 수녀님이 팔을 걷어붙이고 환자들을 직접 돌보기 시작한 것이 이제 40여 년이 넘었습니다. 꽃다운 20대 처녀가 수천 환자의 손과 발이 되어 살아가며 어느새 일흔 할머니가 돼버린 것입니다.

두 수녀님은 환자들이 말리는데도 장갑도 끼지 않은 채 나환자들의 곪은 상처를 만져주고 꼼꼼히 약을 발라줬습니다. 그 무렵 한국 간호사들은 환자들을 혐오하고 무서워해서 위생복을 입고 위생장갑에 마스크까지 끼고 환자들에게 약을 줄 때에는 핀셋을 사용했는데 말입니다. 그리고 본국 수녀회가 매달 부쳐오는 생활비까지 쪼개 환자들의 우유와 간식비로 쓰기도 하고, 저녁에는 죽도 쑤고 과자도 구워 아무도 거들떠보지 않은 섬 안에 있는 일곱 개 문둥이 부락을 일일이 돌았고, 한센인 자녀들의 교육을 위해 영아원을 운영하면서 이들의 교육과 자활정착사업에도 헌신했습니다.

두 수녀님은 환자들과 소통하기 위해 우리말과 한글까지 깨우쳤습니다. 처음에는 우리말과 한글이 배우기가 그렇게 어려울 수가 없었답니다. 그러나 세월이 흐르면서 아주 능숙하게 우리말은 물론 전라도 사투리까지 구사하게 되었습니다. 두 수녀님이 쓰는 전라도 사투리는 아주 구수하고 정다웠습니다. 그래서 사람들은 파란 눈의

두 수녀님이 쓰는 전라도 사투리를 들으면서 파안대소하며 즐거워하였습니다.

그러나 두 수녀님은 참으로 한없이 겸손하였으며 하느님 이외에는 누구에게도 얼굴을 알리지 않은 베풂이야말로 참된 베풂이라고 믿어 의심치 아니하였습니다. 그래서 10여 년 전 오스트리아 정부가 주는 훈장은 두 수녀님이 처음에는 한사코 거절하여 주한 오스트리아 대사가 그 먼 섬까지 찾아가 그 사정을 간곡히 설명하고 겨우 줄 수 있었습니다. 그리고 수녀님들이 환갑이 되었을 때에는 병원 측이 마련한 회갑 잔치마저 "교회에 기도하러 간다."며 도망 아닌 도망을 갔습니다.

두 수녀님이 녹동항에서 서울행 시외버스에 올랐을 때에는 40여년 전 소록도에 처음 올 때 가져왔던 해진 가방 하나씩만 달랑 들려 있었습니다. 누군가에게 알려질까 봐, 무슨 송별식이 같은 것이 있을까봐 이른 새벽에 조용히 남몰래 떠나갔습니다. 그리고 편지 한 장만을 남겼습니다.

"사랑하는 친구, 은인들에게

나이가 들어 제대로 일을 할 수 없고, 우리들이 있는 곳에 부담을 주기 전에 떠나야 한다고 사람들에게 이야기하였는데, 이제 그 말을 실천할 때라고 생각합니다. 많이 부족한 외국인으로서 큰 사랑과 존경을 받아 감사하며, 저희들의 부족함으로 마음 아프게 해

드렸던 일이 있었다면 이 편지로 용서를 빕니다."

작은 사슴처럼 슬프고 아름다운 소록도에는 지금은 늙고 오갈 데 없는 환자 600여 명만 남아 있습니다. 그들은 환자들에게 온갖 사랑을 베푼 두 수녀님이야말로 살아있는 성모 마리아라고, 진심으로 생각하고 있습니다. 두 수녀님이 작별인사도 없이 섬을 홀연히 떠난 무렵에는 섬 전체가 슬픔에 잠겨 모두 일손을 놓고 성당에 모여 열흘 넘게 감사의 기도를 올렸습니다.

두 수녀님은 지금은 오스트리아 시골에 있는 낡은 집 서너 평 남짓한 방 한 칸에 살고 있습니다. 소록도가 바로 고향 같았기에 이곳은 도리어 낯선 땅처럼 느껴진다고 합니다. 방을 온통 한국의 소품으로 장식해 놓고 매일 밤 소록도 꿈을 꾼다고 합니다. 방문 앞에는 우리말로 직접 쓴 글이 액자에 담겨 걸려있습니다.

"지금도 우리 집, 우리 병원 다 생각나요 바다는 얼마나 푸르고 아름다운지… 하지만 괜찮아요 마음은 소록도에 두고 왔으니까요"

한센병
한센병은 나균에 의해 감염되는 제3군 법정 전염병으로 나병이라고도 한다. 주로 피부에 나타나는 침윤, 구진, 홍반, 멍울 등과 지각마비를 가져오거나 말초신경을 주로 침범하고, 경우에 따라서는 기타 부위의 조직에 침범하기도 한다.

1871년 노르웨이의 의사 A.G.H. 한센이 나환자 나결절 조직에서 세균이 모여 있는 것을 발견하여 유전병이 아니라 전염병이라는 사실이 밝혀졌고, 기존의 나병이라는 명칭 또한 차별과 편견이 서려 있다고 하여 최근에는 통상 한센병으로 불리운다.

한센병은 치료받지 않은 환자에게서 배출된 나균에 오랫동안 접촉한 경우에 발병한다. 그러나 전 세계 인구의 95%는 한센병에 자연 저항력을 갖고 있기 때문에 나균이 피부 또는 호흡기를 통하여 체내로 들어오더라도 쉽게 병에 걸리지 않는다. 특히 1941년 특효약 답손이 발명된 이후 완치가 가능한 질병으로 분류되었다.

1956년 4월 16일 로마회의에서 나환자에 대한 차별적 법률폐지, 나병에 대한 계몽교육 강화, 나환자의 조기발견과 조기치료, 격리수용주의 시정, 나환자 자녀 보호, 나병 치유자 사회복귀 지원 등을 촉구한 '나환자의 강제격리 수용을 반대하고 사회 복귀를 결의하는 결의서', 이른바 로마 선언이 채택되었다.

1970~1980년대부터는 2~3종의 약을 복합적으로 단기간 내에 강력하게 투여하여 치료하는 복합화학요법(MDT)을 사용하여 대부분이 완치되고 있고, 최근에는 나균을 배출하는 환자의 경우도 리팜피신 600mg을 1회만 복용하여도 체내에 있는 나균의 99.99%가 전염력을 상실한다고 알려져 있다. 따라서 전체 한센병 환자 중 극히 일부 환자만이 전염원이 되며 약제 투여가 시작된 후에는 전염

원이 될 수 없다. 초기 발견 시에는 쉽게 치료가 돼 오늘날에는 일반 피부 질환자와 같이 자유로이 생업에 종사하며 진료를 받고 한센병은 비록 3군 법정 전염병으로 지정되었지만, 격리가 필요한 질환이 아니고 성적 접촉이나 임신을 통해서도 감염되지 않는다. 1980년대부터 시작된 MDT 요법을 사용한 결과 나균의 99.99%가 멸균되고, 재발률 또한 현저히 낮아져 1980년대에 이르러서는 한센병은 완치되는 질병으로 분류되고 있다.

그러나 한센병이 피부과 영역의 질병이면서도 역사적으로 특별하게 취급하는 이유는 나균은 만성적으로 세대 증식을 하며, 9개월에서 20년에 이르는 긴 잠복기를 가지고 있고, 나균은 인간의 신경을 특이하게 침범함으로써 신경 손상에 따른 얼굴과 손발 등이 심하게 뒤틀리는 불구를 유발하기 때문이다. 한센병은 조기에 발견하여 치료함으로써 단기간 내에 후유증 없이 완치시킬 수 있다. 하지만 조기 치료의 시기를 놓치면 병의 치료 기간도 길어지고 병의 진행으로 인한 후유증이 심각할 수 있다.

이 병은 유구한 역사를 가지고 있다. 구약의 레위기 13장에 의하면 문둥병으로 확진이 될 경우 제사장은 그 사람을 부정하다고 선언해야 했고, 부정한 사람은 진 바깥에서 혼자 살아야 한다. 그리고 2,000여 년 전, 예수가 공적 사역을 하였던 시기에도 이 병에 대한 기록이 있다. 하지만 오랫동안 (20세기가 도래하기까지) 영원한 불치병이었으므로, 그래서 치료가 불가능했던 시대에는 문둥병 또는 천형병 天刑病이라고 하였다.

죄명은 문둥이
이건 참 어처구니없는 죄이올시다.
아무 법문의 어느 조항에도 없는
내 죄를 변호할 길이 없다.

국가의 폭력, 불법행위의 성립

지금부터 2014가합108342 손해배상 사건의 판결을 선고하겠습니다. 원고들의 청구를 전부 인용합니다. 소송비용은 피고가 부담하고 가집행할 수 있습니다.

먼저, 원고들이 승소했다는 말씀을 드릴 수 있어서 저도 매우 기쁩니다. 판사도 공무원이기는 합니다. 국가로부터 월급을 받고 있지요. 그러나 국가가 몹쓸 짓을 저질렀다는, 자괴감이 드는 것은 어쩔 수 없습니다. 무고한 사람들에게 가혹한 폭력을 행사했다는 것을 인정하지 않을 수가 없습니다. 저희들이 국가를 대표한다고 할 수는 없습니다만 뒤늦게나마 여러분께 깊이 머리 숙여 사죄를 드리고 싶습니다. 그 당시 시대 상황이 그럴 수밖에 없었다고 변명해도 소용이 없을 것 같습니다.

그러면, 지금부터 판결 이유를 요약해서 말씀드리겠습니다. 자세한 것은 판결문이 송달되면 살펴보시기 바랍니다.

이 사건 쟁점을 간단히 정리하면 다음과 같습니다.

원고들은 주장합니다. 국가는 자신이 운영하는 국립소록도병원 등에 원고들을 강제로 격리 수용하면서 그 병원 의사 등이 원고들에 대하여 아무런 법적 근거도 없이 강압적으로 단종 또는 낙태수술을 시행하였다는 것입니다. 원고들은 그러한 불법행위로 인해 입은 정신적 고통으로 인한 손해를 국가가 배상할 책임이 있다는 것입니다.

이에 대해 피고인 국가는 단지 한센인들에 대한 치료와 생활지원 등을 목적으로 하여 병원을 설립하고 운영하여 왔는데, 그럼에도 불구하고 주로 원고들 본인의 진술이나 전문증거에만 의존하여 내려진 진상조사위원회의 조사 결과만으로 원고들이 강제로 단종 또는 낙태수술을 받은 피해자라고 인정하는 것은 부당할 뿐만 아니라, 설령 당시 국가 소속 의료진들이 원고들에게 단종 또는 낙태수술을 해 주었다고 하더라도 이는 모두 당사자들의 동의를 받은 것으로서, 당시의 의료 수준 아래에서 한센병의 전염을 예방하고, 병원의 수용 한계 등으로 고려한 부득이한 조치였으므로 위법성이 없다고 주장합니다.

다음으로, 단종 낙태 피해 원고들이 국립소록도병원 등에서 정관절제수술 또는 임신중절수술을 받았는지 여부를 살펴보겠습니다.

원고들이 정관절제수술 또는 임신중절수술을 받았다는 사실을 인정하는 내용의, 한센인피해사건의진상규명및피해자생활지원등에 관한법률에 따른 진상조사위원회가 작성한 피해자 신고서, 본인 진술서, 보증인이 작성 제출한 피해사실 확인 보증서, 원고들의 소송 대리인이 원고들의 진술을 청취하여 기재한 진술서의 각 기재는 원고들 스스로의 진술 및 원고들과 부부관계 또는 이웃이나 친지인 사람들이 주로 원고들로부터 들은 이야기를 진술하는 것이기는 합니다.

하지만 원고들의 진술은 모두 자신들의 인생에서 결코 잊기 어려운 경험을 이야기하는 것으로서, 각자의 진술들이 대체로 구체적이고 그 경위에 관한 설명 또한 설득력이 있으며, 정관절제수술과 임신중절수술은 모두 몸에 흔적이 남는 것으로서 그 수술을 받았다는 점 자체에 대하여 거짓말을 하기는 어렵다고 할 것입니다.

일제 강점기 이래 국가가 한센인의 치료 및 격리수용을 위해 운영한 국립소록도병원 등에서 1990년대까지도 공식적인 규칙이나 예규, 정책 등에 의하여 부부가 동거하는 경우 정관수술을 받을 것을 원칙으로 한 사실, 국립소록도병원 운영규정에도 한센인들의 임신, 출산 금지 조항이 명기되어 있는 등 국립소록도병원 내에서 출산이 금지되어 있었던 사실, 의사 또는 간호사, 한센인 중 일정 정도 의료교육을 받은 의료보조원 등에 의하여 1992년까지 공식적으로 정관절제수술이 이루어진 기록이 있고, 1980년대 후반까지 낙태수술이 공공연히 이루어진 사실 등을 인정할 수 있습니다.

이로 인하여 한센인 스스로도 한센병은 전염성이 강한 질환으로서 특히 자식에게 전염될 가능성이 매우 크다고 인식하고, 심지어는 유전되기도 하는 질환이라고 오해하기도 하였습니다.

나아가 이러한 격리수용 정책은 일반인들로 하여금 한센인들에 대한 편견과 차별을 조장하는 것이었음과 동시에 한센인들에게는 열등감과 외부 사회에 대한 두려움을 심어 주었던 것으로 보입니다.

이러한 현실에서 설령 원고들이 결혼하기 위해 정관절제수술 또는 임신중절수술을 받는 것을 원하거나 승낙하였다고 하더라도, 이는 진정한 의사에서 동의 또는 승인이라고 할 수 없습니다. 즉 국가가 정관절제수술을 조건으로 부부동거를 허용하고, 임신에 대하여 비난을 가하면서 퇴소당하지 않는 조건으로 임신중절수술을 요구하는 상황에서, 원고들로서는 사실상 그 조건들을 받아들이지 않을 수 없는 어쩔 수 없는 선택이라고 보아야 합니다.

그러면, 국가 소속 의사 등이 단종 낙태 피해 원고들에게 정관절제수술 및 임신중절수술을 한 것이 위법한지, 적법한지 여부를 살펴보겠습니다.

모든 국민은 인간으로서의 존엄과 가치를 가지고 행복을 추구할 권리를 가지며, 국가는 개인이 가지는 불가침의 기본적 인권을 확인하고 이를 보장할 의무를 지고 있습니다. 그리고 모든 국민은 신체의 자유를 가지며, 신체의 자유는 정신적 자유와 더불어 헌법이념의 핵심인 인간의 존엄과 가치를 구현하기 위한 가장 기본적인 자유로서 모든 기본권 보장의 전제 조건이 되는 것입니다.

그러므로, 신체의 자유의 일부로 이해되는 '신체를 훼손당하지 않을 권리'는 그 성질상 생명권과 더불어 인간 생존의 기본적 권리이며, 이는 신체의 자유 중에서도 가장 본질적인 부분이라고 할 수 있습니다. 또한 혼인과 가족생활은 개인의 존엄을 기초로 성립되고 유지되어야 하며, 국가는 이를 보장하고, 모성의 보호를 위하여 노력할 의무가 있으며, 모든 국민은 보건에 관하여 국가의 보호를 받습니다.

원고들이 대한민국 국민으로서 누려야 할 위와 같은 헌법상 권리를 단지 한센병을 앓았거나 앓은 적이 있다는 이유로 국가가 법률상 정당한 근거 없이 침해할 수 없다는 점은 이론의 여지가 없다고 할 것입니다.

한센병 환자들에 대한 단종수술은 1915년경 일본에서 전염병 예방과 우생학적 이유를 내세워 최초로 실시되었습니다. 국립소록도병원에서는 1936년경 기존에 남녀 별거제를 엄격히 실시하던 방침을 바꾸어 '단종법'을 실시할 것을 조건으로 하여 부부 동거제를 허용하였습니다.

이러한 정책은 해방 후에도 한동안 계속되어 1960년대 초반까지도 강제로 단종수술을 한 경우가 있었습니다. 그리고 '요양소 수용환자 준수사항'을 제정하여, 남 환자와 여 환자를 엄격히 구분하여 수용하고, 부부생활을 희망하는 자는 거세 수술자에 한하여 인정하고 이를 위반하는 자는 처벌한다는 등의 규정을 두고, 그 무렵부터 다시 정관절제수술을 시행하여 수술을 받은 자에 한하여 부부가 동거할 방 내지 공간을 제공하였습니다.

그리고, 젊은 부녀자에 대하여 매월 정기적으로 임신 여부에 대하여 의사 및 간호사의 검진을 받도록 하였습니다. 입원 중 병원 내에서 출산은 금지되었고, 통상 임신한 환자가 출산을 원할 경우 퇴원을 원칙으로 하였으나, 퇴원을 원하지 않을 경우에는 임신중절수술을 시행하였습니다.

이후 위와 같은 출산금지 조항은 2002년 10월 24일에 이르러서야 국립소록도병원 운영세칙에서 완전히 폐지되었습니다.

그런데, 부부가 동거하고 자녀를 갖는 것은 인간 본연의 욕구이자 천부적인 권리이며, 이는 결코 죄악시될 수 없는 행복추구권의 기본적인 내용입니다.

결국 국가 소속 의사 등이 원고들에 대하여 정관절제수술 또는 임신중절수술을 한 것은 국가가 정당한 법률상 근거 없이 국민으로서 마땅히 누려야 할 신체를 훼손당하지 않을 권리와 태아의 생명권을 침해하는 것임과 동시에 자손을 낳고 단란한 가정을 이루어 행복을 추구할 권리와 사생활의 자유를 침해하는 것으로, 궁극적으로 인간으로서 존엄과 가치를 훼손한 것입니다. 개인의 존엄을 기초로 한 혼인과 가족생활을 보장할 의무와 모성의 보호를 위하여 노력할 의무, 보건에 관하여 국민을 보호할 의무를 저버리는 것이지요. 그러니 어느 측면에서 보아도 위법함을 면할 수 없다고 할 것입니다.

그런데, 한센인들에 대한 일반인들의 냉대와 멸시는 그들에게 사회로부터 배제되고 인간으로서 인정받지 못한다는 심한 정신적 고통과 모욕감을 주었습니다.

그러나, 국가는 사회적인 차별과 편견에 의하여 고통 받고 살아온 한센인들에 대하여 이를 해소하려는 노력을 적극적으로 하지 아니하고 오히려 이에 편승하여 한센인들을 엄격히 격리하고 자녀마저 두지 못하게 함으로써 원고들을 비롯한 한센인들에게 심한 열등감과 절망감을 심어 주었습니다.

그러니까, 정관절제수술과 임신중절수술은 원고들이 갖고 있는 인간 본연의 욕구와 기본적인 행복추구권을 정당한 법률상의 근거 없이 제한하면서 오히려 원고들에게 죄의식을 갖게 하고 수치심을 느끼도록 한 것입니다. 그러므로 반인권적이고 반인륜적인 성격이 강합니다.

국가의 불법행위로 인하여 단종 낙태 피해 원고들 대부분이 노후를 보살펴 줄 자식도 없는 처지가 되어 외롭고 쓸쓸한 노년을 보내게 되었으므로, 금전으로나마 그 고통을 보상해줄 필요성이 크다고 할 수 있습니다.

저녁밥을 먹던 중 그녀 (김△△)의 손에서 숟가락이 떨어진 건 1944년 늦은 봄이었다. 그녀가 6살인가 7살인가 되었을 때였다. 그들 5남매가 아버지와 저녁밥상 앞에 앉았을 때였다. 가난한 농사꾼이었던 아버지는 그녀에게 숟가락을 다시 쥐어 준 다음 그녀를 외면한 채 묵묵히 밥그릇을 비웠다. 그날 밤 늦게 어머니의 흐느낌 소리가 들려왔다.

우리 아버지도 그랬는데…… 어린 것이 불쌍해서 어떻게…… 이게 웬 날벼락이오 유전병이 틀림없어요 나를 빼먹고 딸년한테 내려간 거예요.

그때 아버지는 깊은 한숨만 내쉴 뿐 아무 말이 없었다. 그때부터였다. 얼굴에 벚꽃의 분홍색이 나타나고 속눈썹이 조금씩 떨어지기 시작했다. 이 절망적인 분홍색 또는 자주색은 병이 완쾌된 다음에도 얼굴에 아련하게 남아있으므로 평생을 두고 따라다니는 이 병의 고유한 색깔이다.

그녀가 지나갈 때 동네 사람들이 수군거렸다. 문둥이, 문둥이야. 저건 쳐다만 봐도 전염이 될 수 있어. 정말 재수 없어. 침을 뱉어, 침을. 그 무렵이었다. 어머니 손에 이끌려 고향인 벌교읍을 떠나 외할아버지가 계시는 소록도에 들어간 것이다.

가도 가도 붉은 황톳길 숨 막히는 더위뿐이더라. 가도 가도 붉은 황톳길 숨 막히는 더위 속으로 쩔름거리며 가는 길. 가도 가도 끝이 없었다.

바다 건너에 그곳이 있었다.

1945년. 그해 해방이 되고나서 어수선한 틈을 타 그들은 섬을 탈출했다. 그녀는 소록도에서 나와 줄곧 외할아버지와 함께 고흥의 외딴섬에서 살았다.

외나로도를 오가는 돛을 한껏 펼친 무명의 고깃배들이 호수처럼 맑은 바다를 가로질러 띄엄띄엄 지나갔다. 배들은 그 작은 섬을 잊어버린 듯 소리 없이 지나갔다.

할아버지는 그 섬과 분명히 어떤 연고가 있었다. 외할머니의 고향이었는지도 모른다. 그 할머니는 고흥에서 벌교로 시집을 왔다고 했으니까. 아무튼 할아버지는 그 섬을 잘 알았다. 그 섬에는 여름이면 살모사 같은 뱀들이 지천이었다.

할아버지가 말했다. 살모사가 좋은 거여. 옛날부터 문둥병에는 특효약이라고 소문이 났거든. 문둥이는 우선 건강해야 하니까.

그래서 여름에는 입에서 비릿한 냄새가 풀풀 날 만큼 지겹도록 살모사를 많이 잡아서 삶아 먹었다. 그리고 그들은 그때 매일 바닷갈매기의 울음소리와 날갯짓 소리를 들었고, 염소를 키우며 살았다.

할아버지는 자기 나이를 기억하지 못했다. 손가락과 발가락은 진즉 기형이 되어 소나무 뿌리처럼 휘어져 있고 그나마 양쪽 손 모두 엄지손가락과 집게손가락과 가운데 손가락만 남기고 나머지 손가락은 떨어져 나가고 없었다. 눈썹은 다 빠지고 얼굴은 흉측하게 뒤틀려 있어서 콧구멍과 콧구멍 사이의 코 벽은 완전히 휘어져 뻗어 올라가다 코끝에 이르러 방향을 오른쪽으로 비틀었다. 이빨은 달랑 구리로 만든 두 개가 전부였다. 그러나 매순간 봉초 담배를 능숙한 솜씨로 헌 종이에 말아서 피었고, 고흥 읍내 밀주 집에서 만든 싸구려 독주를 너무 좋아했다. 그 소주는 양잿물을 섞어서 만들었다고 소문이 나있었지만 할아버지는 전혀 아랑곳하지 않았다.

할아버지가 딸꾹질을 할 때마다 술 냄새가 두 개의 구리 이빨 사이로 흘러나왔다.

할아버지가 말했다. 어쩌겠노…… 내 눈썹이 빠지면서부터 반쯤 미쳐서 정신머리도 반쯤 빠져버렸지. 우리 먼 조상 중에 단단히 죄를 지은 사람이 있었을 거야. 그래서 하늘이 천벌을 내린 거야. 너희 엄마를 건너뛰고 너에게 내려왔고…… 자손대대로 내려갈 거야. 너나 나나 태어난 게 잘못인 게야…… 태어나지 말았어야 하는데. 천년만년 대대로…… 이를 어찌할꼬 예수님께서 우릴 깨끗이 낫게 해주시던가, 아니라면 우리 집안의 씨를 뿌리째 말려달라고 기도를 하고 싶구나. 소록도에는 끝장난 사람들이 죽으러 들어오는데 사실은 사람이 아니라 문둥이들이지. 내가 죽으면…… 이마에 피도 안 마른 어린애를 남겨두고 내가 어찌 눈을 감을꼬

어떤 문둥병 환자가 예수님께 다가와서 무릎을 꿇고 간청했습니다. 주여, 주님은 하고자 하시면 저를 낫게 하실 수 있습니다. 예수님께서 그 사람을 불쌍히 보셨습니다. 그래서 손을 내밀어 그를 만지시며 말씀하셨습니다. 내가 원하니, 깨끗해져라. 그러자 바로 그 사람의 문둥병이 나았습니다.

그러나, 몇 년 뒤 외할아버지가 돌아가시자 어쩔 수 없이 벌교에 있는 부모님이 계신 집을 다시 찾았다. 가족들의 눈빛이 너무나 차가웠다.

아버지가 말했다. 이년아, 여기가 어딘데 기어들어왔느냐, 여기는

네가 올 곳이 못 된다. 네 집도 아니고 너는 우리 식구도 아니야. 그렇지 않아도 문둥이 집이라고 동네사람들이 손가락질 하는데…… 우리까지 쫓겨날 판이니…… 가대가 정리되면 네가 찾아 올 수 없는 곳으로 이사를 가게 될 거다.

그때 다시 아버지에게 억지로 이끌려 트럭에 오를 수밖에 없었다. 임시 집합소인 광주 송정리에 도착하니 350명 정도의 문둥이들이 모여 있었고 보름 뒤 녹동항에서 배를 타고 지긋지긋한 그곳, 소록도에 다시 들어갔다.

자갈밭 길이다.
문둥이풀아.
떫디떫은 길이지만 가거라.
해가 저물기 전에 가거라.

그때가 1950년 봄으로 전쟁이 일어나기 직전이었고 그녀가 12살 때였다. 어린 여자아이에게 외할아버지도 없는 소록도는 너무 외롭고 쓸쓸하고 무서웠다. 만나는 사람마다 얼굴이 일그러지고 손과 발이 뭉그러져 있는 어른들뿐이었다. 빈대와 벼룩과 이가 밤마다 만신창이가 된 연약한 그녀의 몸을 인정사정없이 물어뜯었다. 전쟁 중에 있기 때문에 먹을 것도 변변히 없었다. 보리농사와 보리타작을 거들었지만 하루하루 연명하기 힘들었다. 얼마나 많이 굶었는지. 고향에서는 가정형편이 어려워서 초등학교도 다니지 못했고 그곳에서는 소록도 녹생국민학교를 입학하기는 했지만 몸이 너무 허약하고 만날 기침을 하여 그나마도 제대로 다니지 못했다. 독신사에 머물며 주위 사람들의 도움으로 겨우겨우 살아갈 수 있었다.

또다시 몇 년간이 흘러갔다. 시간은 도도한 강물처럼 흘러갔다. 이웃집 마음씨 좋은 할머니가 소개를 했다. 같은 마을에 사는 문둥병 환자였다. 나이가 열두 살이나 넘게 차이가 났지만 그곳에서 살아남기 위해서는 듬직한 남자에게 의지해야만 했다.

그런데, 어느 날 홀연히 수수께끼 같은 어둠 속에서 여리고 상처받기 쉽고 순수한 그녀 앞에 그 남자가 껑충껑충 뛰쳐나왔다. 그녀는 그 남자의 얼굴을 이미 알고 있다. 비록 그때까지 서로 말을 나눈 적은 없었지만. 몇 번씩이나 멀리서 흘깃 훔쳐본 적이 있었다.

구름 사이를 뚫고 나온 태양이 조용한 남쪽 바다에서 금빛으로 빛났다. 하늘이 우리에게 주는 최고의 선물 중 하나인 구름. 얇은 구름 조각 뒤로 파란 가을 하늘이 비친다. 하늘 가득 펼쳐진 반투명 구름은 시선을 뗄 수 없을 만큼 아름답다. 그러므로 흘러가는 구름은 희망과 원망, 향수의 영원한 상징이 된다.

바닷가에서 갈매기가 날개를 한껏 펼친 채 허공을 유유히 맴돌고 있다. 갈매기를 애무하는 바람소리가 속삭이듯이 낮아지고 발밑에서 바다는 잔잔하게 누워있다.

할머니가 말했었다.

이 섬까지 들어온 사람들은 누구나 할 것 없이 비밀이 많은 거야.

고향이나 이름까지 숨기니까……. 우리는 서로 그런 걸 묻는 일도 없고 말하는 일도 없는 거지. 그리고 나서 죽어서 납골당에 들어간 다음에야 말을 하는 거라네. 그러나 그 사람은 심지가 굳은 사람이야. 첫눈에 척 알아볼 수 있었거든. 나이가 좀 들었어도 괜찮은 사람이야. 사람은 혼자서 살 수는 없는 게야. 우리 늙은이야 그렇다고 하더라도 젊은 사람들은 꼭 붙어서 살아야 하지 않겠어. 여자는 남자에게 의지해야……. 내가 잘 소개할 테니까.

한창 때이지, 남자 품이 그리운 나이가 된 거야. 유방이 꽃봉오리 같이 부풀어 오른 것 좀 봐……

그녀는 여자로서 이미 성숙했다. 그녀는 이제 육체적 욕망이 꿈틀거리고 있었다. 그 무서운 나균도 그 욕망을 앗아갈 수는 없었다. 지고의 욕망, 순수의 욕망. 왜 아니겠는가. 여자의 허벅지에서 사무치는 저 난폭한 관능. 모든 생명력의 근원. 인간의 원초적 욕망인데. 뜨거운 욕망. 도저히 참을 수 없는 욕망.

남자가 여자의 다리, 허리 젖가슴을 더듬는다. 살갗의 감촉이 감미롭다. 그는 여자의 넓은 골반 속으로 깊이 들어갔고 허벅지가 조여 오는 것을 느낄 수 있었다. 남자가 거칠게 숨소리를 내뿜는다. 이마엔 땀방울이 방울방울 맺혀있다.

그들은 사흘 밤을 함께 잠을 잤다. 뜨거운 갈망의 분출. 얼마나 황홀했던가, 황홀, 극치의 쾌감.

하룻밤에 만리장성을 쌓을 수 있었던 기나긴 겨울밤들.

남자가 말했다.

사내와 계집이 헌신짝에 짝을 맞추는 것이…… 어쩌면 울고 싶은 하늘이 마련한 뼈아픈 경사가 아니겠느냐. 이 병은 사람에게 참으로 관대한 거야. 아무리 지독한 양성 환자라고 해도, 사지가 온통 허물어져가도 상처가 여기까지 침입해 들어오는 일은 절대로 없거든. 그게 조물주의 조화인 거지.

그런데, 네가 알아야 할 게 있다. 육지에서 말이야, 한 번 동거한 적이 있었던 거야. 공사판 함바집에서 만났거든. 여자가 뭔가 눈치를 챈 것인지는 모르겠는데 도망을 갔어, 아주 멀리. 나는 그때까지 내가 문둥이인줄 꿈에도 몰랐었지. 내가 너무 억울해서 가슴에 칼을 품고 끝까지 찾아다녔지만 찾을 수가 없어서…… 그때 못 찾은 게 다행이었지. 찾았으면 둘 다 죽었을 테니까……

그리고 그들은 정상적인 사람들처럼 자식을 갖고 싶었다. 도저히 어쩔 수 없었다. 내 자식을.

하지만 소록도 병원은 일찍부터 결혼하려는 남성 한센인들에게 단종수술을 엄격하게 시행하고 있었다. 자식에게 유전되어 전염될 가능성이 있다는 거였다. 유전병이 아니라는 사실이 명백하게 밝혀졌는데도 말이다.

야만과 폭력. 운명을 가장한 억압. 굴레와 멍에.

원생들의 무표정한 침묵.

그들은 그 비열한 폭력에 대해 철저히 복종하고 불가사의한 무반

응으로 대응했다. 원래 그런 식으로 적응해 왔으니까. 자신의 병을 용서받지 못한 가엾은 문둥이들이므로.

…… 어떻게 할 것인가? 죄지은 문둥이가 자식은 뭐 할라고 불알을 잘라버리라고. 잘라…… 잘라…… 잘라버려.

병원에서는 젊은 여성들을 매달 주기적으로 검진했다. 임신 사실을 들키면 육지로 도망을 가든지, 강제적으로 낙태를 해야만 했다. 감시의 눈초리가 무서웠지만 그래도 몰래 아이를 가지기로 했다. 그녀를 버린 가족을 잊어버리고 새 가족을 만들고 싶었다. 남자가 단종수술을 받기 며칠 전 잠을 잤는데 기적이 찾아 온 것처럼 임신이 된 것이다.

기적의 사흘 밤. 생명이 잉태하던 밤. 하늘이 생명을 허용했던 밤. 성모 마리아의 밤.

기쁨 때문인지 아니면 슬픔 때문인지 분간할 수가 없다. 두 사람은 자꾸만 눈물이 치솟았고 그리고 함께 환하게 웃었다.

어쨌거나 아이와 함께할 미래를 꿈꾸며 행복했다. 그러나 검진 시기가 오면 꼭꼭 숨었고 외출할 때는 불러오는 배를 꽁꽁 동여매고 다녔다. 그런데 넉 달 뒤쯤 병원에서 눈치를 챈 것 같았다. 불러오는 배를 어쩔 수 없었다. 육지로 탈출하여 아이를 낳기로 했다.

남자는 눈시울이 젖어든다.

남자는 목소리가 먹먹해진다.

남자가 말했다.

가거라, 가거……. 그대는 더 이상 문둥이가 아니다. 완전히 나았다는 말이다. 그대가 왜 문둥이냐? 다른 사람들하고 틀릴 게 아무것도 없다. DDS는 좋은 약인 거야. 눈두덩에 분홍색은 죽을 때까지 남겠지만……. 태어나기만 하면 사람은 어떻게든 살게 되어 있는 법이다. 이 병은 유전병이 아닌 것으로 이미 밝혀졌어. 자식들은 괜찮은 거야. 자식을 키우며 이를 악물고 살아야지.

나는 몸의 질병보다는 마음의 병을 앓고 있는 거야. 여길 떠나고 싶지만 바깥세상이 두렵다. 너무 두려워……. 그 멸시를 어떻게 견딜 수 있겠느냐. 나갈 수도 없고 나가지 않을 수도 없으니……. 그래서 여기는 눈에 보이지 않는 높은 철조망 울타리가 둘러쳐진 강제수용소이지만 피신처란 말이다. 피신처.

나는 건강하니까, 평생 노가다 일을 했으니 견딜 만하다, 여기저기 공사판에서 일을 하면 된다. 여기서 살다가……. 죽지는 않을 것이다. 그리고 말이다, 여긴 다시 들어오지 마라. 보고 싶겠지. 잊어버려…… 잊으라고

1961년 4월의 어느 봄날 저녁, 섬 거리가 온통 벚꽃 무리로 뒤덮였다. 그 분홍색이 사람에게서도 벚꽃에서도 넘쳐났다.

바닷가는 파도가 밀려와 조약돌을 어루만지고 뒤로 물러났다.

보리밭에 나갔던 사람도, 득량만 쪽 바다에 나갔던 사람도 집에 돌아와 있을 시간이었다.

밤이 되면서 짙은 어둠이 내렸다. 그녀는 남자와 함께 동생리 마

을의 집을 출발하였다. 무슨 미련이 남아있는지 몇 번이고 뒤돌아 보면서. 마을은 죽은 듯이 잠들어 있다. 철조망 지대를 통과하였다. 화장장, 납골당, 제재소, 연탄공장, 벽돌공장, 연합예배당과 중앙리 공원 광장의 탑을 지나쳤다.

탑에는 한하운 시인의 '보리피리'가 새겨져 있다.

보리 피리 불며 봄 언덕 고향 그리워 피—ㄹ 닐니리……

그 앞에서 남자와 헤어졌다. 남자가 어둠 속에서 그녀가 사라질 때까지 우두커니 서있다.

사람들의 왕래가 끊어진 때를 틈타서 배를 기다렸다. 해협 건너 손에 잡힐 듯한 녹동항이 어둠 속에서 어슴푸레 보인다. 그녀는 숨 막히는 순간 참을 수 없을 만큼 억눌린 감정 때문에 고통을 받고 있다. 배를 어루만져본다. 바다 건너에서 마지막 통통선이 다가오고 있다. 그때 순시소 순찰원 2명이 그녀를 발견하고 달려왔다. 배의 난간을 붙잡고 배에 오르려는 순간 머리채를 잡혔다. 그녀는 구슬 픈 비명을 지르며 바닥으로 넘어졌다.

이년이 어디로, 도망가려고 꼼짝 마, 꼼짝. 나쁜 년.

신발이 벗겨진 채로 멀리 떨어진 소록도 병원 치료 본관으로 끌 려갔다.

다음날, 강제로 낙태수술을 받았다. 얼마나 지났을까. 수술대의 차가운 감촉 때문에 깨어났을 때 무슨 일이 있었는지 도대체 기억 이 나지 않았다. 머리가 어지러울 뿐이었다. 아름다운 생명체가 곱게 자라고 있었던 자리엔 무거운 통증만 남아 있었다. 의사는 그녀의 자궁 속을 샅샅이 긁어내 버렸던 것이다. 쌍둥이야. 간호사가 무표정한 얼굴로 짧은 한 마디를 남기고 수술실을 나가버렸다.

그 후 허구한 날 눈물로 세월을 보냈다. 진한 아쉬움이 그녀의 가슴을 떠나지 않았다. 짙은 어둠 속에서 빗줄기가 워낙 심하다. 사방은 대지를 두들기는 빗방울 소리와 바람 소리와 파도 소리뿐이다.

상처받은 영혼.

늦가을이 되었다. 온통 단풍이 소록도의 낮은 산들을 물들였다. 그러나 그 쓰라린 기억은 지워지지 않았다. 그 고통을 도저히 잊을 수 없었다.

그녀는 더 이상 육지로 탈출하고자 하는 욕망이 사그라졌다. 그 대신 머나먼 바다로 떠나고 싶었다. 남서풍 바람이 불어오고 저 멀리서부터 밀려오는 파도 소리에 귀뚜라미의 노래 소리가 섞였다.

소록도의 푸른 밤.

아무것도 잊을 수가 없어, 내 쌍둥이 자식을 만나러 가야만 되지, 자식들이 날 애타게 기다리고 있는 거야, 울면서 젖을 달라고, 우릴 버리지 말라고, 엄마! 엄마! 엄마! 우린 어떡해, 어떡해.

바람이 윙윙거리고 비가 쏟아져 내리기 시작한다. 먼 바다에서부터 달려온 거친 파도들이 검은 바윗돌에 부딪치며 괴성을 내지른다. 밤, 바람, 비, 파도 그녀는 맨발이다. 섬에 들어오고 나서 처음으로 일망무제 바다가 펼쳐져 있는 섬 뒤쪽 해안가 절벽 위로 올라갔다.

발밑으로 검푸른 바다가 죽음의 제단처럼 누워있다. 그녀는 맥없이 뛰어내렸고 그리고 바다 속으로 미끄러져 들어갔다. 억센 해초들이 하늘하늘 춤을 추며 그녀의 팔과 다리를 어루만졌고 그녀는 밀려드는 파도를 뚫고 바다 밑까지 내려갔다.

…… 암흑 속에서 영원히 잠을 자며 누워있고
…… 다시는 돌아오지 못하는 머나먼 여행

다음 날 날이 밝았다. 안개가 자욱하게 서린 소록도 남쪽 바다에서 나비 한 마리가 돌연히 날아올랐다. 가을바람에 간신히 날개를 퍼덕인다.

연약하고 아름다운 나비. 별을 쫓는 나비의 염원.
나는 죽어서 나비가 되리라. 푸른 하늘 푸른 들 날아다니게.

그 나비가 천천히 날아서 그녀의 아담한 벌꿀색 벽돌집 맞배지붕 위에 사뿐히 내려앉았다. 나비는 부드러운 아침 햇살에 날개에 아직 붙어있는 물기를 말리면서. 나비가 다시 날아오른다. 그러나 차마 떠나지 못하고 몇 번인가 집 주위를 빙빙 돌았다. 그리고 가을 하늘 속으로 한 점, 점이 되어 사라졌다.

남자가 입을 꾹 다문 채 나비가 보이지 않을 때까지 손을 흔들었다.

친구의 비밀

친구의 비밀

(때로는) 가장 절친한 친구가
가장 심한 슬픔과 원망의 원인이 된다.
— 페늘롱

    A는 벽촌 출신이다. 그의 고향은 읍내에서 삼십 리나 떨어진 바닷가였다. 그가 광주에서 고등학교를 다닐 때에는 도시락을 쌀 형편이 아니어서 점심을 먹어본 적이 없으니 밥 먹듯이 굶었던 것이다. 그는 오남매 중에 장남이어서 유일하게 대학을 나왔다. 그러나 B는 순전히 서울 출신이다. 할아버지는 의사였고 아버지도 유명한 안과 의사였고 매형과 누나, 동생도 모두 의사였으니 부유한 집안 출신이었다. 서울에서 명문 중고등학교를 졸업하고 법과대학에 진학하였는데 그만 유일하게 의사 집안에서 법조인이 되었다.

    그들은 대학에서 만나서 그 후 평생 동안 둘도 없는 친구가 되었다. 그도 그럴 것이 그들은 스터디 그룹에서 함께 고시 공부를 하고 동시에 합격해서, 물론 사법연수원도 동기생이었다. 그들은 수료 후 함께 공군 법무관으로 입대했고 판사로 임관해서는 같은 법원에서 함께 판사 생활을 시작했었다.

결혼은 B가 먼저 했고 2년 후 B의 부인이 대학 후배를 소개하여 A는 결혼했으니 (둘은 역시 언니, 동생 하는 절친한 사이였다.) 그들은 부부들 사이에서도 절친한 사이가 될 수밖에 없었다.

그런데 A는 판사 생활 10여 년 만에 옷을 벗고 변호사 개업을 하였다. 집안의 기둥으로서의 역할을, 부모님은 물론이고 동생들까지 뒷바라지해야 했으니 어서 빨리 개업해서 돈을 많이 벌어야 했던 것이다. A는 개업 후 몇 년 동안 전관예우라는 유구한 전통의 은덕을 입어 꽤 많이 벌었고, 그런 과정에서도 A와 B는 수시로 만나서 식사와 술을 하고 마작을 하고 주말마다 골프를 즐겼던 것이다. 나중에는 부부 동반으로 함께 식사를 하고 골프를 쳤다.

그런데, 어느 날인가, A의 부인이 어떤 여자들 모임에 나갔다가 그 이상한 소문을 들었던 것이다. 그러나 소문의 실체는 아무것도 없었다.

그 당시 B는 승진해서 지방에서 부장판사로 있었는데 혼자 부임해서 관사에서 기거하고 있었다. 그렇다면 성 또는 여자와 관련된 소문이 아닐까. 그녀는 아주 간단하게 그렇게 짐작해 버렸다. 그러니까 B는 객지에서 너무 외로운 나머지 바람을 피웠을 것이다. 그럴 경우 그 상대는? 다름 아닌 유부녀이지만 미모의 배석판사였을까? 판사실의 미혼의 비서? 그 비서가 임신이라도 했다는 것인가? 또는 바닷가에 있는 단골 술집의 마담? 어느 날 술집에서 정체불명의 여자들을 만났고 그들과 스리섬이라도 했다는 말인가? 그리고 지금 그들로부터 협박이라도 받고 있다는 것일까?

A의 부인은 너무나 그 소문의 실체가 궁금하였다. 그리고 그 가능성을 믿어 의심치 않았다. B의 부드럽게 빙그레 웃지만 톡 쏘는 듯한 눈빛, 여자를 뇌쇄시키는 그 살인적인 미소를 떠올려 보면 그 여자들 역시 스스로 옷을 벗었을 것이다.

그녀는 그날의 황홀했던 밤을 떠올리며 잠시 흠칫 놀랐다. 나른하게 기지개를 펴자 온몸에 짜릿한 전율이 흘렀다. 남자의 그것이 그녀의 몸을 관통할 때처럼 말이다.

그나저나 그 소문의 실체를 정확히 알아야만 이를 언니에게 꼬질러 바칠 것이 아닌가. 그러면 언니의 표정이 어떻게 변할까? 지금도 여전히 그 질투가 날 만큼 예쁜 얼굴이 일그러질 것인가? 그 닭살 돋는 부부는 마침내 대판 부부싸움을 할 것인가? 결국 그 부부는 이혼 법정에 서게 될 것인가? 그녀는 의미심장한 미소를 지었다.

우선 비밀의 실체를 확인하는 일이 먼저이고 그걸 절친 중에서 절친인 남편이 모를 리가 없었던 것이다. 비밀이란, 특히 성적 비밀이란 인간의 기묘한 관음증을 자극하는 것이므로 정말 호기심을 자극하게 마련이다. 그래서 아내는 그 얘길 해달라고 남편을 조르고 졸랐다. 때로는 애교를 떨면서 아니면 험하게 얼굴을 찡그리며 떼를 써가며 졸랐지만 남편은 한결같이 묵묵부답이었다.

마침내 이쪽 부부가 먼저 폭발할 지경이 돼버렸다. 남편은 영문을 알 수 없는 그 저열한 호기심이 역겨웠고, 아내는 남편이 자기를 불신하기 때문에 침묵을 지킨다고 생각하니 분노가 폭발하기 직전이었던 것이다. 남편은 최근에도 부산에까지 내려가 B와는 밤새 통음을 하고 그 다음날에는 함께 골프를 쳤다고 하지 않았는가 말이다. 주변에서는 모두 알고 있는 비밀인데 자신만 모르고 있는 것은 아닌가 하는 의심이 들어 미칠 지경이었다.

A는 말했다. "저는 아무것도 밝힐 게 없지요. 아는 게 아무것도 없기 때문입니다. 저는 그 친구의 비밀을 처음부터 아예 알려고 하지 않았습니다. 그러니 그게 무슨 일인지 모를 수밖에요. 친구란 우정의 이름으로 어떤 비밀을 공유하기도 합니다. 그러나 때로는 친구의 비밀을 지켜야하고 그러려면 자신이 그 비밀을 알아서는 안되는 것입니다. 때로는 말이지요."

출가외인

출가외인 出嫁外人

민법 제1066조(자필증서에 의한 유언)

① 자필증서에 의한 유언은 유언자가 그 전문과 연월일, 주
소, 성명을 자서하고 날인하여야 한다.

② 전항의 증서에 문자의 삽입, 삭제 또는 변경을 함에는 유
언자가 이를 자서하고 날인하여야한다.

세상을 떠나기 전 남긴 자필증서에 의한 유언은 어떻게 해야 법
적 효력을 인정받을 수 있을 것인가. 수십억 원을 가진 재산가 사망
했고 그 사후 발견된 유언장을 둘러싸고 유족들 간에 벌어진 볼썽
사나운 상속 싸움이란! 남의 일이긴 하지만 듣기만 해도 민망하고
소름이 끼친다.

상당한 재력가인 김△△는 2005년 10월경 유언장을 작성했다. 그
무렵 그는 담당 의사로부터 위암 말기로 길어야 1년 남짓밖에 살
수 없다는 사형선고를 들은 후였다. (물론 가족들은 아무도 그 사실
을 몰랐다.)

유언장의 내용인즉, 자신이 현재 살고 있는 20억 원 상당의 서울 강남구 도곡동 소재 ○○아파트 ×××호와 국민은행에 예치돼 있는 총 20억 원의 예금 등 모든 재산을 장남에게 물려준다는 것이었다. 그러므로 나머지 세 명의 딸에 대한 부분은 없었다. 유언자는 이 유언장에 날짜와 성명을 적은 다음 도장을 찍었다.

아버지는 의사의 예상보다는 1년을 더 살았다. 아버지가 숨진 뒤 2년쯤 지나서 장남에 의해 유언장이 공개됐다. 재산을 한 푼도 물려받지 못한 세 딸들은 "자필 유언장의 요건을 제대로 갖추지 못했다"며 장남을 상대로 유언 무효 소송을 냈다. 그 소장의 취지는 민법상 자필 유언장이 효력을 갖추기 위해선 유언자가 전문과 연월일, 주소, 성명을 모두 직접 쓰고 도장을 찍어야 하는데 이 중 주소가 빠졌다는 것이었다.

소장이 송달되자 장남과 그 아내는 너무너무 분기탱천해서 도대체 잠을 잘 수가 없었다. 그래서 전화기에 대고 소리를 질렀다. 이것들이 제정신이야. 너희는 여자라고, 여자란 말이야. 출가외인 주제에. 지엄하신 아버님의 분부를 무시하고 감히 소장을 접수하다니, 불효막심한 것들. 한심해, 한심해. 윤리 도덕이 땅에 떨어진 거야. 세상이 어떻게 되려고, 말세야 말세.

그런데 1심 재판부는 유언장이 유효하다고 보고 원고 패소 판결을 내렸다. 유언자의 주소가 따로 적혀 있지 않지만 작성 당시 주거지인 서울 강남구 도곡동 소재 ○○아파트 ×××호가 유언의 목적물로 기재되어 있다는 점이 그 근거였다. 유언장에 주소를 적는 이유는 작성자가 누구인지 동일성을 확인하기 위한 것인데 해당 주소가 기재돼 있어 목적을 달성했다는 것이다.

장남은 의기양양했다. 사필귀정이야, 사필귀정이라고 이 땅에 아직 정의가 살아 있는 거야. 아버지가 옳았어요, 옳았다니까요. 오, 아버지, 정말 감사합니다.

하지만 항소심은 원심을 뒤집었다. 유언장에 주소가 있다고 해도 기재된 위치와 내용을 감안하면 유언자가 자신의 주소를 기재했다고 보기 어렵다는 이유에서이다.

대법원 역시 항소심의 판단을 그대로 받아들여 유언장 무효를 확정했다.

대법원 판결의 요지는 다음과 같다.

민법 제1065조 내지 제1070조가 유언의 방식을 엄격하게 규정한 것은 유언자의 진의를 명확히 하고 그로 인한 법적 분쟁과 혼란을 예방하기 위한 것이므로 법정 요건과 방식에 어긋난 유언은 그것이 유언자의 진정한 의사에 합치하더라도 무효이다. 따라서 자필증서에 의한 유언은 민법 제1066조 제1항의 규정에 따라 유언자가 전문과 연월일, 주소, 성명을 모두 자서하고 날인하여야만 효력이 있고, 유언자가 주소를 자서하지 않았다면 이는 법정 요건과 방식에 어긋난 유언으로서 효력을 부정하지 않을 수 없으며, 유언자의 특정에 지장이 없다고 하여 달리 볼 수 없다. 여기서 자서가 필요한 주소는 반드시 주민등록법에 의하여 등록된 곳일 필요는 없으나, 적어도 민법 제18조에서 정한 생활의 근거되는 곳으로서 다른 장소와 구별되는 정도의 표시를 갖추어야 한다.

"아버지, 지금 건강도 좋지 않으시고 갑자기 무슨 변고가 일어날지도 모르는데 빨리 정리를 하시는 게……."

"무슨 말이냐? 그게……."

"그냥 말씀드리는 건데 깨끗하게 재산 정리를 하시란 말씀입니다. 사후에 말썽이 생기면 그렇지요. 남의 이목도 있고 말이지요. 그러면 우리 가족의 체면이 말이 아니지요."

"그 부분은 진즉 끝난 게 아니었느냐! 이미 정리가 끝났단 말이다! 그런데 새삼!"

"아버지, 그게 아니지요. 저는 장남 아닌가요. 장남이 모든 걸…… 제 아내 생각도 그렇지요."

"네가 장남이라고…… 장남이니까 어쩌란 말이야. 네가 언제부터 아버지 걱정을 했었던 일이 있었느냐. 10년 전 일이지만 똑바로 기억하고 있느니라. 어찌 기억하지 않을 수 있겠느냐. 그때는 네 어머니가 살아서 그 자리에 함께 있었지. 네가 하도 졸라대서 서초동 빌딩을 넘겨주었고 다른 재산에 대해서는 일체 이의를 제기하지 않겠다고 약속을 했었지 않느냐. 그때 그 빌딩이 30억이 넘었었지. 그리고 지금은 100억이 넘을 거야. 그 근처에 삼성 그룹이 들어오면서 얼마나 땅값이 올랐는데……. 제발 염치가 있어야 할 거 아니냐."

"아버님, 저는 장남이란 말입니다. 아버님 제사를 지내야 하는……. 그게 전통적인 미풍양속이 아닌가요?"

"그래서? 잘 생각해 보거라. 동생들이 불쌍하지도 않느냐. 특히 막내 말이다. 막내는 형편없는 작자를 만나 결혼하더니 지금 이혼하고 나서 애들 키우며 얼마나 어렵게 살고 있느냐. 그 애한테도 돌아가야 할 몫이 있는 거다."

"아버님, 왜 이러십니까? 막내는 온 가족의 반대를 무릅쓰고 제멋대로 결혼했단 말입니다. 자업자득이지요. 어쩌겠어요. 자기 운명이지요."

"어쨌거나, 남은 재산은 동생들하고 공평하게 나눠야……."

"아버님, 이러시기입니까! 장남을 뭐로 보고 말입니다! 걔들은 출가외인이지요! 우리 식구가 아니란 말입니다!"

"너무 욕심부리면 안 될 거다……. 네가 하는 회사도 탄탄하고 잘 나아가고 있지 않느냐……. 너희 가족은 뭐하나 부러운 것 없이 잘 살고 있지 않느냐 말이다."

"아버님, 돈 문제가 아니란 말입니다. 다시 말씀드리지만 걔들은 출가외인이고…… 저는 이 집안의 장남이고 기둥이란 말입니다."

"시간이 많이 흘렀구나…… 나도 좀 쉬고 싶다……. 그 얘긴 나중에 다시 하면 안 되겠느냐?"

"그렇지요. 10시간이 지났군요. 그러나 밤을 새워서라도 결판을 내야겠지요. 저는 유언장을 쓰기 전에는 한 발짝도 떠날 수 없습니다."

"꼭 그렇게 해야만 하겠느냐? 욕심이 지나치구나! 그러나 네가 그렇게 고집을 피우니 어쩔 수가 없구나. 네가 꼭 그렇다면 어쩌겠느냐. 자식을 잘못 키운 거지."

"그런 말씀 하시는 거 아닙니다. 제 동창 친구가 가족법 전문 변호사 아니겠습니까. 그가 초안을 잡아 주었지요. 여기 이대로만 쓰시면 됩니다. 간단하지요. 간단하단 말입니다, 간단……."

자필 유언장

본인은 모든 재산을 장남 김○○에게 물려준다. (서울 강남구 도곡동 ○○아파트 ×××호 및 예금 등)

사후에 유족 간에 불협화음을 없애기 위해 본인이 자필로 작성한 이 유언장을 남긴다.

2005년 10월 15일

주민등록번호 201015-1022325

도곡동에서 김△△ ○

첫사랑 애인

첫사랑 애인

사랑은 운명처럼 왔다가 화살처럼 간다.
그러면서 가슴에 인두자국만을 남긴다……
— 나태주

초겨울이다. 간밤에 많은 눈이 내렸다.

나는 아침 출근길을 서둘렀다. 지난밤에 술을 너무 많이 마셨는
지 아직도 머리가 지근거렸고 속이 메스껍다. 남부터미널역의 마지
막 계단을 내려섰을 때 지하철은 한 많은 여인의 독백과도 같은 긴
한숨을 내뿜으면서 서서히 움직이기 시작하였다.

아뿔싸, 한 발 늦었네.

나는 그때 지하철의 맨 마지막 열 번째 칸의 4번째 출입문에 박
혀있는 15번째 차창에서 그녀의 얼굴을 분명히 보았다. 그래 틀림
없어. 서글서글한 눈매하며 살짝 낮은 코, 피부는 여전히 뽀얗고
그러나 약간 살이 쪄 얼굴이 전체적으로 조금 둥글게 보였다. 여전

히 우아하고 묘하게 매력적이다. 그 순간 전신에 짧은 전율이 스쳐 지나갔다.

그래, 그랬던 거야.

그녀는 지금 너무나 행복한 거야. 남편은 내 고등학교 동창처럼 알짜 중소기업의 오너 사장인지도 몰라. 아니면 전문경영인으로 대기업의 대표이사이거나, 의사나 대학교수일지도. 자식들은 1남 1녀일까, 2남일까, 2녀일까. 하여간에 지금쯤 좋은 대학 나와서 해외 유학 중일 거야. 나는 멋대로 상상하면서 그녀가 지금 행복한 가정 생활을 하고 있다고 단정했다. 그리고 갑자기 그녀가 미워졌다.

내가 대학은 그럭저럭 졸업하였으나 몇 년째 고시는 계속 떨어지고 취직도 안 돼 너무나 한심하던 시절이었다. 어느 날 갑자기 그녀는 절교를 냉정하게 선언했다. 그날 우리는 예전에도 몇 번 간 적이 있는 대학로 뒷골목에 있는 다방에서 만났다. 날씨 탓인지 분위기는 칙칙했다. 그녀는 들어올 때부터 입을 꼭 다물고 결연한 표정을 하고 있었다. 마침내 그녀가 먼저 말을 꺼냈다. 집안에서 너무 심하게 결혼을 강요하여 자신은 따를 수밖에 없다고, 도대체 말도 안 되는 소리를 하였다.

그리고, 네 합격을 기다리는데도 지쳤다는 것이다. 무작정 기다리며 자신의 청춘을 허송세월할 수는 없다는 거였다.

나는 말이 막혀 아무런 대꾸도 할 수 없었다. 입이 얼어붙어 버린 것이다. 그때 돌아서는 그녀의 눈초리는 아주 싸늘하였다. 나는 지금도 그 싸늘한 눈초리를 떠올리면 등에서 소름이 끼친다. 그 순간을 어찌 잊어버릴 수 있겠는가.

　누군가는 '사랑한다는 것은 둘이 서로 들여다보는 것이 아니라 함께 같은 방향을 쳐다보는 것이다'라고 했거늘. 내가 그녀에 대해 뭐든지 다 알고 있었던가. 다 안다고 생각했는데 하나도 모르고 있었던 것인가. 무언가 오해하고 착각했던 것인가. 기억은 질서정연하지 않다. 까마득한 세월이 흘렀다. 하지만 세월이 그렇게 많이 흘렀다고 해도 어찌 잊어버릴 수 있겠는가. 세월도 무용지물로 만드는 것이어서 마치 어제 일처럼 생생하다. 그러나 그녀의 삶은 안개 속에 가려져 있었다.

　그날 하루 종일 비가 조금씩 오락가락하였다.

　내 눈에서도 굵은 눈물방울이 하염없이 흘러내렸다.

　비에 젖은 노란 은행잎이 흩날리는 슬픈 늦가을이었다.

　그리고 30여 년의 세월이 흘렀다.

　나이 들어서 이제 연말 망년회는 시큰둥하다. 오랜만에 얼굴 한 번 보자고, 전화가 몇 번씩이나 오니 차마 안 나갈 수가 없다. 아주 오래간만에, 근 3여 년 만에 염 사장을 만날 줄이야. 우리는 한때 무척 친한 사이였는데. 염 사장은 대기업 대표이사를 10여 년 넘게 하였다. 한 시절 그는 아주 잘 나갔다. 그러나 나이를 이길 수는 없었다. 어쩔 수 없이 치고 올라오는 후배들에게 밀려날 수밖에 없었다. (본인이 내뱉은 넋두리에 의하면) 지금은 집에서 마누라 눈치나 보며 빈둥빈둥 놀고 있는 신세다.

그는 많이 늙어 보였다. 오늘 무척 취하였다. 과음한 것이다.

야, 자식아 임마, 너 알고 있기나 해? 옛날…… 그 시절…… 그 잘난 네 애인 소식 말이야. 내가 얼마 전에 자세히 들었지. 세상이 좁더라고 알고 보니 내 마누라의 친구의 친구 1년 후배였다고 하더군. 그 여자가 그때 널 버리고 부잣집 외아들한테 시집 잘 갔어. 잘 갔지. 그때는 그게 사필귀정이었어.

그 집말이야, 남자 어머니가 신촌 이대 앞에서 한때 잘 나가는 유명한 양장점을 했거든. 그때 너무 장사가 잘돼 돈을 갈퀴로 긁어 모았다고 하니깐. 그리고 그 돈으로 잠실 근처에 땅을 사뒀는데 그 땅값이 또다시 폭등하고 근데 남편이란 작자가 말이야 잘생긴 얼굴에 허우대는 멀쩡해가지고 평생 백수야. 홀어머니가 죽은 후 그 많은 땅 다 팔아서 주식투자해서 날리고, 도박으로 날리고, 완전히 알거지가 된 거야.

그 사람 의처증이 심했다고 하더군. 만날 술 퍼 마시고 집에 들어가서 자식, 마누라 두드려 패고 오죽했으면 아들 둘 다 대학을 못 갔다고 하더라고…… 그 여자 평생 골골하다 2년 전에 죽었어. 그게 교통사고라고 하지만 실제는 달리는 버스에 뛰어들어 자살했다고 그러더라고…….

어쨌거나 말이지…… 네게도 일부 책임이 있는 거 아니야? 네가 빨리 합격했으면……. 젠장, 10년이나 걸렸으니……. 별 볼일 없는 변호사나 하려구…….

그래, 그럴 거다.

나도 그날 무척 과음하였다. 다짜고짜 폭탄주를 무려 열 잔 넘게 마셨으니까. 그런 것 같다. 어떻게 집으로 기어들어왔는지 기억이 안 난다. 아침에 마누라가 잔소리를 하였다.

지난밤에는 왜 그렇게 많이 마신 거야. 그러니깐 점점 잘 까먹고 착각도 잘하는 거야. 그러면 치매가 빨리 온다고 했거든.

그래, 잘못 본 거야.

삼각관계

삼각관계

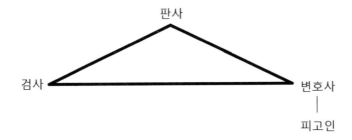

재판관에게 네 가지가 필요하다.
친절하게 듣고, 빠진 것 없이 대답하고,
냉정히 판단하고, 공평하게 재판하는 것이다.
— 소크라테스

기하학에서 삼각형은 일직선상에 있지 않은 세 개의 점을 이으면
만들어진다. 각기 두 개의 점이 하나의 선에 의해 서로 연결되어 있

으며, 이렇게 이어진 세 개의 선이 삼각형의 변을 형성한다. 삼각형에는 정삼각형, 직각삼각형, 두 변과 두 각의 크기가 같은 이등변삼각형이 있고, 이등변삼각형은 다시 예각삼각형, 둔각삼각형이 있다. 그러나 정삼각형은 같은 크기의 세 각과 같은 길이의 세 변을 갖추고 있으므로 조화를 상징하는 가장 단순한 도형으로 모든 평면도형의 원형이라고 할 수 있다.

그런데 사람은 혼자 또는 하나가 아니다. 반드시 둘이 있고 그건 남자와 여자를 말한다. 사람 人 자를 보라. 남자와 여자가 서로 기대고 있지 않은가. 그리고 에덴동산의 아담과 하와를 상기해보라. 하지만 둘이 있으면 반드시 셋이 있을 수밖에 없다. 남녀가 결합하면 몇 사람이 존재하는가. 세 사람이 존재한다. 남자와 여자, 그리고 자식이 존재하지 않는가. 유대인들은 아버지, 어머니, 자식으로 구성된 가족의 형태에서 영감을 얻어 삼위일체론을 만들어낸 것이다. 그래서 삼각형인 것이다. 셋은 신이 선택한 수이기 때문에 행운의 수이다. 그러나 셋은 무한히 증식한다. 신이 최초의 인간들에게 번성하라고 명령한대로 (성서에 의하면) 그 수가 헤아릴 수 없을 만큼 불어났으니, 지금 지구상 인구는 70억 명에 이르렀다. 우리는 그 말씀이 있었던 태초로부터 얼마나 멀리 왔는지 모르지만 말이다.

소송이란 실체적 진실을 있는 그대로 객관적으로 서술한다는 의미에서 서사시이고 또한 그들의 내면에서는 인간의 감정이 극적으로 폭발하는 시적 특성이 나타나므로 서정시이다. 그렇다면 법정에서 이들 시를 휘갈겨 쓰는 보이지 않는 시인은 누구인가? 누가 알겠는가? 전지전능한 신인지, 신의 섭리인지, 아니면 (어떤 운명이건 운명은 운명이므로) 운명인지, 아니면 단지 법률, 제도, 관습인지.

그리고 그들 모두는 시적 주체이다. 검사는 최초의 기소자이므로 시적 발화자이고 피해자의 수호신이고 그러므로 복수의 청부업자이다. 변호사는 죄인의 대리인이고 인권의 수호자로 자처하지만 실은 돈의 노예이다. 그렇다면 판사는 누구인가? 사법 권력의 화신으로 법정의 주인이지만 지극히 냉엄한 비평가이고 잔인한 사디스트이다.

그렇기 때문에 견제와 균형 속에서 힘의 역학관계가 작동하는 공판정에서 삼각관계는 실체적 진실의 발견과 양형을 둘러싸고, 둘은 웃고 하나는 울어야 하는, 또는 하나는 웃고 둘은 울어야 하는, 아니면 셋 모두 울어야 하는 긴장된 관계일 뿐이다. 그러므로 공판정에서 그들 모두가 웃을 수 있는 일은 있을 수 없다. 비이성적인 인간사회의 현실에서, 그 축소판인 공판정에서 결코 동등한 삼각관계, 즉 정삼각형은 존재할 수 없는 것이다.

재판장 : 이제는 증거조사가 마무리된 것 같습니다. 지난 기일에 예고한 대로 오늘은 반드시 결심을 하겠습니다. 구속만기가 다 돼 갑니다. 검사께서 구형을 해주시기 바랍니다.

형사 재판은 지겨워, 정말 지겨워. 민사부로 옮기려면 아직 6개월이나 남았으니. 요즘 마누라는 실체를 알 수 없는 불만으로 가득 차 있지. 혹시 이혼을? 도대체 뭣 땜에? 걔는 자폐적이야, 온통 컴퓨터 게임에 빠져있으니까. 어쩌려고? 무언가 잘 못 돼가고 있는 게 아닐까? 내가 알게 뭐야? 재판을 빨리 끝내야지. 지겹거든.

검사 : 지난번 사건은 공판 검사가 무능하고 불성실해서…… 그 검사, 새까만 후배 검사가, 재판만 끝나면 만날 술이나 퍼마시더니, 재판도 대충 대충 하더니만 무죄가 나오고 말았지. 그때는 판사 역시 자기가 뭐 인권 판사라도 되는 양 설치는 작자였지. 찌질이. 부장한테 장담했는데 체면도 안서고 특수통 검사라는 명성에 먹칠을 하고 만 거야. 그래서 도저히 그 인간에게 맡겨 놓을 수가 없어서 이번에는 내가 직접 나올 수밖에 없었지.

이 사건은 그래서는 안 되는 거지. 6개월씩이나 수사를 했는데. 그 투자 자문사의 상무를 어르고 달랜 거지. 그 친구 겁을 주니까 사시나무 떨듯 지독하게 떨더구먼. 빼주는 조건으로 결정적인 제보와, 압수 수색에서 찾을 수 없었던 서류를 받아냈던 거야. 그리고 그 친구를 보호해주면 나한테도 불리할 것은 없으니까 해외로 장기 여행을 보내주었거든. 저쪽에서 부인하던 말든 무슨 상관인가. 계좌 추적에 실패한 것이 찜찜하기는 하지만 증인들의 진술이 일관되어 있는데. 그리고 또 하나 저쪽에서 빼도 박도 못할 증거가 있지. 그 계약서를 말하는 거야. 늙은 사무장 양반은 완전히 브로커이지. 변호사하고 50대 50으로 나눈다고 했는데 그 여우같은 양반 똑똑하기가 변호사 뺨을 치지. 그 양반 변호사법 위반으로 나한테 코가 꿰었으니까 계약서 사본을 넘겨줄 수밖에 없었어.

저 변호사는 대학의 서클 후배이니까 아주 막역한 사이라고 할건 아니지만 잘 아는 사이인 것은 맞는 말이야. 술 마시고 광란의 밤을 보내는 서클의 후배. 쟤도 술만 마시면…… 무엇을 증오하는지 알 수는 없었지만 분에 받쳐서 악을 고래고래 지르고 반쯤 미치지만 그래도 귀여운 친구였거든. 그때는 정의감도 살아있었고 낭만적이었지.

재판장은 믿을 만한 거야. 검사들 사이에서 아주 평판이 좋은 거야. 정말이지, 믿을 만하지. 더욱이 교회 집사라고 하니까. 맙소사, 할렐루야. 무조건 유죄이고 형이 무척 세니까. 그의 머릿속에 무죄는 없는 거야. 그는 인간혐오증에 걸려 있을 거야. 내가 중형을 구형하면 내심 아주 좋아하겠지, 그럴 거야.

피고인, 이 자식 도저히 못 빠져나갈 거야. 내가, 검사가 정의의 칼 맛을 보여주는 거야. 네놈이 당뇨에 심장병이 있다고 하였는데 안에서 골골하다가 죽어야만 하지. 저런 개자식! 악마 자식!

또다시, 지방으로 내려가야 하나. 출퇴근이 가능한 서울 근교로 갈 수는 없을까. 호남선은 싫어. 누구처럼 나를 끌어줄 든든한 빽줄이 있어야 하는데……. 족보 있는 검사가 부러워. 지금쯤 훌훌 털어버리고 개업을 하는 게 낫지 않을까? 저 녀석처럼 말이야.

피고인 **정의경**은 이 신성한 법정에서도, 지엄하신 판사님 앞에서도, 수사 과정에서도 처음부터 끝까지 묵묵부답으로 일관하고 있습니다. 그게 무얼 의미하겠습니까. 자기 죄를 인정하겠다는 말 없는 긍정이겠지요. 한 인간을 정신적으로나 경제적으로 완전히 몰락시키고 파탄으로 몰아넣었으니, 이는 정신적 살인 행위입니다. 그러니 입이 열 개라도 무슨 구차한 변명을 할 수 있겠습니까. 그러니까 일말의 양심은 있어서 피해자의 진술조서를 성립 인정하였을 것입니다. 그리고 막대한 재산을 은닉해 놓고는 피해액을 변상할 생각이 추호도 없을 뿐만 아니라 눈곱 티끌만큼도 반성의 기미가 없습니다.

그래서 중형 구형이 불가피합니다. 특정경제범죄가중처벌등에관한법률 제3조를 적용해서 무기징역형에 처해 주시고, 추가적으로 범죄수익은닉규제및처벌등에관한법률 제8조를 적용해서 황금에 눈이 어두운 자로부터 범죄 수익을 완전히 몰수해주기 바랍니다.

재판장 : 검사가 지금 살기가 등등하지. 저 검사는 제멋대로 무기징역을 구형하고 있는 거야. 묵묵부답했으니까 괘씸하게 생각했고 그런 사적 감정 때문일까. 피고인이 가담한 정도를 고려하면 검찰은 오버하고 있다고 볼 수 있지. 정말 제멋대로야. 이 사건에 너무 심한 것 같은데 증거는 충분하다고 확신하는 모양이지. 그런데 대법원의 양형조건을 고려는 한 것인지. 어쨌거나 형은 내가 결정하는 것이고 검사가 하는 것은 아니지. 나는 판사이거든. 판사란 말이

야, 판사. 그건 아주 초보적인 상식인 거야.

과연 법이란 무엇인가? 누구를 위한 것인가? 그게 가진 자를 위한…… 그러니까, 유전무죄 무전유죄가 아닐까? 어떻게 부인할 수 있겠어. 만인은 법 앞에 평등하다고? 그건 헛소리야, 개소리야. 그런데 검사와 판사의 형량에 엄청난 차이가 나는 이유는 무엇일까? 법률 전문가가 똑같은 법조문을 적용하는데 말이야. 그것도 관행이라고? 사법 불신의 원인이 아닐까? 검사는 잔인하고 판사는 인간적이라 할 수 있을까? 말도 안 되는 소리. 오히려 판사는 비겁한 작자들이겠지. 어설프고…… 꾀죄죄하고…… 겁쟁이들. 실체적 진실은 알 수 없어, 실체가 도대체 뭔데? 내가 알게 뭐야. 신이 아닌데……. 그저 기계적으로, 관습적으로 처리하는 거야. 배석은 뭐하는 거야? 배석 주제에 무슨 의미 있는 말을 할 수 있겠어.

변호인은 할 말씀 있으시면 마지막으로 하시지요. 짧을수록 좋겠지요. 시간이 없습니다. 다음 재판이 줄줄이 기다리고 있다는 것을 아셔야 할 것입니다.

변호사 : 저 검사는 서클 선배이어서 전화까지 해서 부탁했는데 어떻게 무기징역을 구형할 수 있단 말인가. 내 체면이 뭐가 되느냐 말이야. 정말이지 못해먹겠어. 그리고 말이야, 그 상무 놈은 해외로 빼돌리고…… 죽일 놈. 그러나 공범이 해외로 도망 가버린 것은 차

라리 잘 된 일이지. 오랫동안 나타나지 않고 꼭꼭 숨어있어야만…
…. 피고인은 나한테도 말하지 못하는 무언가를 숨기고 있는 거야.
그건 자기 자신을 속이고 있기 때문일 수도 있고, 그와 나 사이에
깊은 불신의 벽이 가로 놓여 있기 때문일 수도 있겠지.

그런데 그 뛰어난 미모의 여자와 피고인의 관계는? **이경순?** 그의
말마따나 주식투자를 조언하는 과정에서 알게 된 단순한 고객일지
도 검찰도 이 부분에 대해서는 아는 게 없거든. 그 여자도 그렇게
말했다고 하니까.

내가 변호인인데 이 사건의 실체를 제대로 파악하지 못하고 있는
거야. 그건 검사도 판사도 마찬가지겠지만. 우리는 지금 무얼 하고
있는 거지? 그런데 귀신 곡할 노릇이네. 그 계약서가 사무실에 있었
는데 그 사본이 어떻게 해서 검찰에 넘어간 거야? 모두가 글러먹었
어. 저런 검사에 저런 판사라면. 사디스트들. 그렇다면 피고인의 형
은 어떻게 되는 거야? 진짜 중형을? 뭘 기대할 수 있을까? 변론이
무슨 소용이야…… 내가 알게 뭐야. 돈은 받았으니까 해야 하는 거
지 뭐. 그러나 그럴듯하게, 아주 그럴듯하게 해야겠지.

이왕지사, 돈을 벌어야만 하니까, 큰돈을. 얼마나 벌어야 될까?
그러려면 날고뛰는 유능한 브로커가 필요하지. 크고 작은 사건을
물고 와야 하니까. 개뿔이나 무슨 정의감? 그게 밥 먹여주나. 골프
가 점점 안 맞고 있어, 계절 탓일까. 그리고 그녀는? 그녀의 마음을
당분간 붙잡아 둬야……

피고인은 무조건 무죄입니다. 의심의 여지가 없습니다. 왜 그런가 하면 고객을 소개하고 또는 자금을 유치해주고 그 수고비를 받는 것은 너무나 당연한 것이기 때문입니다. 검찰은 뒤가 켕기는 게 있는 모양입니다. 이 사건의 주범이고 핵심인물은 중국으로 이미 도피했는데 검찰이 무능해서 출국 금지를 뒤늦게 했기 때문입니다. 그래서 자기 잘못을 감추기 위해 희생양이 필요했겠죠. 모든 책임을 덮어씌우고 있습니다. 그리고 금융 계좌의 추적에도 실패했습니다. 그 돈은 전부 그 벤처기업으로 입금되었고 피고인이 받은 돈은 수고비조로 받았기 때문에 얼마 되지도 않습니다.

다른 증인들은 직접적으로 아는 게 아무것도 없습니다. 그들의 증언은 역시 도저히 믿을 게 못 됩니다. 그들이 증언할 때 왜 저기 있는 검사를 정면으로 쳐다보지 못했을까요? 그들의 숨소리에서 왜 비린내가 풍겼을까요? 그들의 입에서는 왜 악취가 났을까요? 검사의 달콤한 회유, 너무나 달콤한 사탕발림에 끌려 이 법정에서 한 증언을 믿을 수 있겠습니까? 죄 많은 인간들이 과연 증언할 자격이 있을까요? 판사님은 인간의 희미한 기억을 믿을 수 있겠습니까? 뚜렷한 기억일수록 비현실적이고, 공상적이어서 결국 소설에 불과합니다. 더 나아가면 멜로드라마가 되겠지요. 그렇지요. 기억은 망각일 뿐입니다. 망각이란 말입니다. 이 모든 사건은 잊히기 위해서 존재하는 것입니다. 그것들은 잊히는 것 말고는 달리 써먹을 데가 없는 것이지요.

왜? 검사는 이 법정에서 끝내 원본을 제시하지 못하고 사본만을 흔들고 있을까요? 어떻게 원본이 없는 사본을 증거로 인정할 수 있겠습니까? 증거로 제출한 서류나 계약서 등은 이 사건과 관련해서 그렇게 중요한 것도 아니고 피고인과는 무관한 것입니다. 서류는 그 자가 작성한 것이지 피고인이 작성한 것이 아니기 때문입니다. 또한 그 계약서 말입니다만, 피고인은 그 계약서에서 당사자도 아니고 단지 입회인에 불과하였습니다. 피고인이 범죄수익을 은닉했다고 하는데 수사과정에서 수사관들이 샅샅이 찾아봤지만 숨겨 논 재산은 없었습니다. 몰수형 구형은 도저히 인정할 수 없습니다.

가령 유죄라고 심증을 굳히신 경우에는 어떻게 하시겠습니까? 제가 말씀드리고 싶은 것은 이 사건의 모든 정황을 살펴보면 피고인이 역시 피해자인 점을 감안하시고, 피고인이 어쩔 수 없이 이 사건에 연루되었으나 초범이고, 내심으로는, 그의 영혼만은 많이 반성하고 있다는 점을 참작해서 집행유예를 선고하여 주시기를 바라는 것입니다.

재판장 : 돈을 많이 받아먹은 변호사의 면피용 화려한 변론이군. 겉만 번지르르한 궤변에 불과한 거야. 저 피고는 그 흔해 빠진 탄원서도 쓰지 않았어. 차라리 잘됐지, 읽기 지겨운데. 그런데 저 변호사는 그 내용이 뻔하디 뻔한 변호인 의견서라는 것을 써냈지. 내가 거기에 속아 넘어 갈 만큼 호락호락하지는 않을걸. 뭐 억울하다고?

뭐가? 가사…… 뭐가 어쨌다고? 인간의 어두운 본성이란?

그런데 저 변호사는 또 무죄 타령이군. 저 자는 언제나 무죄 주장이야. 연쇄 살인범에게도 무죄 주장을 할 거니까. 그리고 이 신성한 법정에서 선서한 증인이 한 증언을 합리적인 이유도 없이 깡그리 부정한다는 게 말이 되는 거야. 그건 형사소송법을 능멸하는 짓이지. 증언의 신빙성은 내가 판단하는 거야, 바로 내가. 나는 판사란 말이지.

그런데 변호사들은 그 진부한 집행유예를 어김없이 상투적으로 들먹이고 있는 거야. 나를 지금 잘 설득하고 있는 거냐? 그게 옳은 변론이라고 할 수 있겠어.

저 변호사, 단독 판사를 그만두고 개업하면서, 그때부터 이미 브로커 쓴다고 소문이 났던데. 짱짱한 브로커를 몇 명씩이나 두고 있다고 하니까 그렇게 돈을 벌어서 벤츠 타고 다니고 주말마다 애인과 골프 치고

승진은 무슨, 누가 승진시켜 준대? 고등법원 부장판사가 뭐 대수인가? 나는 언제쯤 단독 개업을 해야 하나, 요즘은 전관예우가 예전만큼 못하니 차라리 대형 로펌으로? 오라고 하는 데가 있긴 있을까? 단독 재판을 처음 하던 날이 생각나는군. 나는 그때 얼떨떨하다가 그대로 얼어버렸지. 방청객들의 시선이 쏟아지는 순간. 머리가 빙빙 돌고 법정도 함께 돌아버렸지. 벽들은 뒤틀리고 천장은 바닥이 되고 바닥이 천장이 되고 말이지. 그러니까 목소리가 잠겨서 잠

시 동안 말이 나오지 않았었지. 어렸을 적 일이지만 사람들 앞에만 서면 덜덜 떨며 말문이 막혀버렸거든. 그런데 벌써 20년이나……

피고인, 당신이 무죄랍니다. 만약 아니라면, 당신의 영혼을 들먹이며 집행유예를 선고해달라고 무릎을 꿇고 엎드려서 빌고 있군요. 마지막으로 진술하시지요. 할 말이 있다면 말입니다.

피고인 : 이쪽 사람들은 제멋대로 침묵을 묵묵부답이라고 하더구먼. 너희들이 침묵의 진정한 의미를 알기는 하는 거야……

그런데 저 검사가 어떻게 저럴 수가? 다 자백하면 잘 봐주겠다고 끈질기게 회유하더니만, 그거 별 것도 아니야, 사람을 죽인 것도 아니고, 그래봤자 경제사범이고 너는 하수인으로 이용되고 푼돈이나 받은 종범에 불과하니까, 피해자도 돈에 눈이 어두워 몰빵했으니까, 대충 집행유예가 나올 거라고 했지 않았느냐 말이야. 그런데 무기징역을 구형하고 막대한 재산을 숨겨놨다고 하지 않나? 정말 이 세상에 믿을 사람은 단 한 사람도 없네……

이 사건은 그들이 도망가면서 자기들은 모르는 일이라고 그 여자를, 엉덩이가 탱탱한 그 자존심 강한 여자를 부추겨서 고소를 하면서 시작됐으니, 그들을 잘못 관리한 내 잘못이기는 하다. 그러나 그들이 당초 약속을 어기고 욕심을 부렸지만 내가 많이 양보했으니 분배 과정에서 잘못된 것은 없는 거지. 그들의 배반으로 나 역시 이

용만 당한 피해자가 되기로 예정되어있던 시나리오가 어긋나버린 거야. 그리고 어떻게 철석같이 믿었던 그 상무가 배신을 하고 해외로 내빼다니. 하지만 그가 알고 있는 것은 별게 아니지. 중요한 사항은 나 혼자 결정했으니까 말이야.

일반적으로 보자면 피해자라고 자처하는 자들의 실체는 무엇이던가? 그자들은 황금을 쫓던 자가 아니던가. 자업자득이라고 할 수 있는 거야. 누굴 탓할 수 있겠어. 법이 인간의 탐욕까지, 더러운 욕망까지 보호해야만 하는 거야?

저게 내 변호사 맞아. 있는 돈 없는 돈 다 털어서 줬는데…… 무슨 마지막 변론이 이래. 너무 뻔한 소리 아닌가. 판사는 콧방귀도 안 뀔 거야. 그 늙은 사무장이 자기 변호사는 판사 출신이고 무죄를 잘 받아낸다고 해서…… 무죄 전문 변호사라고 해서. 무죄를 장담했는데…… 그런데 잘 보관하라고 건네 준 계약서가 어떻게 검찰에 넘어갔느냐 말이야. 그 계약서에 뭐가 들어있었던가. 그걸 도장 찍으라고 들이민 것은 그 여자 쪽인데……

그날 투자 협상은 잘 마무리되었기 때문에 계약서는 그 결과물이었다. 그녀는 계약서를 내게 맡기면서 말했었지.

애정도 없는 돈 많은 늙은 회장을 내가 먼저 차버린 거야. 내가 그랬다고 그래서 이혼을 한 거고 나에게는 평생 처음인 사랑인 거지. 모든 게 그 신파조의 사랑 때문이야. 나의 사랑만큼은 의심해서는 안 될 거야. 진정으로 사랑하지 않았다면 그런 포악한 짓을 할 수는 없었겠지. 잘 알아둬야 할 것이 나는 칼립소가 될 수는 없지. 그녀는 불사의 여신이지만 나는 인간에 불과하니까. 널 놓아줄 수는 없어. 절대로……

나는 변호사의 제지를 무릅쓰고 그녀의 검찰 진술을 모두 인정할 수밖에 없었다. 그녀가 증인으로 나와 법정에서 마주치는 일만은 피해야만 했다. 이 법정에서, 사람들이 보는 앞에서 그녀와 변호사가 말싸움을 벌이는 것을 바라보는 일은 인간의 자존심을 구기는 일이고 더할 나위 없이 비참한 일이 될 것이기 때문이다. 우린 서로 쳐다볼 수 있을 것인가? 아니면 외면해? 한 때는 맨살을 비벼대며 그토록 사랑했으면서 말이다.

> 사랑은 악마이며, 불이며, 천국이며, 지옥이다. 쾌락과 고통, 슬픔과 후회가 거기에 함께 살고 있다.
> ─리차드 반필드

지금 재판이 끝난다고 하니까 돌이켜보자고 우선 나 자신에게 결론을 내려야할 것이 아닌가. 지난밤에는 문득문득 무수히 떠오른 생각들이 뒤엉켜서 잠을 잘 수가 없었다. 그때는 성공에 대한 한없는 두려움 때문에 마지막 순간 그 계획을 포기하고 싶었다. 그리고 자신이 너무 부끄러워서 어딘가로 도망가고 싶었다. 그러나 마침내 성공하자 통쾌하게 복수하였다는 짜릿한 흥분 때문에 실컷 웃다가 그만 오줌을 지렸다. 그리고 수사 과정에서 대질신문을 거부했던 그녀의 자존심을 떠올리며 빈털터리가 된 그 여자가 가여워서 눈물이 흘러내렸다. 하지만 그 격렬한 밤들을 떠올리자 꼴리기 시작했다. 그렇게 뒤죽박죽이었으니 끝내 그 결론을 내리지 못하고 말았던 것이었다.

그 여자는 돈을 주체하지 못하는 돈 많은 이혼녀이고 동시에 육체적 욕망 때문에 몸부림치는 섹스의 화신이었다.

그날 저녁 여의도 일식집 방에서 일어난 너무나 갑작스러운 상황이었다. 그 여자는 얼큰히 취하자 본색을 드러내고 내 얼굴에 자기 얼굴을 밀착시켰다. 몸을 격렬하게 비틀고 덤비는 바람에 그 자리에서, 바로 그 자리에서 단번에 삽입을 할 수밖에 없었다. 그때는 나도 어쩔 수 없이 다급했으니까. 그녀는 쉰 목소리로 계속적으로 즐거운 비명인지 신음소리를 내뱉는다. 그리고 또다시 요구를 하고 또 요구하였다.

그렇게 사건이 시작되었다. 사무실에서 주식 투자와 관련해서 이런저런 이야기가 오간 뒤 저녁식사를 하기 위해서 근처 단골식당으로 자리를 옮긴지 불과 한 시간쯤 지나서였다.

그 이후 우리는 매일처럼 만나 밤의 열기 속에서 굶주린 동물처럼 몇 번씩이나 격렬하게 서로를 탐하였다. 마치 서로를 물어뜯어 삼켜버리는 성난 맹수처럼 말이다. 내가 굴곡진 육체의 곡선을 쓰다듬을 때마다 엄청난 욕망이 분출하였다. 나는 노련하게 여자의 리듬과 템포에 맞춰서 강하게 또는 부드럽게 번갈아가며 압박을 가

하였다. 그럴 때마다 그녀의 육체가 요동치며 꿈틀거렸다. 심장이 격렬하게 펄떡이고 척추 뼈는 뿌드득 소리를 냈다. 그때마다 그녀는 아우성을 쳤다.

우리는 근 일 년여 동안 만나면서 서로의 육체에 익숙해지고 무한정 섹스에 탐닉하였다. 그 대담한 행위와 체위를 수시로 바꿔가며 즐기고 즐겼다. 그래도 우리는 항상 성적 쾌감에 목말라 했다. 그리고 그 무렵부터 그녀는 자신의 재력을 은근히 또는 노골적으로 과시해가며 처음에는 은근슬쩍 이혼을 요구하기 시작했다. 나는 그때 그녀를 놓치기 싫었으므로 그렇다고 내 가정을 송두리째 버릴 생각도 없었으므로 대충 어물쩍 넘기곤 하였다.

마침내 그녀는 나 몰래 아내에게 전화를 하고, 또다시 아내를 만나서 냉정한 얼굴로 수표가 든 봉투를 내밀며 이혼 얘기를 꺼내고 다시 음험하게 웃으며 당신이 원한다면 돈은 얼마든지 내 놓겠다고 말하고. 애들은 당신이 원할 테니까 당신이 키우라고, 나는 애들은 질색이라고 하면서 나는 수컷이 필요하니까 둘의 생활에 방해만 될 거라고 말하고 그녀는 돈의 화신이고 황금만능주의자이니까 백 번, 천 번 그렇게 말했을 것이다. 나는 의심하지 않는다. 그녀는 이 세상에서 돈이면 안 되는 일이 없다고 생각하는, 항상 '돈이면 안 되는 게 없는 거야. 자금도 동원하고 사람도 동원할 수 있지.'라고 말했으니까.

착한 아내는 처음에는 아무 말도 못하고 눈물만 떨구고 그러나 마침내는 그 돈 많은 여자에게로 가라고, 더러운 돈은 필요 없고 애들은 내가 잘 키우겠다고 말했다. 나는 그때 칼날 위에 선 것처럼 위태위태한 삶을 살고 있었고 그러나 결정을 내리지 못해서 이러지도 저러지도 못했다. 그녀를 떠날 수도 없었고 아내와 헤어질 수도 없었다.

그런데 극단적인 질투심이 지배하는 비이성적인 남녀관계에서 삼각관계는 둘은 웃고 하나는 울어야 하는, 또는 하나는 웃고 둘은 울어야 하는, 아니면 셋 모두 울어야 하는 자기 파괴적이고 위험한 관계일 뿐이다. 그러므로 셋 모두가 정상적으로 인간다운 남자이고 여자이어서 진짜 미치지 않았다면 그들 모두가 웃을 수 있는 경우는 있을 수 없다. 비이성적인 인간사회의 현실에서 결코 동등한 삼각관계, 즉 정삼각형은 존재할 수 없는 것이다. 그러니까 신들의 세계라면 모를까.

이제부터 그녀가 점점 짜증을 내더니 화를 내기 시작했다. 너네 가정은 돈도 없는 허수아비들의 아지트에 불과한 거지. 내가 다른 투자자들과 함께 돈을 빼내면 너의 투자 자문사는 당장 문을 닫게 될 테지. 그러면 너는 알거지가 되는 거야. 지금 당장 이혼하고 내게로 오라고. 그렇지 않으면 가정이건 회사이건 풍비박산이 될 거니까. 선택을 하라고, 선택을. 그래서 나는 머리를 숙이고 항복한 것처럼 했던 거지. 그럴 수밖에. 시간이 필요했으니까. 나는 그녀를 몸으로 달래면서 차일피일 시간을 벌었다.

내가 그녀에게 말했다.

현대의 연금술사들이 현자의 돌을 발견한 거야. 그 중에서도 연구소장은 천재 중에서도 천재라고 할 수 있지. 그들이 극비리에 연구소를 차려서 몇 년 동안 머리를 싸매더니 바로 얼마 전에 획기적인 매연저감 화학물질인 촉매제를 발명한 거였어. 그것만 있으면 자동차와 공장에서 뿜어져 나오는 유해물질을 90프로 이상 없앨 수 있으니까 얼마나 대단한 발명인 거야. 지금 중국을 보라고. 해마다 기하급수적으로 증가하는 매연 때문에 나라 전체가 몸살을 앓고 있는데 시진핑 정권의 명운이 걸린 문제인 거지.

그게 해결된다면 어떻게 될 거 같아? 대박 중에 대박, 아니지 대박 같은 거로는 설명이 부족하지. 그 촉매제를 특허 등록하면서 바로 세상에 공개할 거거든. 그 신기술을 발표하는 발표회 장면을 상상해 보라고 국내외의 수백 명 기자들이 몰려들어 사진을 찍어대고 장관이나 국회의장과 상임위원장이 연이어 축사를 낭독하고 우레 같은 박수가 터지고 샴페인을 터뜨리는 광경을.

그들이 세운 벤처기업의 비상장 주식은 바로 그 순간 20배, 50배 폭등하고 일 년 후쯤 상장 되면 다시 수십 배 폭등할 것이거든. 그런데 그 벤처는 초기여서 자금 부족에 시달리고 있어. 연구와 개발에 너무 많은 자금이 필요한 거지. 내가 자금조달을 책임지기로 했지. 액면가 5,000원의 주식을 20프로 할인한 가격으로 800만 주만 취득하라고……

그녀는 반신반의하면서도 관심을 보였다. 그래서 나는 상무와 함께 그 회사의 조직도와 현황, 재무제표, 연구소와 실험 장면을 찍은 동영상과 연금술사들의 화려한 프로필과 사진을, 촉매제의 화학적 원리와 시제품을 회의실에서 프레젠테이션하였다. 그녀는 의심이 약간 풀렸으나 그래도 여전히 반신반의하면서 그 천재를 만나기를 원했다. 최종적으로 그의 의견을 듣고 결정하겠다는 것이다.

MIT 공학박사로 NASA의 우주특수물질 탐색반의 팀장 출신인 연구소장과의 면담이 이루어졌다. 40대 초반으로 보이는 그 벤처기업의 대표이사 겸 연구소장은 실리콘밸리의 창업자처럼 몸에 꽉 끼는 청바지와 티셔츠에 운동화를 신고 나타나서 촉매제의 원리와 액체나 분말가루처럼 만들 수 있는 제조공정에 관한 복잡한 화학방정식을 설명하였다. 매연의 원인 물질에 이 촉매제를 혼합시키면 유해성분 자체를 근원적으로 분해해 버린다는 것이다.

그가 담배를 한 대 물었다. 그러자 그녀가 말했다. 그렇다면 담배의 유해물질도 완전히 제거할 수 있는 거 아닌가요 연구소장이 대답했다. 그건 식은 죽 먹기지만 유해물질을 없애버리면 누가 맛없는 담배를 피우겠어요 그러면 담배회사가 망하겠지요

뮌히하우젠 증후군 증상이 있는 것처럼 보이는 연구소장은 진지하였고 열변을 토하기 시작했다. 그는 예상을 훨씬 뛰어넘었다. 그

가 말했다.

이건 단지 시작에 불과한 것입니다. 제품이 계속 개량되어 나오게 되면 이 지구상의 모든 유해물질을 모조리 제거할 수 있을 것입니다. 내가 MIT 예비 창업자들의 요람이라고 할 수 있는 '마틴 트러스트 창업가 정신 센터'에서 확실하게 배웠지요. 제품을 판매하기 위해서는 우선 집중 공략할 거점시장이 중요한데 그건 하나도 걱정할 것이 없는 것이지요. 바로 우리 곁에 거대한 중국시장이 기다리고 있기 때문이지요. 계속 생산량을 늘려서 중국 다음으로 인도, 러시아, 유럽, 미국 등으로 해서 전 세계를 장악하는 것이지요.

그러니까 10년 전에 나사에서 쏘아올린 우주탐사선이 우주에 퍼져있는 암흑물질 중에서 어떤 신비한 물질의 단서를 전송해온 일이 있습니다. 그러나 나사 당국은 이것에 주목하지 않았지요. 그들은 생명체 형성에 필수적인 탄소가 함유된 유기분자 발견에만 온통 정신이 팔려있었거든요. 오직 나만이 그걸 알 수 있었던 것입니다. 나는 그 후 캘리포니아 공대 케크우주과학연구소로 옮겨서 연구를 계속하였지요. 그리고 이 물질을 개발하기 위해서 한국항공우주연구원의 원장직도 사양하였습니다.

이 우주는 인간의 상상을 초월하는 것이지요. 다중우주의 법칙이 적용된다는 말이지요. 이 지구가 속해있는 태양계는 46억 년 전에 생성되었습니다. 아시겠습니까? 이 우주에만 1,000억 개가 넘는 행성이 있는데 이 우주에는 소위 말하는 암흑물질이 꽉 들어차 있지요. 우리 인간은 그 중에서 단지 4퍼센트만 그 성질을 규명할 수 있는 것입니다. 이 신비한 물질은 아인슈타인이 인생 말년에 찾고 있던 궁극의 이론을 풀 수 있는 해법이 될 수도 있을 것인데 그건 원자물리학자들의 꿈이었지요.

이제부터 인류의 진정한 평화가 찾아온다고 믿습니다. 노벨 화학상과 노벨 물리학상은 당연한 것이고 동시에 노벨 평화상도 받게될 것이지요. 나는 모든 인류의 진정한 구원자, 21세기에 와서야, 이제서야 예수님이 재림한 것이지요. 완고한 유대인들은 예수님을 메시아로 인정하지 않았지요. 그들도 이제는 진정한 메시아가 왔음을 인정할 수밖에 없겠지요.

그런데 사모님이 알아둘 게 있지요. 이 아이템에 대해서는 재벌기업들이 수천억 씩 투자하려고 줄을 설 것이고 벤처캐피탈에서도 사정은 마찬가지입니다. 그러나 그래서는 그들이 회사를 집어삼키게 될 것이지요. 그러면 나는 닭 쫓던 개 지붕 쳐다보는 격이 되겠지요. 그래서 말입니다. 공존공영할 정직한 파트너가 필요한 것이지요. 너무 아름다우신 사모님께서 투자하신다면 상당한 권한을 갖게될 이사회 의장쯤은 양보해야겠지요.

나는 그때 나도 모르게 웃음이 마구 터져 나오려는 것을 겨우 겨우 참았다.

그녀는 얼굴이 상기되고 마침내 함박웃음을 터뜨렸다. 그리고 요란하게 몸짓을 하며 박수를 쳤다. 됐어요, 됐어. 세계적으로 성장하게 될 환경기업의 대주주 겸 이사회 의장이 된다면야.

그녀는 전 재산을 쏟아붓기 시작했다. 은행 예금을 찾고 상장 주식을 팔고 강남역 부근과 삼성동 건물을 매각했으며 심지어 자기가 살고 있는 100평의 고급 빌라를 저당 잡혀 은행 돈은 물론이고 사채까지 빌리기 시작하였다. 그리고 그때마다 차례차례 그 회사의 가상 계좌로 입금하였고 우리는 나중에 다시 대포통장으로 옮긴 다음 반반씩 분배하였던 것이다. 그녀는 일생일대의 절호의 기회를 놓칠세라 대박 중의 대박을 위해 올인한 것이다.

나는 그 돈 대부분을 무모하리만치 대담하게 주식투자와 선물투자를 하면서 일 년여 만에 다 날려버렸다. 가끔 마카오로 날아가서 거액의 카지노 도박을 하며 물 쓰듯 돈을 썼다. 그 돈은 부정한 범죄수익이었기 때문에 그런 식으로 날려버려야 마땅했다. 내가 구속되었을 때는 변호사 비용 마련도 빠듯했다.

그는 티탄 아틀라스의 딸인 님프 **칼립소**가 살고 있는 오기기아 섬에서 어쩔 수 없이 정착하였다. 그리고 7년 동안이나 요정 칼립소에게 사랑의 볼모로 잡혀 있게 된다. 그는 그 요정과 사랑에 빠져버렸다. 그는 천국과 같은 그 섬에서 칼립소와 함께 쾌락에 빠져 너무나 행복한 삶, 기쁨과 보람으로 충만한 삶을 살았다. 그는 한동안 쾌락에 탐닉하여 고향 이타카도, 페넬로페도, 삶의 목적도, 자기 자신마저 잊어버렸다. 그녀는 현명하고 지혜롭고 참을성 많고 임기응

변과 언변에 능한 탁월한 인물인 오디세우스를 연인으로 삼으면서 그를 불멸의 존재로 만들어주겠다고 끊임없이 유혹하였다.

더욱이 키는 작으나 몸이 다부지고 정력까지 센 오디세우스에게 흠뻑 반한 칼립소는 그를 달래서 결혼까지 하고 그 섬에 주저앉히기 위해 한껏 애교와 위엄, 협박을 섞어서 말한다.

그대는 진심으로 지금 당장 사랑하는 고향 땅으로 돌아가기를 원하시나요? 진실로 나는 얼굴과 몸매, 신체적 아름다움에서 그녀 못지않다고 자부하지요. 그녀는 인간, 지금쯤 많이 늙어버렸지 않았겠어요. 필멸의 인간 여인들이 몸매와 생김새에서 불사의 여신들과 겨룬다는 것은 당치도 않은 일이지요.

오디세우스는 역시 정중한 어조로 칼립소에게 말한다.

존경스런 여신이여, 그 때문이라면 조금도 화내지 마시오. 페넬로페가 비록 정숙하기는 하지만 그대와 비교하면 위대하지도 아름답지도 않다는 것을 나도 잘 알고 있소. 더욱이 그녀는 필멸하는데 그대는 늙지도 죽지도 않으니까요. 하지만 내가 매일 비는 유일한 소원은 집으로 되돌아가서 귀향의 날을 맞이하는 것이오.

칼립소는 어쩔 도리가 없었다. 그의 고집을 꺾을 수가 없었던 것이다. 어쨌거나 그녀는 오디세우스를 보내줄 궁리를 하고 출발을 위해 모든 것을 준비했다. 칼립소는 오디세우스를 목욕시키고 향기로운 옷을 입혀준 다음 섬에서 떠나게 해주었다.

오디세우스와 그의 아내 **페넬로페**, 그의 연인 칼립소 간에는 삼각관계가 성립하였지만 어쨌거나 해피엔딩으로 끝났다. 칼립소가 대범하게 양보하였기 때문이다. 그러나 그녀는 여신이 아니었던가. 그들 셋은 모두 웃을 수 있었다.

그러나 나는 그녀를 뿌리쳐야 했다. 그리고 믿음에 대한 배신 때문에 깊은 상처를 입고 반쯤 넋이 나가 있는 아내와 애들 곁으로, 만신창이가 된 가정으로 돌아가야 했다. 하지만 그 이전에 어쨌거나 돈을 모두 빼앗아야만 했다. 황금만능주의자에게 그 황금을 모조리 빼앗아 버리면 어떻게 될까. 그녀를 지탱했던 황금이 빠져나가버리면 말이다.

검은 법복을 걸친 저 판사의 뒤틀린 입을 보라고 결국 저 입 속의 검은 입술이 나를 죽이려고 독사의 혀처럼 날름거리며 무시무시한 말을 내뱉겠지. 저 판사는 구치소에 있는 모든 피고인들의 공공의 적인 거야. 지금 저 상기된 얼굴 좀 보라고 내심 쾌감을 느끼고 있는 거야. 모든 게 개뿔이야……

판사님은, 네 죄는 네가 알고 있지 않느냐고 묻고 있지 않습니까? 그러니까 지금 저에게 자아비판을 하라는 거 아닙니까? 최후진술이란 게 그거 아닌가요?

제가 무슨 나쁜 짓을 저질렀는지 전혀 알 수가 없습니다. 원인은 깊이 숨겨져 있으면서 그 결과만 드러나기 때문입니다. 가정은 신성한 것이지요. 성소이지요. 작은 새들의 둥지이고 보금자리이니까요. 그걸 송두리째 파괴하려고 한다면 목숨을 걸고 반항해야 하는 것 아닙니까?

복수는 원인에 대한 결과일 뿐입니다. 원인이 없이는 아무것도 일어날 수 없기 때문입니다. 원인 또는 동기를 제공한 자를 법이 왜 처벌하지 않는지 의문이 드는군요. 그들이 희생자이고 피해자라고 자신 있게 말할 수 있을까요? 그들 자신이 저지른 죗값을 달게 받는 것이 아니겠어요. 그렇지요 그리스 시인은 '복수는 꿀보다 감미롭다'라고 하였지요. 그래서 구약성서와 함무라비 법전은 '눈에는 눈으로, 이에는 이로, 손에는 손으로, 발에는 발로, 화상에는 화상으로, 상처에는 상처로, 멍에는 멍으로 갚아야 한다.'라고 하지 않았던가요.

과연 이 험한 세상에 진실이 있는지, 없는지 누가 알겠습니까? 하찮은 인간들이 말입니다. 신이 계시다면 신만이 알 수 있겠지요. 그런데 문제가 있습니다. 그 신이 죽었는지 어떻게 되었는지 신이 더 이상 존재하지 않는다는 것입니다. 그러니 무슨 반성을 할 수 있겠습니까? 선처를 바라지도 않습니다. 그걸 바라서 무슨 소용 있겠습니까? 마음대로 하라지요.

재판장 : 미리부터 자포자기를 할 필요가 있을까요. 예단은 금물입니다. 예단은 이 신성한 법정에 대한 정신적 모욕이라고 할 수 있

겠지요. 그나저나 피고인이 단단히 화가 난 모양이군요. 맞는 말입니다. 판사들도 하찮은 인간에 불과하지요. 왜 아니겠습니까. 더욱이 산헤드린의 재판관들처럼 지혜롭지도 않으면서, 사회경험도 풍부하지 않고, 전문지식도 없고, 인간에 대한 애정도 없고, 인간의 본성에 대해 이해도 부족하니, 제가 판사로서 재판을 한다는 게 참으로 어불성설이죠.

이 자리에서 반성이니 회개니 하는 것은 쓸데없는 일이지요. 다른 사람에게 저질러진 죄악을 대신해서 용서해줄 수 있는 사람은 아무도 없습니다.

인간이 어떻게 진실을 알 수 있겠습니까. 진실이 있는지도 의문이군요. 우리가 진실을 너무 오랫동안 찾으면 진실은 도망가 버리고나서 오히려 우리를 뒤돌아보는 것이 아닐까요. 하여간에 그건 신의 영역입니다. 그래서 우리는 장님 코끼리 만지기 식으로 지금 겉만 핥고 있는 것이지요. 그러니까 인간이 어찌 인간을 심판할 수 있는지 참으로 곤혹스러운 일입니다. 이 세상을 주관하시는 전지전능한 신만이 선과 악을, 옳고 그름을 판단할 수 있을 것인데 그 신이 죽어버렸다고 하니 안타깝군요.

그렇다면 신을 대신해서 운명이…… 그렇지요. 운명이.

우리는 우리가 발을 딛고 서있는 현실의 토대에서 판단할 수밖에 없습니다. 현실은 바로 법률이고 제도이고 관습을 의미하지요. 그런데 법에는 한계가 있는 것이지요. 아시겠습니까? 법이건, 인간이건 어쩔 수 없다는 말입니다. 인과관계에서 원인은 무한정 확대되면서 과거로 계속 거슬러 올라갑니다. 그래서 법은 현명하게도 결과만 가지고 따지기로 결정한 것이지요. 바쁜 세상에 불가피한 것입니다.

　그나저나 개를 죽인다고 해서 물린 자리가 낫는 게 아니지요. 피고인은 섣부른 복수는 자신의 파멸을 초래한다는 것을 몰랐던 모양이군요. 그리고 구약성서와 함무라비 법전은 2,000년도 넘은 아주 옛날, 옛날 일이지요. 그 후 세상은 골백번 바뀌고, 바뀌고, 법도 골백번 바뀌고, 바뀌었지요.

　재판을 마칩니다.
　선고는 3주 후에 하겠습니다.

제2 인자

제2 인자

그는 언제나 내 앞에,
의연히 내 앞에 있었다.

접견 신청서

수감 번호 : 1522

피고인 : 유석근

죄명 : 사기, 배임, 횡령, 주식회사의 외부감사에 관한 법률
　　　위반죄 등

접견 일시 : 2012. 12. 3. 14:00

2012. 11. 30.

변호사 유중원

서울구치소 귀중

12월 3일 월요일

변호사 : 회장님의 편지를 받았지요. 그러나 너무나 의외였습니다. 저는 현재 반쯤 은퇴한 상태이지요. 그러니까 별 볼 일 없는 변호사라는 이야기입니다. 게다가 형사사건을 맡아본지가 까마득한 옛날이지요.

피고인 : 잠깐만……. 너무 서두르지 마시오. 내가 그런 사정을 어느 정도는 알고 있지 않겠소. 심사숙고 했지요.
　　　종친회 회장이 면회를 와서는 추천을 하더구먼. 촌수가 멀긴 하지만 조카뻘이 되지. 우리 조상들이 대대로 고흥에서 살다가 아버지 때 전주로 올라온 거라네.

변호사 : 연세도 많으시고 집안의 아저씨뻘인데 말씀을 낮추시지요. 그리고 대그룹의 회장님 아니십니까.

피고인 : 말이라도 고맙구먼.

변호사 : 이런 큰 사건이라면 대형 로펌에 맡겨야하지 않겠습니까? 그런 곳에는 전관예우를 받는 검찰이나 법원 고위직 출신들이 즐비하지 않겠습니까.

피고인 : 그렇겠지. 돈을 터무니없이 많이 요구하고 말이지. 전관예
우라는 유구한 사법적 관습을 믿는 자들 말이야. 이왕 말이
나왔으니까, 그런 종류의 인간들과 한바탕 홍역을 치렀지.
이 사건이 알려지자마자 자천타천으로 거물 변호사들이 몰
려드는 거야. 구속적부심에서 풀어준다, 보석으로 내보내
주겠다, 최소한 집행유예만은 장담한다고 하면서 말이야.
그리고 그들은 재판을 받을 때는 모자를 깊이 눌러쓰고 마
스크를 쓰고 휠체어에 앉아 대단한 환자인 것처럼 해서 법
정으로 들어가라고 코치를 했었지. 자신들이 잘 아는, 진단
서를 잘 써주는 아주 특별한 병원도 소개해준다고 했어. 그
게 재벌 회장들의 공식이라고 하면서. 그러나 그렇게 돈에
만 환장한 인간들은 도대체 믿을 수가 없는 거야.

변호사 : 돈이라면 사족을 못 쓰지요. 요즘 세상에 돈 싫어하는 사람
이…….

피고인 : 그건 맞는 말이야. 솔직해서 좋군. 자본주의 사회란 황금만
능주의이니까. 돈은 원하는 대로 줄 수 있지. 어서 요구해
보라고 변호사들은 황금의 노예가 아니던가. 난생 처음 보
는 목돈을 만지게 해줄 테니까.
　　나는 내 이야기를 끝까지 진지하게 들어주고 그걸 뼛속

깊이 이해하는 사람, 그런 변호사가 필요했던 거요. 나는 늘 대화할 사람을 목말라 했거든. 대화할 상대가 있다는 것은 대단히 멋진 일 아니겠는가. 그만큼 대화가 통하는 사람이 드물었다는 얘기야.

그래서 말인데 자주, 그러니까 매일처럼 접견을 와주면 고맙겠군. 감방 안은 너무 답답하다네.

그러니까, 발화자에게는 항상 진지한 청자가 필요한 법이지.

그쪽도 사정은 마찬가지이겠지. 뭐니 뭐니 해도 독자가 절실히 필요했을 테니까. 당신도 독자가, 무슨 독자더라, 그렇지 당신의 소설을 뼛속 깊이 제대로 이해할 수 있는 모델 독자가 필요하다고 실토하지 않았던가.

아시겠어? 유 변호사는 뭐랄까, 시쳇말로 괴짜라고 할 수 있겠지. 겉모습을 보면 아직 멀쩡하니까 반 은퇴라는 말은 하지 마시오. 내가 당신의 소설을 죄다 읽었어. 솔직히 말해서 여길 들어오기 전엔 이름조차 몰랐지만 이곳에는 지겹게 시간이 남아돌고 이상한 소문을 들었던 거야. 당신이 제법 작가인척 한다는 거지. 자신을 구구하게 변명할 필요가 있었겠지. 그래서 '(변호사가) 왜 소설을 쓰는가.'라는 에세이를 썼던 거고 당신은 능수능란하거든. 자신을 비하하는 것처럼 하면서도 은근히 과시하고 있는 거야. 유 변호사는 소설보다는 비평을 해야 하는 것 아닌가, 남을 비꼬는 데는 소질이 있는 것 같거든.

변호사 : 제가 쓸데없는 이야기라도 늘어놓았다고 생각하십니까? 무슨 오해가 있었던 거 아닌가요?

피고인 : 그건 아니지. 분명히 아니지만 거기에는 오싹한 경멸이 숨어 있었거든. 그러나 유머 감각이 너무 부족했던 것만은 인정해야 할 거야.

다만 손으로 종이 위에 또박또박 쓰는 것만큼은 공감이 가지. 펜으로 종이 위에 글을 쓰는 것은 컴퓨터의 키보드를 치는 것 하고는 차원이 다른 거지. 컴퓨터 속 윈도는, 그건 가짜인 거야. 인간은 본질적으로 창문이 아니라 그 너머에 있는 걸, 그걸 실체라고 할 수도 있겠지, 그걸 보고 싶어 하고 만지고 싶어 하는 거야. 실제로 무언가를 직접 쓰는 행위에는 심오한 철학적 배경이 있는 거지. 손으로 글씨를 쓰는 행위는 마음에 평안을 가져오고 잡념을 없애주고 스트레스를 잊게 만들고 쓰는 내용을 더 깊이 음미하게 해주는 거야. 그런데 글씨를 쓰다 보면 몰입하게 되고 그럼 결국 명상하는 효과와 같은 효과가 나오는 거지. 불경을 베껴 쓰는 사경寫經을 하게 되면 산란한 마음이 가라앉고 안정감이 생기는 것과 같은 거지.

변호사 : 좋은 게 좋다는 식의 비평은 하나마나지요. 그건 짜고 치는 고스톱처럼 죽도 밥도 아닌 것이지요. 하여간에 오늘은 여기까지만 하시지요. 제가 또 올 수 있을지 모르겠습니다. 그 이유를 편지로 알려주십시오. 이정도 사건이라면 요즈음 양형기준으로는 아마 10년쯤은 살아야 할 거에요.

피고인 : ……그래, 그렇군. 나더러 감옥에서 죽으라는 얘기군. 그러나 내 이야기는 시작도 안했는데 말이야. 그럼 언제쯤 다시? 그 인간에 대한 이야기를 ……. 그는 언제나 제1 인자, 영원한 1인자, 독재자, 회장, 대표이사, 냉혹한 기업가, 탁월한 사업가, 분노조절 장애자, 비열한 인간. 그리스 신화에 나오는 키메라 같은 다중인격자, 로맨티스트이거든. 어째 흥미롭지 않아?

변호사 : 저더러 그 사람 회고록을 대필하란 말씀인가요? 혹은 전기라도 쓰라는 말씀인가요?

피고인 : 전기? 회고록? 그건 과장과 왜곡, 미화, 우쭐대기, 잘난 체하기 등 온갖 수법을 다 동원한 전기 작가의 소설이야. 진

짜 소설인데 쓰레기인 거지. 전부 불태워 버려야만 할 거야. 그런데 그 1인자는 이 사건에서 핵심인 거야. 암흑의 핵심.

12월 10일 월요일

변호사 : 편지는 잘 받았습니다. 간단히 쓰셨더군요. 그런데 잘 모르겠습니다. 재판 날짜는 아직 멀었지요. 엊그제 기소가 되었으니까요.

피고인 : 어쩔 수 없는 일이지……. 재판을 서둘러서 무슨 좋은 수가 생기겠어. 안 그런가? 그 재판장 형이 세다고 하더군. 곧 사표내고 개업한다는 소문도 있고.

　　　우리는 지금 약속을 한 거야. 소송위임계약이란게 결국 약속이 아니고 무엇이겠어.

　　　나는 「인간의 초상」을 지금까지 열 번쯤 읽었고 이 재판이 끝날 쯤에는 그만큼 더 읽게 되겠지. 그래, 그렇지. 지금쯤 고백록이 필요했겠지. 그걸 쓰고 싶기도 하고 남기고 싶기도 했겠지. 누가 읽어 보던 안 읽어 보던 상관없이 오직 자신을 위해서 쓸 수밖에 없었겠지. 그러니까 당신은 솔직하게 말하고 있는 거야. 나 자신을 위해 그 소설을 썼습니다, 그래서 어쨌다는 것입니까, 그것 말고 달리 뭘 위해

95

서 쓸 수 있었겠습니까, 독자를 위해 쓴다는 것이 무얼 의미하는 것인가요, 나는 독자가 원하는 게 무엇인지, 상상할 수가 없지요, 나는 사람들이 내 소설을 좋아한다거나 읽을 거라고는 믿지 않습니다, 그러니 성성한 구어체로 편하게 읽을 수 있게 쓸 수가 없는 것이지요

그럼에도 불구하고 작가는 소설에 대한 오독에 화가 나지 않을까, 그런 거지, 어쩔 수 없다고, 그러기 마련이라고 자위할 수 있을까? 당신인들 자신의 작품 중에서 상당 부분을 해석하지 못하거나 잘못 해석하고 있을 거야. 그 소설은 그건 '기억의 초상'이고, 퇴행성관절염에 걸린 한 '인간의 초상'이라 할 수 있겠군. 그러니 제목을 바꿔야 하지 않겠어. 그 제목이 왜곡된 이미지를 만들고 있으니까.

그러나 나는 우리나라 작가 중에서 유일하게 전쟁을 이해하는 작가라고 믿게 되었어. 전쟁의 양상은 매우 다양하지만 그 소설은 전쟁의 본질을 제대로 표현했지. 죽음과 절망 말이야. 전쟁터에서는 패자는 죽어야하고 승자는 절망할 수밖에 없으니까. 인간 실존의 비루함이란. 그리고 무신론의 문제가 있지. 전지전능한 신이 일찍부터 진짜 있었다면 그 비참한 전쟁들이 일어나지 않았을 거야.

변호사 : 왜, 갑자기 그 허접 쓰레기 같은 소설을 읽고 있는지 이해

가 안 가는군요. 읽을 만한 좋은 책들이 널려 있지 않습니까.

피고인 : 작가 스스로 쓰레기라고 말할 수 있는 거야. 자학이 심하군 그래. 그런데 그건 독자를 모독하는 거지. 독자에게 쓰레기를 던지는 행위이니까.

변호사 : 잘 아시잖습니까. 전쟁은 결국 쓰레기지요. 인간 쓰레기들이 저지른 비열한 짓이 아니겠어요. 그러니 그걸 쓴 소설 역시 쓰레기 같은 거 아니고 무엇이겠습니까.

피고인 : 그러고 보니 당신의 대답 속에는 날카로운 질문이 숨어있군, 안 그런가?

책은 독자가 선택하는 거야. 그걸 당신이 간섭할 필요는 없겠지. 작품이란 작가의 자식이긴 하지만 어디 자식이라고 마음대로 할 수 있나, 제 인생이 있는데 말이야. 자식이란 게 부모 마음대로 안 된다는 걸 깨달으면 아버지가 다 된 거야.

책은 작가를 떠나면서부터 작가의 소유물이 아닌 거야. 아직 누구도 단 한 단어도, 한 문장도 읽지 못했더라도 말이지. 책은 제멋대로 이 세상을 떠돌게 되는 거야.

그리고 말이야, 그건 내 이야기이기도 하지.

그런데 당신은 신경증이거나 강박증 환자임에 틀림없을 거야. 텍스트를 시도 때도 없이 마구 고치거든. 그건 지독한 동성애자인 영국 화가 트렌시스 베이컨의 버릇과 비슷한 거야. 그 양반은 작품을 갤러리에 내 보냈다가도 도로 가져와서 계속 덧칠을 하며 손을 보거나 때로는 그림의 전경에 들어있는 형상을 지우기도 하거든.

변호사 : 저는 그 화가를 잘 모르지요. 그러나 매사에 자신감이 없을 수밖에 없지요. 저는 늦깎이였습니다. 만날 늦깎이인 거지요. 한 번도 선두에 서본 적이 없었지요.

제가 상대방과 이야기 하면서 자꾸 똑같은 말을 몇 번씩이나 되풀이하는 것도 그런 거지요.

작품에 대한 의혹이 끊임없이 고개를 쳐드는 거예요. 그럴 때면 그걸 태워버려야 하는데 용기가 부족해서 기어이 발표하고 말죠. 요즈음 인터넷에 올리는 건 쉬우니까요. 이해관계가 맞아 떨어지지요. 그쪽에서는 원고료를 주지 않아도 되니까, 선심 쓰는 척 하면서 얼마든지 올려주겠다는 것이고, 저야 원고료는 둘째 치고 우선 글을 실을 데가 한 군데도 없으니 울며 겨자 먹기로 인터넷에 띄우는 거지요. 하지만 그러고 나서 무척 후회를 합니다.

피고인 : 그러니까 예술가들이 더 잘 만들려고 좀 더 노력을 기울이
다가 원래의 특성을 모조리 잃어버리는 우를 범하는 거지.
모든 것을 잃어버리게 되는 경우가 되는 거지. 그건 결국
자살행위, 자기파괴 행위인 거지. 모든 게 지나치면 안 되
는 거야.

변호사 : 그럴 수도 있겠군요. 그러나 잘 모르겠습니다.

12월 12일 수요일

겨울의 시작. 겨울의 짧은 해가 구치소의 퇴락한 회색 담벼락에
긴 그림자를 드리웠다. 달콤한 혹은 쓸쓸한 슬픔.

12월 14일 금요일

피고인 : 오늘은 전쟁 이야기를 하고 싶군. 나도 6·25전쟁 중에 학도
병으로 참가했었지. 죽을 고비를 몇 번이나 겪고 나서 결국
운명론자가 되었으니까. 나는 이 사태를 운명으로 받아들이
고 있지.

그런데 말이지, 유 변호사는 제법 죽음을 달관하고 있는
것처럼 보이거든. 내가 '죽음에 대한 단상'을 몇 번이고 잘
읽었거든. 당신은 월남전에서 죽음의 순간을 제대로 체험한
것 같더군. 당신은 자살 예찬론자인가, 아니면 반대론자인

가? 자살에 대해 아주 길게 썼더구먼. 당신도 나처럼 자살을 시도 해본 적 있었던 거야?

그런데 웬? 지랄병에 걸린 거야, 그 전쟁터에서 말이야. 싱겁지 않나? 차라리 베트콩의 총알이 가슴을 관통했는데 그래도 기적적으로 살아남은 것으로 각색했어야 했어.

우리가 역사적 사실을 믿어야만 하는 거야? 역사책도 픽션이라고 할 수 없을까? 역사가들은 특정한 인물과 사실들을 선택해서 나름대로 정리하고, 나머지 인물들과 사실들은 잊히도록 방치하거나 망각 속으로 던져버리거든. 만약 역사가 들이 역사책에서 제외했던 것들을 재고한다면 똑같은 역사가 다른 형태를 띠게 될 거야. 사실 역사는 수없이 다양한 방법으로 쓰일 수 있는 거지. 그렇기 때문에 역사에는 그 시대를 대변하지 못 하고, 숨기고 억압하는 것이 숨어있는 거야.

역사가들은 1차 자료는 거의 보지 않아. 그래서 2차 자료, 3차 자료를 보게 되는데 어떤 것은 다른 자료의 내용을 그대로 베낀 것이고, 어떤 것은 남의 말을 경솔하게 옮긴 것이며, 어떤 것은 소문을 그대로 옮긴 것이고, 어떤 것은 1차 자료를 교묘하게 바꿔 놓았고, 어떤 것은 제멋대로 해석하고 그래서 어떤 것은 내용이 심하게 수정되었지. 신약성경을 보라고. 그러니까 개인의 역사도 마찬가지야. 어차피 역사는 왜곡과 과장, 미화, 상상력이 가미된 소설이니까.

변호사 : 그 소설은 베트남 전쟁에 대해 너무 조금, 그러면서도 너무
많이 말을 한 것 같습니다. 지금 돌이켜보면 말이지요, 그
전쟁을 말입니다.

전, 콱 죽어버리기 위해서 그곳에 자원해서 갔었는데 죽
지를 못했던 거지요.

그런데, 베트남에서 미국의 주도로 휴전이 성립된 직후
바로 월남은 패망했고 베트남은 통일이 되었지요. 얼마나
허망한 일인가요. 무엇 때문에 미국과 한국은 그런 부패하
고 허약한 정권을 도우려고 참전했는지…… 왜, 젊은이들
은 붉은 피를 쏟았단 말인가요, 쓸데없이. 어리석었다고 밖
에 말할 수 없겠지요.

그 후 불과 17년이 지나서 더 기막힌 일이 벌어졌거든요.
전쟁 기간 중 철천지원수였던 미국과 베트남, 한국과 베트
남은 1992년에 수교를 하였습니다. 지금 한국과 미국은 베
트남의 가장 중요한 교역국임과 동시에 자본 투자국이 되
었지요. 호치민 시—그때는 사이공이라고 하였지요, 울림이
훨씬 좋지 않은가요? 멋있는 도시였지요—와 하노이 거리
에는 한국인들이 수없이 걸어 다니고 베트남 처녀 수만 명
이 한국으로 시집오는 세상이 되었다는 말입니다.

그러므로, 그 당시 참혹한 전쟁이 무슨 역사적 의미가 있었는가 말입니다. 전쟁의 무의미함이란 결국 모순에 불과한 것이지요. 역사가들은 한편의 난센스 코미디에 불과했다고 평가할 것이지요. 인간은 어쩔 수없이 어리석다고 할 것이지요. 그러니 그 전쟁은 한 편의 서사시나 발라드는 아니지요.

그 전쟁은 인간의 분노, 권태 또는 광기를 해소하기 위한 카타르시스로서 유희에 불과했던 것일까요. 그러므로 제가 참전했던 그 전쟁이 저에게 지금 무슨 중대한 의미를 가질 수 있었겠습니까?

인간의 어리석음은 인간 존재와 불가분의 관계에 있는 것이지요. 인간은 명석한 만큼 어리석다고 할 수 있습니다. 그것은 치유가 불가능한 인간의 본성이지요. 인간은 어떤 역사적 단계에서도 결코 그 어리석음에서 벗어날 수 없을 것입니다. 인간은 어리석기 때문에 신을 믿을 수밖에 없었을 것입니다.

그런데 왜 6·25 전쟁에 대해서는 말씀을 아끼시는가요? 불편한 진실을 말하기가 두려우신가요? 아버지 세대는 한국전쟁을, 우리 세대는 베트남전쟁을 각기 겪은 거 아닌가요. 전쟁의 본질이야 다를 수가 없겠지요. 그러나 지금 세대는 전쟁을 모르지요.

피고인 : 386세대라고 하던가, 걔들은 젖비린내 나는 꼬마들이지. 잘
난 체는 얼마나 하던지. 그러니까 모두 저마다 잘 알고 있
는 척 나서는데 질려버린 거야. 저마다 한 마디씩 씨부렁거
리는데 나까지 나설 필요가 있겠어. 그들은 그 전쟁의 극히
일부만 알고 있는 거야. 그것도 피상적으로 말이야.

어쨌거나 그 전쟁은 김일성과 스탈린과 모택동의 합작
전쟁인데 그들에게는 한 바탕 일종의 전쟁 게임에 불과했
을 거야. 세상은 역시 불공평하지. 그 악당들은 모두 천벌
을 받는 대신 천수를 누리고 죽었으니까. 그러니까 전지전
능한 신은 없다고 봐야겠지. 당신의 견해가 옳은 거야. 전
쟁은 신의 의지가 아니라 인간의 의지인 거야.

내가 16살 때 학도병으로 끌려갔지. 오죽했으면 5년 만
에 제대해서 돌아오니까 키가 10센티미터나 더 자랐더라고.
그렇게 어린 녀석이었으니 얼마나 집이 그리웠겠어. 엄마도
너무 보고 싶고 우린 군사훈련도 제대로 받지 못했고 겨우
방아쇠 당기는 법만 배워서 투입되었지. 낙동강 방어선 전
투에서 우리 소대원 중에서 나 혼자 살아남고 다 죽었어.
군대에서 보병은 천덕꾸러기…… 프롤레타리아이지.

그러면 살아남은 자는 행복하고 선택 받은 자로서 자부
심을 느낄 수 있었을까. 그만두자고 나 혼자 살아남았다는
죄의식을 떨쳐 내는데 반세기가 걸렸거든. 칠십이 넘으니까

그게 점점 엷어지고 마침내 사라졌어.

변호사 : 저의 경우에도 그랬었지요. 시간이 약이었지요. 시간이 도도한 강물처럼 흘러갔지요. 현실에 익숙해지고 일상생활에 익숙해졌지요. 그래서 문을 닫아걸고 문 안의 사적 세계인 가족의 세계에 안주할 수 있었던 것이지요. 그러나 여전히 제 마음 한 구석에는 견고한 장벽이 존재해서 그곳으로는 타자가 들어올 수가 없었습니다.

12월 17일 월요일
12월 19일 수요일
12월 26일 수요일
12월 28일 금요일

1월 3일 목요일
피고인 : 벌써 해가 바뀌었어. 시간이 참 빠르지.

변호사 : 그렇지요 뭐. 강물처럼 도도히 흘러 가는 세월을 어찌 멈출 수가 있겠습니까

피고인 : 오늘은 제1인자 이야기를 시작해야만 할 거야. 그를 빼놓고

는 이 사건을 이해할 수 없거든. 그 잔인한 인간의 이름을 자네도 잘 알고 있겠지.

그 독재자는 절대적 권한을 갖고 있었어. 그랬으니 한 번 입에서 나온 명령은 어떤 경우에도 반드시 엄격하고도 철저히 임무수행을 하여야 했고, 명령을 받은 부하 직원은 지위 고하를 막론하고 어떤 핑계나 이유로도 그걸 피해갈 수 없었지. 하급자들을 지나치게 자유롭고 편안하게 대하면 존경심이 사라지고 방종이 자라나게 마련이라고 하면서, 아니, 더 정확하고 노골적으로 표현하자면, 언제나 명령 불복종, 기강 해이, 무질서로 끝나게 마련이라고 하였지.

1인자는 회사를 경영하면서 물불을 가리지 않았어. 필요하다면 금융기관이나 거래처에 뇌물을 받치는 것은 눈 하나 깜짝하지 않았지. 그는 뇌물을 줘도 아주 요령껏 했어. 뇌물의 액수에 비해 큰 효과를 거둘 수 있도록 말이야. 그는 심리전의 대가인 거야. 그는 뇌물 받을 사람의 취미와 수요를 미리 파악해 맞춤형 뇌물을 제공했기 때문이야. 예컨대 발주처의 담당 본부장에게는 현금을 건넬 뿐만 아니라 본부장의 아들이 골프 프로 지망생이라는 것을 파악하고 아들의 레슨비와 해외 전지 훈련비를 골프 코치 계좌로 입금해서 대납하고 또 상임 감사에게는 퇴임 후 타고 다닐 고급 승용차를 제공하며, 담당 이사의 경우 딸이 수입차가 필요하다는 정보를 입수하고 독일 폴크스바겐의 승용차를 구입해서 제공하고, 담당 대리에게는 그가 자전거 마니아라는 사실을 알고는 500만원이 나가는 독일제 자전거를 선물하고, 또 다른 담당 팀장은 카 마니아이기 때문에 1,000만원짜리 차량용 오디오를 설치해줬지. 현금도 교묘하게 전달됐어. 뇌물 받을 사람의 아내나 친인척이 회사에서 일한 것처럼 위장해서 급여를 주는 수법이 사용됐지.

그리고 금융기관의 경우 은행장에게는 현금과 함께 벤츠나 아우디, 에쿠스 등 고가의 차를 부인용으로 제공하고 고급 골프채를 건넸지. 여신 담당 상무에게도 현금과 자동차, 골프채를 상납하고 여신 담당 팀장에게는 직원들을 시켜가끔 현금을 주는 외에 수시로 유흥주점과 골프접대를 하였지.

그러나 수법이 하도 치밀하고 교묘해서 아무도 걸린 일이 없었어.

그는 어쩔 수 없이 노조를 인정하기는 했지만, 시대의 흐름이 그럴 수밖에 없었으니까, 그러나 단 한 번도 노조를 정식으로 인정한 적이 없었던 거야. 그는 온갖 협박과 회유, 탄압, 매수를 통해서 어용 노조를 만들고 그 노조를 마음대로 조정했던 거야.

그러나, 그의 성격은 참으로 묘한 데가 있는 거야. 한 번은 군 최고위 당국자가 큰 건을 수주할 수 있도록 편의를 제공할 수 있다고 하면서 먼저 대가를 요구했는데, 그러니까 그 쪽에서 먼저 요구한 거지, 그는 일언지하에 딱 거절했지. 정말 큰 건이었는데 말이야. 그리고 중간에서 브로커 역할을 한 군 장성 출신의 담당 전무를 단칼에 잘라버렸지. 다른 때라면 그걸 따 내려고 더 큰 뇌물을 받칠 사람이거든. 그는 그런 사람이야. 천성적인 반항아라고 할까.

그리고 은밀히 이루어지는 대기업의 횡포, 하청업체 쥐어짜기를 말하는 거야. 마른 수건 쥐어짜기라고 납품단가를 갑자기 확 낮추고, 중소기업이 애써 개발한 기술을 빼앗고, 뇌물을 요구하는 행위 따위는 하지 않았거든.

그러나 그의 기분은 참으로 예측하기가 어려웠지. 극과 극을 달렸으니까. 찬바람과 따뜻한 바람이 번갈아 불었어. 그러니까 우리들의 관계는 불안정해서 파국이 예정되어 있는 것처럼 보였지만 그래도 그는 항상 마지막 한계선을 넘지는 않았지.

그는 주력 분야에서는 덩치를 키우고 다른 분야로 문어발 확장도 서슴지 않았지.

어쨌거나 회사 경영에 있어서는 나와는 엄청나게 견해 차이가 있었지. 그러니 나는 완전히 소외되고 외톨이로 겉돌았지. 회사의 내밀한 경영상 기밀에는 접근이 아예 차단

되어 있었어.

그는 자신감이 넘치는 독재자였기 때문에 기업의 의사결정에 결정적 영향을 미쳤던 거야. 과도하게 자신감이 넘치기 때문에 자꾸 인수 합병을 시도했는데, 물론 그 덕분에 회사가 성장하고 발전한 것은 인정해야겠지. 그러나 인수 합병의 경우 그와 나는 하늘과 땅 같은 견해 차이가 있었던 거지. 나는 재무구조를 튼튼히 해서 내실을 우선적으로 기하자는 쪽이었고 그는 인수가 무산되면 다른 기업 인수를 계속적으로 추진했지. 그는 아주 적극적이었어, 나는 소극적이었고 나의 관심은 오직 기술 쪽이었어. 기술 개발에 전력하자는 거였지.

사실 그건 핑계인 거고 나는 너무 소심해서 잔뜩 겁을 집어먹은 거야. 부실 회사를 인수해서 동반 부실하게 되면 망한다고 생각했거든.

그러나 그는 전문가를 고문 변호사와 재무 담당자로 영입해서 오로지 인수 합병에 전력투구했지. 그는 그걸 할 때도 치밀한 계산 하에 주고받기 식으로 백기사를 적극 활용하여 경영권을 장악하거든. 처음에는 단순 투자 목적이라고 하면서 소액주주나 2대 주주로 출발하는 거야. 그러면서 야금야금 먹어 들어가는 거지. 경영권 분쟁이 생기면 우호적 주주인 백기사를 이용하는 거야.

이런저런 과정에서 나는 도저히 참을 수가 없어서 한 번 들이 받은 거야. 영업, 인사, 재무 담당 이사 자리를 요구하고, 실질 주주명부를 아무 때나 열람할 수 있고, 비업무용 부동산은 매각할 것과 자사주의 매입과 소각을 제안하고, 회사 경영에 대해 내 지분만큼은 영향력을 행사하겠다는 뜻을 그에게 전달했지.

그러나 그는 제1대 주주여서 주주총회를 마음대로 주물럭거릴 수 있었지. 그래 그는 수없이 일어난 증자 과정에서 자신의 지분을 나보다 배는 늘리고 나서 차명 주주에게 넘겼으니까. 이사들, 사외이사들 모두 자기 쪽 사람들이었고, 회사 경영을 좌지우지했기 때문에 나의 요구를 일언지하에 거절했어.

그때 날 어르고 달래고 협박도 서슴지 않았지. 그가 미친 듯이 화를 내더구먼. 그래서, 네가 경영을 하면 회사가 쭉쭉 빵빵 잘 나갈 것 같아, 어리석은 자 같으니라고 기다려, 기다려 보라고 무슨 일이든 생기겠지. 그러니 우리는 불안한 동거 관계일 수밖에 없었어. 동업은 언제나 어려운 거고, 제2 인자는 항상 1인자 눈치를 살펴야 하니까 언제나 서럽지.

절대 권력자는 누구나 본능적으로 자기 다음 사람이 나오는 것을 싫어하거든.

그는 눈물을 잘 흘리고, 분노조절장애자이고, 다중인격 장애자라고 할 수 있지. 잘 알겠지, 다중인격 장애는 해리성 장애의 하나인 거야, 그는 가끔 그런 증세를 보였거든. 그의 자아는 늘 한결같지 않고 계속 변해가는 거야. 하나가 아니라 여럿으로, 복합적이고 분열적이고 모순적이었지. 그렇지, 그렇고말고 그의 다중 연기는 참으로 현란했거든. 그는 냉혈동물이고 온혈동물이지. 흥분하면 말을 하면서 손을 흔들어 대고 시도 때도 없이 감탄과 강조를 남발하고 익살꾼, 만담꾼이었지. 하지만 냉정한 성격이었고 입은 대단히 무거웠지. 비밀을 남에게 털어놓는 일도 드물거니와 남의 비밀은 무덤까지 가져갈 사람이었거든. 그는 그리스 신화에 나오는 키메라인 거야.

두주불사하는 술고래이지. 술만 취하면 눈이 충혈 되고 이유 없이 분노를 터트렸어. 고래고래 욕설을 퍼부었지. 나는 그가 그렇게 더러운 말을 많이 알고 있는 줄은 상상도 못했지만 어쨌거나 시간이 지나면서 익숙해지고 말았지. 그러나 그는 확실하게 로맨티스트인 거야. 여자들을 무척 사랑했지. 모든 여자들을 사랑했으니까.

그는 첫사랑 여인을 잊지 못했어. 그가 군대에서 제대하고 나서 불행한 결혼생활을 하고 있던 그 여자를 기어이 이혼시키고 결혼했던 거야. 그들에게는 외아들이 있어. 부

부 모두 아이를 더 낳고 싶어 했지만 남자 쪽에 유전적이
문제가 있어서 매번 일찌감치 유산으로 끝나버렸어. 잇따른
유산의 스트레스 때문에 아름다웠던 여자는 지쳐버렸고 그
후 충격적일만큼 뚱뚱해지고 약간의 조울증 증세를 나타내
고 자주 히스테리를 부렸지. 그러나 그녀를 내치지지는 않
았지.

변호사 : 대단한 인물이었군요. 정말 흥미롭기도 하구요. 다음 월요
일에 오겠습니다. 주말에 어디 다녀올 일이 있어서요. 그때
다시 듣겠습니다.

1월 7일 월요일

피고인 : 여전히 그 날이 생각나는군. 너무 생생하게 말이지. 쾅. 쾅.
쾅. 그때 아군 포병대가 갈긴 105미리 오발탄들이 갑자기
쏟아졌지. 눈부신 섬광이 번쩍했지. 마치 번개가 치는 것과
아주 비슷했거든. 참호가 무너져 내리는 거야.

　　그때는 악전고투의 연속이었지. 이틀 밤낮을 먹지도 마
시지도 자지도 못한 채 질척거리는 참호 안에 처박혀 있었
는데 바깥으로 나가 배변을 할 수 없었지. 하늘이 뻥 뚫린
것처럼 하염없이 비가 쏟아졌으니까. 참호 안은 매캐한 화
약 냄새, 시신 썩는 냄새에 뒤섞여 오랫동안 치우지 못한

지독한 분뇨 냄새가 진동했었지. 막바지 여름이었으니까.

그런데 적들도 별 수 없었는지 슬금슬금 후퇴하기 시작하는 거야. 우박처럼 쏟아지는 총알 세례에 픽픽 쓰러지니까.

나는 그때 고개를 땅에 처박고 내장에 남아있는 마지막 토사물이 될 것들을 쏟아내고 있었는데 저쪽에서 소대장이 무전기에 대고 미친 듯이 고함을 지르더라고 "조준을 똑바로. 반복한다. 조준을, 조준을. 생사람 잡지 말고, 생사람. 반복한다. 적들은 후퇴했다, 적들은. 이건 안 돼. 사람 살려. 씨발 새끼들."

다시 오발탄 한 발이, 마지막 오발탄이 소대장의 바로 머리 위쪽에서 작열하였고 소대장은 산산조각이 되어 하늘로 올라갔지. 나 역시 온 몸에 엄청난 압력을 느끼며 튕겨져 나갔고 내장들이 붕 떠서 날아가는 느낌이 들었거든.

나는 살아서 야전병원으로 호송되었지. 막상 병원에 있으니까 살고 싶더라고 그래서 '죽어서는 안 돼.', '죽으면 안 돼지.' 하고 혼자 계속 중얼거렸어.

그러나 오랫동안 기억상실, 두통, 발작, 수면장애, 귀 울림, 현기증, 감정의 기복 등 다양한 증상 때문에 고생했었지. 집에 돌아와서도 밤마다 비명을 질렀어. 백병전을 치르면서 서로를 찔러 죽였는데…… 대검으로 얼굴이고 가슴이고 닥치는 대로 찔렀는데…… 뼈마디가 부서지며 우두둑우두둑 소리가 났는데…… 주위에서 계속 신음 소리, 비명, 욕설, 의미 없는 고함소리들이 끊이지 않고 들렸는데…….

그게 요즈음 말하는 외상 후 스트레스 장애일 거야. 당신도 이미 겪어봤으니까 그 증상과 고통을 잘 알 거 아닌가. 나는 지금도 비가 내리는 날이면 여러 군데 상처 자국이 마구 쑤시거든.

나는 그때 세상 모든 종류의 고통과 괴로움을 맛보았지. 하지만 말일세, 전쟁터에서 사람이 죽고 죽이고 불구가 되는 것을 보고 분노하는 것은 쓸데없는 일이었어. 전쟁이란 게 원래 그런 거 아니겠어. 같은 종을 잔인하게 죽이는 건 인간 밖에 없으니까, 그건 지극히 인간적인 행위라고 볼 수 있지.

그런데, 사람이란 날이 갈수록 더욱 잊어버리고 사는 거야. 우리가 늙고 죽는다는 것이 자연스러운 것이듯 잊어버리는 것도 자연스러운 것인데 말이야. 나는 그때를 여전히 잊어버리지 못 하고 있지. 그러나 먹고 살려고 기업을 시작하면서 욕심이 생기고, 그렇게 변해간 거지.

변호사 : 그걸 잊지 못 하는 것은 어쩔 수 없는 일이지요. 우리가 잊어버린 것은 그만큼 기억할 만한 가치가 없는 것들이겠지

요. 지금 생각해보면 저는 여태껏 베트남도, 전쟁도 제대로 이해하지 못했던 것 같습니다. 그저 피상적으로만 알고 있었던 거지요. 무엇이 진실이고 무엇이 환상이었는지 확실하게 구분이 안 되지요. 제가 진실을 말했는지 의심스럽군요. 뭔가 중요한 것, 자신에게 숨기고 싶은 건 숨긴 것이 아닐까요.

피고인 : 어느 날, 1인자가 날 찾아왔더군. 그가 말했어. 그 동안 미안했으니까, 정식으로 사과를 하지. 정말 미안하이. 네가 믿을지 모르지만. 지금 개소리한다고 이죽거릴 필요는 없겠지. 내가 그 동안 한 짓은 회사를 발전시키고 탄탄한 일류 회사를 만들어 넘겨주려고 했기 때문이야. 주식까지 넘겨줄 거야. 인수인계는 실무자들이 차질 없이 진행하고 있지. 그리고 멀리 떠나는 거지. 이건 큰 뜻은 없어. 단지 약속을 지키는 것 밖에. 자네와 30년 전에 했던 처음 약속, 그때 나 자신과 했던 약속 말일세.

인간 사회를 지탱하는 최고의 도덕원리이고 정의의 법칙은 약속을 지키는 거지. 유대인들은 신과도 약속을 했었지. 하지만 우리는 지금 약속이라는 행위의 중요성을 망각하고 있어. 의식적 또는 무의식적으로 무시하고 있는 거야. 그래서 밥 먹듯 약속을 내팽개치고, 채무를 갚지 않고, 아무렇지 않게 약속을 철회하고 있는 거야.

회사는 지금 안정 단계에 접어들었지. 더 이상 인수 합병이나 확장은 필요 없게 된 거지. 나는 수탁인에 불과했어. 애시당초 네가 모든 재산을 털어서 내 놓았고 나는 몸뚱어리 하나뿐이었으니까. 그렇게 해서 우리는 시작했지. 그때 절친한 친구, 아니지 그것만으로는 부족하지, 친형제나 다름없었지, 지금도 친형제인 거지. 안 그런가?

그 말을 듣는 순간 회오리바람이 일어났고 눈앞이 캄캄하고 머리가 어질어질 했지. 속이 울렁거리고 그러니까 그룹의 회장 자리를 넘겨준다고, 주식을 넘겨준다고, 일인자는 멀리 떠난다고, 그걸 어떻게 믿을 수가 있겠어. 나는 도저히 믿을 수가 없었거든. 그래서 무슨 일 때문인지 흉괴를 꾸미고 후퇴하거나 도망치면서 낚싯바늘 던지는 거라고 생각했었지.

내가 말했지. 지금 무슨 소리를 하고 있는 거야. 우리가 친형제라고, 뭐라고 회사를 넘겨주려고 했다고 네 잘난 아들놈은 어떡하고 그래, 네 아들 잘생기고 똑똑하지, 서울대 출신에 MIT 박사이고, 한국개발연구원에서 수석연구원이었으니까 스펙 하나는 끝내주지. 지금 다른 회사에서 후계자 수업을 충실히 받고 있겠지. 그 아들한테 물려주면 되는 거야. 나 같은 건 안중에도 없을 거야.

……흐흐흐. 우리나라 기업은 무능한 오너 일가가 회사의 요직을 차지하는 현상이 문제가 되는 거야. 너무 무능한 것들이 오너라고 마구 설치는 거지. 그러니까 조직 내 임직원들의 능력을 사장시키고 그들이 성장할 기회를 박탈하는 거지. 그들은 더러워서 다 도망가지. 남아있는 인력들은 오너 가문의 시종처럼 일하거나 보신주의로 일관하게 되고 나는 부하 직원들에게 무자비하게 가혹했지만 그러나 신상필벌의 원칙을 지켰고 아부하는 놈일수록 과감하게 내쳤지.

후계자 말인데 자네 알고 있나? 19년간 로마제국을 다스렸고 그 유명한 '명상록'을 썼던 로마 황제 마르크스 아우렐리우스는 딱 한 가지 큰 실수를 한 거야, 그때까지 지켜오던 자식에게는 세습을 않는다는 원칙을 깨고 친아들 코모두스에게 제위를 넘겨주었지만 그 후 로마는 어떻게 됐나, 폭정이 이어지고 쇠망의 길로 들어선 거지.

나는 그동안 단 한 명의 친인척도 우리 회사에 고용한 일이 없었네. 내 말 잘 듣게. 내 지분의 반은 너에게 넘겨주고 반은 공익재단에 기부할 거거든.

안 가본 데가 많으니까 머리고 식힐 겸 지구를 한 바퀴 도는 거지. 그러고 나서 이 세상 끝으로 가는 거야. 그러니깐 불쌍한 원주민을 도우려가는 게 아니거든. 내 코가 석자야. 나는 지금 만신창이야. 더 늦기 전에 나를 추슬러야 하지. 그게 말이야…… 나를 찾는다는 게 어디 쉬운 일이겠어? 내가 지금 생각하고 있는 곳은 될 수 있는 데로 먼 곳이야. 연락이 안 되는 곳. 전화도, 팩스도, 이메일도 안 되는 곳이야. 그곳에 가서 푹 쉬고 싶구먼. 죽을 때까지 말이야. 나는 돌아올 생각이 없어.

그런 곳을 알고 있는 거야. 그러니까 이 세상 끝이라고 할 수 있는 파타고니아의 남극 쪽 해안, 파타고니아에서는 일 년 내내 바람이 분다는 군, 거기서는 하나님의 우렁찬 목소리마저도 바람에 지워져서 도저히 들을 수 없다고 하더군. 아니면 로빈슨 크루소와 방드르디가 28년 2개월 19일 동안 살았던 머나먼 섬, '머리가 없는 여자의 몸' 같이 생긴 섬 또는 '두 다리를 접고 앉아 있는 여자의 모습'을 닮은 섬. 그리고 아마존 강의 상류 아마조니아에 있는 열대 우림, 뉴기니의 밀림, 적도 아프리카의 저지대 식인종이 사는 정글, 사하라 사막 남쪽의 타만라세트 부근 사막 중의 사막 같은 데를 말하는 거야.

우린 그때 서로 해야 할 말을 모두 했지. 때로는 언성을 높이며 격렬하게 때로는 가볍게 웃으며 조용조용 이야기를 했던 거야. 처음에는 분노로 들끓어 올랐지만 나중에는 파안대소를 하였지. 많은 오해가 풀리고 결론이 내려졌던 거지. 그리고 악수를 했지.

저쪽에서 문이 열렸다가 닫히는 소리가 들렸던 거야. 그가, 거인 big man이 떠난 거지. 그리고 그 이후 그를 만날 수는 없었지.

피고인 : 그렇게 해서 내가 그룹을 물려받은 거야. 그때 그룹은 탄탄했지. 아주 탄탄했어. 그룹 전체적으로 부채 비율이 150프로 이하였으니까. 그때부터 나는 혈기왕성하고 의욕이 넘쳤던 거야.

내가 제일 먼저 처리한 게 뭔지 알아? 내가 샅샅이 조사했던 거야, 뭔가 꼬투리를 잡으려고 말이야. 그가 30년 동안이나 회사를 맡아서 독단적으로 경영했으니 썩은 냄새가 물씬 풍기지 않았겠어. 그러나 그가 비자금을 많이 조성한 건 사실이나 개인적인 자금 유용이나 횡령의 흔적은 찾아볼 수 없었어. 우리나라에서 대기업을, 그것도 그룹을 경영하려면 비자금 조성은 필요악이라고 할 수 있지. 어쩔 수 없는 일이야. 이건 추악한 변명이 아닐세. 문제는 상당수 재벌기업들이 비자금을 조성해서 사리사욕을 취하는 게 문제인 거지.

그리고 모든 면에서 나보다 나은 1인자를 한 번쯤 앞서고 싶었던 거지. 그 동안 열등감과 패배의식 때문에 고통을 받았거든. 일부 야구선수들이 약물의 힘으로, 그건 악마의 속삭임 같은 것인데, 대기록을 세웠지. 본즈, 맥과이어, 소사 등도 약물의 힘으로 홈런왕이 되었거든. 나는 그들을 이해할 수 있어.

나는 어떻게 해서든지 회사를 키우고 확장하고 싶었던 거야. 나의 경영능력을 과시하고 싶었던 거지. 그래서 1인자 못지않은 탁월한 기업가가 되고 싶었거든.

그래서 2005년부터 금융기관의 돈을 마구잡이로 빌려서 인도네시아와 동유럽 쪽에 공장을 증설하고, 매물로 나온 법정관리 중인 회사를 인수하고 또다시 중국 대련에 있는 회사를 인수했던 거야. 나는 회사 경영에 있어서 정신적 노자와 같았던 그의 충고를 마음속에 불의 글자로 깊이 새기기는커녕 철저히 무시했던 거지.

그는 나의 말로를 예감할 수 있었을까? 그는 신의 신탁을 들었던 예언자였을까?

그러나 2008년 금융위기가 오면서 불황이 깊어지자 중국 쪽에서부터 판로가 막히면서 매출이 줄고 재고 물량이 기하급수적으로 누적되고, 거의 회수가 불가능한 악성 미수채권이 수천억 원씩 쌓이기 시작하면서 유동성 위기가 찾아왔지. 이자를 감당하지 못하고 자꾸 연체가 발생하는 거야.

그런데 설상가상으로 중국에서 인수했던 회사는 완전한 부실기업으로 그 회사를 살리기 위해서는 밑 빠진 독에 물

붙기였어. 그게 재기 불능의 결정타가 된 것이지. 그때 모든 임원들이 반대를 했었거든, 중국 사람들이 어떤 사람들인데 그 큰 회사를 호락호락 넘기려고 했겠느냐, 그들의 재무제표는 도무지 믿을게 못 된다, 장부상 기재는 그럴 듯하지만 실제와는 영 딴 판이라는 거지, 막상 인수하고 나면 우발채무를 감당할 수 없을 거라면서, 부실회사가 틀림없다는 거지.

그러나 내가 밀어 붙였지. 마구 소리를 지르고 호통을 치고 하면서, 그게 일인자에게서 배운 것이지만, 빨리 인수하라고 닦달을 한 거지. 어쨌거나 큰 건 하나 건져서 내 능력을 보여줘야 했으니까.

그리고 우리 건설회사도 애물단지였어. 중동에서 저가 수주한 것들이 발목을 잡고 늘어졌지. 뒤늦게 대표회사를 문책 경질한 들 무슨 소용 있겠어. 이미 엎질러진 물인데.

그러자 나는 다급하게 거래은행에 긴급 운영자금의 지원을 요청했는데 자금 지원은 커녕 돈줄을 조이기 시작했어. 나는 그때서야 위기의식을 느끼고 급한 김에 재무구조가 탄탄하고 잘 나가는 자회사로부터 자금을 끌어다가 메꾸기 시작했는데 그 과정에서 분식회계를 안 할 수가 없었지. 그렇지 않으면 은행 돈줄이 당장에 막혀서 회사가 부도가 나거든. 그래서 전 계열사에서 인력 감축을 하고 수익성이 낮은 해외 생산 법인은 매물로 내 놓고 부진한 국내 사업 부분 역시 팔려고 내 놓았지만. 그러나 이미 때가 늦어 버렸던 거야.

　모두 신문에 난 이야기야. 그룹을 살리기 위해서 채권단인 금융기관들과 지루한 교섭에 들어갔지. 우리는 대출기간을 연장해 달라, 이자율을 조정해서 낮춰 달라, 채무 일부를 탕감해 달라, 출자 전환해달라는 등 온갖 요구사항을 내걸었고, 만약 여의치 않으면 일괄해서 법정관리를 신청하겠다고 협박 아닌 협박을 했지만 소용없었지. 씨알도 먹혀들어가지 않았어. 채권단에서는 부실이 워낙 심해서 전혀 회생 가능성이 없다고, 못 박아버린 거야. 그렇게 해서 모든 회사를 일괄하여 회생절차 개시와 회사재산보존 처분을 신청했지만 대부분 기각되었지. 그래서 그들 회사는 파산절차를 밟고 있는 거야.

1월 8일 화요일

1월 9일 수요일

1월 10일 목요일

1월 14일 월요일

　월요일 오후여서 변호사들의 접견 신청이 몰렸다. 접견실의 차

례가 좀처럼 오지 않고 대기 시간이 길어진다. 오늘 따라 집사변호
사로 보이는 젊은 여자 변호사들이 앉을 자리가 없자 불안하게 서
성거리고 있다.

1월 15일 화요일

1월 16일 수요일

1월 17일 목요일

1월 18일 금요일

변호사 : 다시 말하면……. 그러니까, 회장님은 모든 걸 금융위기 탓
　　　　으로 돌리는 것인가요. 금융위기는 천재지변 같은 거였다고
　　　　주장하는 거죠. 증인이 필요할 지 모르겠습니다. 똑똑한 증
　　　　인 말입니다.

피고인 : 엉뚱한 소리 그만 좀 하게나. 금융위기와는 상관없는 일이
　　　　야. 금융위기는 엎친 데 덮친 격은 되었겠지. 어차피 망하
　　　　게 돼 있었어. 중국 쪽 부실이 도저히 감당할 수 없었으니
　　　　까.
　　　　　마침내 M&A의 진실이 드러난 것이지. 잘못된 M&A는
　　　　죽음의 키스인 거야. 일인자가 M&A에 성공한 것은, 왜 이
　　　　기업을 인수해야 하는가 하는 근본적인 물음에 대해 집중
　　　　했기 때문이지.

그러니까 난 최선을 다하지 않았어. 그냥 허둥댄 거야.
호미로 막을 걸 가래로도 못 막게 되었으니까.

변호사 : 그래도 변론의 방향은 금융위기 탓으로 몰고 가야겠지요.
　　　　그리고 회장님은 회사를 살리기 위해 최선을 다했다고 해
　　　　야겠지요.

피고인 : 모든 공소사실을 인정하게. 내가 무슨 낯짝으로 스스로를
　　　　정당화할 수 있겠어. 나는 검찰에서도 모두 시인했어. 검사
　　　　가 묻지도 않은 것을 다 불었더니 어리둥절한 모양이야.
　　　　　그 무렵에는 예측할 수 없는 긴박한 상황에서 갑자기 극
　　　　심한 두려움이 생기고 숨이 막히거나 심장이 두근거리는
　　　　등의 신체 증상이 나타나기 시작했어. 나는 그때 말할 수
　　　　없이 극심한 공포감으로 죽을 것 같았고 어찌할 바를 몰라
　　　　미칠 것 같았지. 식은땀이 나며 숨이 막혀 메스껍고 기절할
　　　　것 같은 느낌이 들었지. 그게 바로 공황장애였던 거지. 그
　　　　래서 죽을 생각을 했던 거야. 그러나 죽지 못하고 차라리
　　　　감방으로 가자고 생각했어.
　　　　　그러니까 구구한 이야기는 할 필요가 없을 거야. 내 입으
　　　　로 직접 말하기에는 쑥스러운 일이야. 그건 위선이거나 위
　　　　악이 되겠지. 그러나 제발 관대한 처벌을 바랍니다 라는,

김밥 옆구리 터지는 소리는 하지 말게. 무슨 염치로. 오히려 법이 허용되는 한에서 최대한 엄벌에 처해 달라고 말하게.

그렇지? 변호사가 그렇게 변론하는 것은 변호사 윤리에 어긋나는 것이고 나중에 징계를 받게 될 거구만. 그건 내가 직접 말하겠어.

변호사 : 간디의 재판을 흉내 내려고 그러시는 겁니까. 간디는 자기의 죄가 기소된 다른 사람들의 죄보다 더 크다고 말하고, 판사에게 최대의 벌을 주도록 당부했지요. 판사는 간디에게 6년 징역형을 선고했고 간디는 정중하게 그 판사에게 감사의 뜻을 표했습니다.

그러나 법대에 앉아서 거들먹거리며 피고인을 벌레나 되는 것처럼 깔보고 있는 그 거만한 판사가 감격을 할까요? 아니면 의아하게 생각할까요? 우선 깜짝 놀라겠지요. 판사 생활 30년 동안 그런 엄청난 말은 처음 듣기 때문에 자기 귀를 의심할 거거든요. 그래도 재벌그룹 오너 회장님 아닙니까. 그러고 나서 내심 비웃을 것입니다. 별일 다 보겠네. 이건 위악이야, 위악.

피고인 : 내가 그 사람 속마음을 어떻게 알 수 있겠나.

1월 21일 월요일

오늘 우리는 별로 할 이야기가 없었다. 지난 접견일에도 그랬다. 피고인은 점점 지친 기색이 역력했다..

1월 23일 수요일

변호사 : 정직한 기업가께서 왜? 갑자기 마음이 바꾸었는가요? 공판기일이 잡히니까. 역시……?

피고인 : 그래, 역시 대단한 착각이었어. 차츰 내가 뭘 원하는지를 깨닫게 된 거야. 먼저 정치부터 살펴보아야겠지. 그 놈의 정치, 정치인들이야말로 철저히 부패했지. 내가 뇌물로 갖다바친 돈이 얼마인데. 정치인들은 모두가 범죄자인거야. 살인자이고 날강도들이지.

민주주의를 옹호할 필요는 없어. 민주주의는 자본주의와 손을 잡을 수밖에 없고 자본주의는 인간을 이기적으로, 탐욕스럽게 만드는 거야. 그것이 인간을 범하고 인간을 먹어치우는데 정치인들이 앞장을 서는 거지. 타락은 타락을 낳고, 죄가 죄를 먹고 자라는 악순환이 거듭되고 있다네.

우리나라 기업치고 특히 재벌기업치고 부정부패가 없는데가 어디 있겠나? 회계부정과 탈세, 수상한 뒷거래가 없는 기업이 어디 있겠어. 다들 해먹고 있어. 그러나 통계적으로

125

볼 때 발각될 가능성은 1퍼센트도 안 되지. 단속을 잘 하니까. 그리고 한 통속이 되어 눈감아 주니까. 내가 왜 모르겠어. 그걸……

그만 하지. 나 혼자서 뒤집어쓰고 희생할 순 없어. 그건 억울한 일이고 불공평하지. 그건 정의가 아니야. 내가 지금 자기연민의 죄에 빠진 것은 아니고 자신은 당연히 희생자라고 여기는 감정이나 분노 때문만은 아니라는 거, 잘 알 거 아닌가.

전쟁 때도 말이야, 나는 바닥에 그냥 엎드려 있었어. 너무 무서워서 오금이 저렸거든. 여기서 죽으면 안 된다고 생각했지. 개죽음이라고. 그게 인간의 생존본능이 아니겠어?

IMF사태 때 무너진 그룹들을 보라구. 그들의 비리가 세상에 전부 까발려 졌지 않은가. 그때 누가 제대로 처벌을 받았나?

자넬 짜르고 싶지는 않지만……. 지식인들이란 한심하지. 좋게 말하자면 샌님이고 어리석기 짝이 없어. 사임계를 곧바로 내주게. 역시 전관예우를 듬뿍 받는 거물 변호사가 필요하지. 그들이 많은 돈을 받은 만큼 잘 할 거야.

변호사 : 저야 뭐……. 원하시는 대로 사임해야겠지요. 어차피 변호사로서 해야 할 역할이 없으니까요. 그 동안은 집사 변호사

노릇을 하긴 했습니다만……. 늙으면 어쩔 수 없겠지요 사람이 치사하게 변한다니까요

피고인 : 그렇지. 그게 '인간의 초상'의 결론 아니었던가. 그건 그렇고……. 우린 사건의 핵심 이야기는 한마디도 하지 않았지. 재산범죄이니까 구체적인 금액이랄까…… 수치가 중요한데 말이지. 그건 다른 변호사와 할 거니까. 변호사가 한 역할에 비하면 너무 많은 돈을 주었다고 하더군. 같은 방에 있는 잡범들이 그랬어. 그것들이 빠꼼이 이거든. 돌려주는 게 좋을 거야.

　뭐라고 했지? 그렇지, 집사 변호사라고 했지. 일당으로 계산해서 그에 상응하는 수임료는 따로 지급해야겠지.

변호사 : ……

밀항

밀항 密航

복수는 꿀보다도 감미롭다.
— 호메로스

경기도 화성시 궁평항.

간척지에는 마을은 보이지 않고 갈대만 무성한 개활지가 넓게 펼쳐져 있다. 화성호에는 황혼녘이 되어 겨울 철새들이 군무를 추며 한가롭다. 일직선으로 곱게 뻗은 화옹방조제 도로에는 초겨울 오후 5시가 넘어서자 벌써 차량 통행이 뜸하다. 띄엄띄엄 자동차의 전조등 불빛이 보인다. 그 빛이 바다와 간척지로 공간을 둘로 갈랐다. 바다로부터 물안개가 피어오른다. 쓸쓸한 해안선의 창백한 색조 속에 건너편 미군 비행장과 포 사격장이 있는 매향리의 고온이포구가 아스라이 보였다. 그날은 첫눈이라고 하기에는 그저 싸락눈이 조금 내렸다. 그러나 눈은 땅에 내리자마자 녹아 사라졌다. 지금은 날씨가 완전히 개었다. 연안 근처에서 채낚기 어업을 하던 작은 어선들이 벌써 돌아오고 있다.

궁평항 배머리 쪽 외진 곳.

등산복 차림을 한 40대 초반의 남자가 시무룩한 표정으로 연신 담배를 피워대며 초조하게 서성거리고 있다. 자세히 보면 얼굴에 다크서클이 깊게 패여 있다. 가끔 멍멍하기 이를 데 없는 커다란 두 눈으로 바다 쪽이나 허공을 바라보았다. 누굴 기다리고 있는 것 같다. 틀림없다. 그때 때맞춰서 검은색 쏘나타 승용차가 도착했고 역시 낡은 등산복 차림의 남자가 초행길인 듯 주위를 두리번거리면서 운전석에서 내렸다. 기다리던 남자가 반갑게 90도 각도로 인사를 한다.

"회장님, 오시느라고 수고 많으셨습니다. 길은 안 막혔는지요."

"서해안고속도로 비봉나들목까지는 괜찮았지. 그런데 말이야. 김 이사, 준비는 잘 된 거지. 착오가 있어서는 안 되는 거야. 마지막 기회이니까. 무슨 말인지 알겠어. 그리고, 내가 떠난 후에도 절대적으로 기밀을 요하네. 이 일에 관한 한 무덤 속으로 들어갈 때까지 입을 꿰매고 있어야만 하지. 아무도 알아서는 안 되는 거야. 부디 신중하게. 그러면 말일세, 얼마간 지나서, 사람들은 건망증이 심하니까 제풀에 꺾여서 모두들 잊어버릴 거야. 영원한 망각, 그게 필요한 거야."

"여부가 있겠습니까. 제가 누구입니까. 언제 회장님의 지시를 추호라도 어긴 적이 있었습니까."

"그건 그래. 나는 지금 김 이사밖에 없지. 마누라 년도 안 믿으니까. 돌아가거든 마누라 뒤도 챙겨 봐야할 거야, 눈치가 좀 이상하거든. 천하 사기꾼인 내 눈을 속일 수는 없겠지, 내게는 직관력과는 다른 제7의 감각이 있으니까. 내가 오랫동안 이것저것 신경 쓰느라고 발기부전이었다네. 돈을 뒤로 챙기고 있는데 말이야, 통장에 넣어두었던 돈을 몽땅 빼서 자기 비밀구좌로 옮겨 버렸더라고 나에게 더 이상 기대할 수는 없었을 테니까, 그 여자도 불안했겠지, 틀림없이 불안했을 거야. 나는 마누라까지 연루되어 위험에 처하는 것을 원하지 않았기 때문에 마음대로 하도록 내버려 두었던 거야. 물론 여자란 워낙 입을 나불거려서 도저히 믿을 게 못 되니까 마누라 역시 믿지 못하는 면이 있었던 거지."

"알겠습니다. 제가 은밀하게 철저히 조사하겠습니다……."

"이제부터 서울 쪽 이야기를 해보란 말이야. 아주 궁금하거든. 내가 잠수탄 지가 몇 개월이나 되었으니까. 아무리 감쪽같이 은신과 도피를 한다고 해도 지겨운 일이야, 정말 지겹지. 평생 제일 많이 책을 읽었던 거야. 할 일이 뭐가 있겠어, 정말 미치도록 무료했으니까. 그러나 기나긴 기다림의 밤은 항상 불안한 법이거든. 가끔 악몽이라고 할 것까지는 아니지만 불길한 꿈을 꾸게 되지. 한번은 이상한 꿈을 꿨는데 옛날 우리 교회의 설교단 뒤쪽 나무 십자가에 예수님이 혀를 빼물고 목을 매달고 있는 거야. 그 바로 옆에서 유다가 음흉하게 웃고 있는데 이상하게도 예수님이나 유다 모두 어디서 많이 본 한국인처럼 생긴 거야. 내가 그 놈의 꿈 때문에 식은땀을 흘렸었지."

"지금까지 잘 견뎌내셨습니다. 그리고 그 이상한 꿈은, 말씀드리기 죄송합니다만, 개꿈이 틀림없습니다. 이제 마지막 관문만 남았군요. 열심히 기도하십시오. 회장님은 집사님 아니세요."

"옛날 일이야, 아주 옛날."

"그런데, 김 사장님은 동부지검 5호 검사실에서 조사를 받고 있습니다. 자신은 아무것도 모른다고 계속 잡아떼고 있답니다. 동부에서 막 옷을 벗은 부장검사 출신 변호사를 샀습니다."

"김 사장은 실제로 알고 있는 게 아무것도 없어. 출근도 거의 안 하고, 회사 인감도 김 상무가 보관하고 있다가 분양 계약서에 도장을 찍었으니까."

"그건 그렇지요."

"그 친구 은행 지점장 출신이야. 그런데, 그러면 뭐해. 이것저것 손댔다가 퇴직금 다 까먹고 빚 갚으려고 아파트까지 날려버렸지. 그랬으니 알거지가 된 거야. 우리 아버지도 시골에서 농협에 다녔지만 은행원 출신이라는 게 도대체 순진하고 세상 물정 모르는 쪼다 병신들이라고 내가 월 500만원 주기로 하고 바지사장으로 내세운 거야. 그 사람 앞뒤 잴 것도 없었어. 굶어 죽을 판에 감지덕지했지. 그 자는 돈 받은 만큼은 대가를 치러야 할 거야, 이 세상에 공짜가 어디 있어."

"늙은 사무장이 보석으로 바로 풀어주겠다고 장담하더니만 아무튼 보석이 안 되었습니다. 보석을 실제 신청하기는 한 것인지 알 수도 없습니다. 지금은 백 프로 집행유예로 풀어주겠다고 장담하고 있습니다."

"변호사 사무장 말은 믿을 게 못 되지. 그것들도 거의 사기꾼 수준이지. 걔들도 제 몫을 챙겨야 하니까, 아마 반은 뗄 걸. 그런데 얼마나 준거야?"

"제가 집행유예 조건으로 5,000만원 줬습니다. 너무 불쌍해서 눈 딱 감고 줬습니다. 회장님, 어쩌겠습니까."

"뭐야! 그 돈이 무슨 돈인데!"

이따금 두 사람은 서로를 쳐다보지 않고 바다 쪽으로 시선을 돌렸다. 저 멀리 정박등이 켜진 낡은 화물선이 보인다. 회장님이 주머니에서 알약을 꺼내 물도 없이 꿀꺽 삼켜버렸다. 김 이사도 그 약을 알고 있다. 회장님이 정기적으로 먹는 한약으로 만든 진통제 겸 두통약이었다. "이걸 몇 시간마다 삼켜야만 하네. 요즘에는 이 약 기운으로 살고 있는 셈이지. 난 강한 남자는 못 되는 거야. 차라리 미친놈이라고 할 수 있을 거야." 그가 조금 움츠러들었다. 김 이사는 더 이상 회장님의 추궁을 피하려고 눈치를 살피며 재빨리 화제를 돌렸다.

"그리고, 피해자들이 대책위원회라는 것을 만들어가지고 청와대와 국회 정무위원회, 대검찰청에 진정을 넣고, 일부는 계속 회사 사무실을 점거해서 농성 중에 있습니다. 신문에는 안 났습니다만, 피해자들 일부가, 피해자들도 내부적으로는 강경파와 온건파가 갈려 있는데 소수파인 강경파 쪽에서는 숨은 주범을 검거하지 못하고, 재산 추적도 지지부진하다고 해서 송파 경찰서장을 직무유기로 고소했습니다."

"멍청한 것들, 무슨 진정을 하고 그래, 쓸데없는 짓이야. 사무실도 그렇지, 사무실에 휴지 조각밖에 더 있어."

"그 사람들도 안타깝습니다. 모두들 무척 흥분해서 악을 쓰고 비명을 지르고 여자들은 서로 부둥켜 안고 엉엉 울고 있었습니다. 너무, 너무 불쌍하지요"

회장님이 게슴츠레 눈을 뜨고 그를 시종일관 똑바로 바라보았다. 도전적인 태도로 콧잔등을 실룩거렸다. 갑자기 그가 낯설게 느껴지는 모양이다. 그가 누구인지 모르겠다는 듯이, 그의 평소 얼굴에서 다른 얼굴을 찾아낸 것처럼 말이다. 목소리가 갈라졌다.

"이 사람 왜 이래. 쓸데없는 소리를 하고 있어. 갑자기 휴머니스트가 된 거야, 때려치워, 때려치우라고. 사기꾼은 그런 것에 눈을 딱 감아야하고 뻔뻔스러워야 되는 거야. 다른 사람의 아픔 따위에는 신경 쓰지 않아야 된단 말이야. 그리고 말이야 냉철해야만 하지. 독사처럼 냉혈한이 되어야만 하는 거야. 적자생존이라는 정글의 법칙이 지배하는 이 험한 세상에 연민이나 동정은 금물인 거지. 그러니까 스스로 자책해서도 안 되고 혐오감을 느껴서도 안 되는 거야.

그리고 눈 하나 깜짝 않는 배짱이 있어야만 해. 암, 그렇고말고 사기에도 엄청난 노력이 필요해서 사람을 녹초로 만들어 버리지. 세상에 공짜가 어디 있어. 나는 그걸 예술의 경지까지 끌어 올려야만 한다고 믿고 있어…… 나는 사기술의 마술사, 사기술의 예술가가 되고 싶었던 거야.

그런데, 누가 속으라고 했냐 말이야. 자업자득인 거지. 돈에 눈이 뒤집혀 가지고 제주도 땅만 해도 그래, 거기에서 함덕해수욕장은 보이지도 않고, 해변 조망이니 한라산 조망이니 했지만 조망은 무슨, 첩첩산중에 있는 급경사진 땅인데 그게 어떻게 개발이 가능하냔 말이야, 개발 좋아하시네. 거기에 무슨 리조트, 호텔을 짓고 27홀 골프장이 가능하냔 말이야. 도저히 허가가 날 수 없는 땅이야. 건설 자금을 어떻게 조달할 수 있느냐 말이야. 그 땅은 담보 가치도 없으니깐 은행에서 거들떠보지도 않지. 가령 개발 계획이 예정대로 시행된다고 가정하더라도 무슨 재주로 10년간 실투자금 대비 연 30, 50프로씩 고정 수익이 나올 수 있겠느냐는 말이야. 그러니까 투자를 결심하기 전에 한번 가서 제 눈으로 확인해 보면 되는데 말이지. 아니 그럴 필요도 없을 거야. 시청에 전화를 해서 개발 계획이 수립 되어 있는지 확인해보면 되는 거야. 그러면, 아무리 교묘하게 신문 광고를 때리고 투자 설명회를 개최해도 바로 알 수 있는 거야. 글로벌 1위 브랜드 파워인 세계적인 호텔 체인이 거기에 어떻게 합작투자를 할 수 있겠는지, 왜 의심을 해보지 않은 거야. 그러니 누굴 탓하겠어. 폭력의 세계에서는 두려움을 통해 권력을 행사하지만, 그러나 사기꾼은 어리석음을 이용해서 지배하는 거라고 피해자들은 어리석을 뿐이지, 정말 어리석지.

그러나 말이지, 나는 내 운명을 예감하고 있지. 내가 한때 신실한 교회 집사였는데 하느님에게 많이 실망했었지. 나자렛 예수의 일가인 예수 그리스도, 요셉 그리스도, 마리아 그리스도 등등 그리스도 집안의 어처구니없는 지독한 사기에 실망한 거야. 예수가 정액도 없이 그냥 태어났다는 거야. 나는 요한묵시록에서 말하는, 알파와 오메가 또는 인류의 종말론을 믿을 수 없는 거야. 그 마지막 성경은 아주 애매모호한 암시를 하고 있는데 그건 영락없는 사기이거든. 그러나 나의 종말은 알 수 있는 거야. 죄가 쌓이고 쌓여 하늘에 닿고, 하느님이 그 악행을 기억하시고……. 그러나 나는 결코 666이 될 수는 없어. 그건 아니지. 그러나 언젠가 그들한테 잡히면 내 모가지를 비틀어 버리겠지. 암전. 사기꾼의 말년이 좋을 수는 없을 거야. 그것만은 확실하지. 죽고 사는 것이 혀의 힘에 달렸나니, 혀를 쓰기 좋아하는 사기꾼은 혀의 악과를 먹으리라. 예상보다 훨씬 빨리 종말이 올지도 모르지. 헛되고 헛되며, 헛되고 헛되니, 모든 것이 헛되도다……"

"회장님, 경찰 쪽 움직임은 어떻습니까?"

"송파서 전담반 형사들이 연고지를 이 잡듯이 뒤지고 있는 모양인데 내가 그렇게 어리석은 인간은 아니지. 고향에 가본 지는 10년도 넘었고 내 주민등록지는 20개가 넘지만 전부 가짜야. 걔들이 권총을 허리춤에 차고 있다는데 내가 도망치면 쏘려고 말이지. 난 현장에서 절대로 도망치지 않아, 현장에는 없을 테니까. 뛰는 놈 위에 나는 놈 있다고 했는데 내 꽁무니만 한참 뒤에서 쫓고 있는 거야. 감히 나를, 어림없는 일이지. 걔들은 너무 멍청하고 무능해. 그런 애들한테 국민의 혈세로 월급을 주고 있으니 한심한 일이지. 나는 경찰 쪽에 확실한 정보망이 있는데, 그 자식들 내 돈 많이 울궈 먹었으니까, 코가 꿴 거지. 나를 비호하는 막강한 세력이 있지. 고위층은 내가 빨리 국외로 달아나 주길 바라는 거야. 아직 해경 쪽에는 수배령이 안 내려갔을 거야. 2, 3일 후에나. 그것들은 만날 뒷북만 치고 있는 거야. 그래서 지금은 입출항 통제가 없는 거지. 지금이야말로 밀항의 찬스, 절호의 찬스인 게지."

지금은 대조기여서 밀물은 최고조에 달했다. 거대한 잿빛 장막이 해안선을 뒤덮었다. 간단없이 밀려드는 파도가 물마루를 훤히 드러낸 채 거칠게 철썩거리며 방파제를 때렸다. 황혼녘의 바다는 일몰이 가까워짐에 따라 붉게 물든다. 하얀 갈매기 몇 마리가 방파제 주위로 어슬렁거리며 날아다닌다. 모텔의 간판에 벌써 네온사인이 들어왔다. 그때 새벽에 먼 바다로 출항했던 남루한 어선들이 피곤에 찌든 어부들을 싣고 찢어진 깃발을 펄럭이며 그제서야 항구로 돌아오고 있다. 회장님이 그를 똑바로 쳐다본다.

"그럼, 자세히 이야기해봐."

"네, 그렇습니다. 저기…… 그러니까…… 배는 30분쯤 지나서 출항할 예정입니다. 이곳 어선이지요. 선원들은 전문 밀항꾼들이 아니라 순박한 어부들입니다. 궁평항에서만 평생 어부 생활을 했다고 했으니까…… 서해 쪽 바다는 자기 손금 보는 것처럼 훤하겠지요. 가급적 선원들이 시키는 대로 하십시오. 그들도 성깔이 있으니까요. 이 가방에는 50만 달러가 들어있습니다. 그리고 중국 돈 5만 위안은 별도로 드리겠습니다. 현지에서 당장 필요할 것입니다."

"그래, 잘했어. 자네는 역시 흠잡을 데 없는 훌륭한 집사이지. 언제든지 준비가 철저하거든."

"어선에는 자기들이 요구하는 것보다 2배나 많은 3천만 원을 줬습니다. 해경 경비선을 피해서 공해상으로 나가면 중국 쪽 배가 기다리고 있을 것입니다. 그리고 중국 쪽 바다에서 고기를 잡는 척 능청을 떨다가 칭다오 항에는 다음 날 밤늦게 도착할 예정입니다. 그러나 칭다오에 가시면 몸을 숨기십시오. 중국의 명산인 태산에는 오를 생각을 아예 하지 마십시오. 한국 관광객이 너무 많이 찾아옵니다. 회장님을 알아볼 수 있습니다. 그리고 이 여권을 잘 간수해야 할 것입니다. 가짜이기는 하지만 아주 정교하게 만들었기 때문에 아무도 눈치 채지 못할 것입니다. 이상입니다."

"그렇군. 가짜 여권에 가짜 비자가 찍혀있다는 말이군. 그런데 그 넓은 중국에서도 결국 숨어서 지내야한다는 거지."

"회장님…… 제게 알려줄 게 있을 것 같은데요."

"그렇지. 내 오피스텔의 금고 번호를 알려주겠어. 그 속에 만 원 권 구권 화폐와 대포 통장이 150개쯤 들어 있을 거야, 모두 합하면 20억 원이 넘겠지. 마지막 비자금인 거지. 그걸 중국 조선족 명의를 빌려 소액으로 쪼개서 송금하란 말이야. 무슨 말인지 알겠어."

"물론입니다…… 제가 누구입니까……"

"그렇지, 그렇고말고 송금이 종료되면 말이야 김 이사가 중국으로 와야만 하지. 수사상황과 회사의 파산처리, 재산정리 상황을 보고하라고 내가 잠깐 중국에 머물겠지만 다시 인도네시아 발리로 갈 수 있도록 절차를 밟아 주어야 할 거야. 자넨 몸이 자유스럽지 않나 말이야. 경찰 쪽에서는 자네가 누구인지 전혀 알 수 없지. 내가 자네 신분을 끝까지 숨겼거든. 자네가 정말이지 부럽군, 부러워. 자네의 자유가 지금 한없이 부러워. 그렇고말고."

"감사합니다. 정말 감사합니다……. 백골이 난망입니다. 물론입니다……. 잘 알겠습니다. 틀림없이 잘 처리할 것입니다……."

"좋아, 좋다고 자네는 의리의 돌쇠이고, 수호천사라고 할 수 있지."

"밖이 춥습니다. 차 안에서 기다리시지요. 제가 마지막 점검을 하고 신호를 보내겠습니다. 회장님이 떠나시면 차를 가지고 올라가겠습니다."

"수고했어, 수고가. 당분간 만날 수 없겠군. 잘 있으라고 그런데 술을 작작 마시라구, 안 그래. 내가 상관할 바는 아니지만."

"회장님…… 안녕히 가십시오……."

회장님이 마지막으로 손을 내밀었다. 손에 힘이 하나도 없다. 그는 차가운 기운이 감도는 그 손을 몇 초 동안 힘껏 쥐었다 놓았다. 회장님이 돌아섰다. 김 이사는 희미한 어둠 속에서 회장님의 뒷모습을 언뜻 바라보았다. 구부정한 등이 많이 지쳐 보이고 초라해 보였다. 뒷모습은 진실하다. 앞모습은 꾸미거나 감출 수 있겠지만 뒷모습만은 속일 수 없기 때문이다.

"준비는 잘 되었나? 기름은 충분한가? 만반의 준비를 해야겠지."

"예, 예. 형님, 별것 아니지요. 엔진은 손을 좀 봤습니다. 부속을 여러 개 갈아 끼우고 기름칠도 했습니다. 너무 오랫동안 묶어놨더군요. 기름은 만땅으로 채웠지요. 비상용도 준비했구요. 그리고 심해낚시를 할 수 있는 외줄낚시 도구들, 낚싯밥은 크릴과 갯지렁이, 혹시나 해서 루어낚시를 위해 플러그를 준비했습니다."

"대충 준비를 한 것 같군. 그런데 너희들이 바다낚시, 그것도 밤낚시의 묘미를 알기나 해? 백령도가 그립군."

"일이 끝나고 돌아오는 길에 진짜 낚시를 해야 할 겁니다. 낚싯줄을 바다에 던져 놓고 기다리면서 충격을 진정시킬 필요가 있겠지요."

"오늘밤 물때가 맞을 거니까 낚시 도구들을 다시 한 번 점검하는 게 좋겠지. 낚싯줄은 튼튼한 거야? 간혹가다 큰 놈이 걸리면 그 녀석이 몸부림칠 때, 그럴 때에는 안 끊어져야 하니까 말이야. 낚싯대의 드래그를 끝까지 풀었다가 그 녀석이 힘이 완전히 빠지거든 천천히 조이라고."

"그렇지요, 정말 튼튼한 밧줄을 준비했어요. 다른 용도도 있으니까요. 그리고 뱃멀미 알약, 비상용 마취제 주사, 미국 제닝스사 22구경 J-22 권총과 탄환 3발이죠. 권총은 부산 감천항에서 러시아 선원한테 100불 주고 산 것이지요. 이 총이 만약의 경우 필요한 때가 있겠지요."

"총은 나와는 상관없는 일이야. 어쨌거나 너희는 화성 출신 어부인 거지. 그 작자한테는 그렇게 말했어. 언제나 미꾸라지처럼 빠져나가서 한 번도 처벌을 받지 않았으니까……. 그 살찐 미꾸라지도 이번만은 안 될걸."

"틀림없이 지시한 대로 해야겠지요. 물건은 어디에 있지요?"

"가방에 들어있어. 그걸 챙기라고. 그러면 우리 사이 계산은 깨끗이 끝나는 거야. 서로 연락을 해서는 안 되지. 위험한 일이지. 경찰이 눈치 챌 수 있거든. 그러니까 대포폰을 사용해서도 안 돼. 임무가 끝나거든 그걸 바다에 던져 버리게. 나는 그 여자와 함께 당분간 나가 있을 거야. 불쌍한 여자야."

너무 갑작스러운 상황이었다. 사내는 연상의 여자 얼굴에 자기 얼굴을 밀착시켰다. 그리고 단번에 삽입하였다. 그녀는 쉰 목소리로 한두 번인가 아니면 몇 번인가 가벼운 비명인지 신음소리인지를 토해냈었다. 그리고 섹스를 하는 중에도 계속 변명인지, 하소연인지 무슨 말을 하려고 헐떡였다.

"알겠습니다. 그렇게 해야겠지요."

"임무가 끝나고 항구로 돌아오거든 선주한테 배를 부두 그 자리에 묶어 놨다고 말하라고 선주는 지금 심한 디스크 증세로 꼼짝없이 집에 누워 있거든. 너희들은 노련한 바다 낚시꾼이라고 했어. 밤 낚시를 환장하게 좋아하는. 임파도와 풍도 사이 바다까지 갔다 왔다고 말해. 그 근처가 연중 내내 농어, 우럭, 볼락 등이 잘 잡히는 바다낚시의 명소이거든."

"그렇…… 그렇군요. 그 여자 분과 행복하게 사십시오. 우리는 그 여자 분 얼굴도 모릅니다만."

"그래, 그래. 너희들에게 행운을 빈다."

그 남자는 50대 중반으로 키가 크기보다는 오히려 작은 키, 165 센티미터 가량으로 보인다. 몇 개의 머리카락만 남아있는 대머리에 주름 제거 수술을 받은 사람처럼 매끈매끈하게 펴진 얼굴이 둥글넓적하다. 원래는 살집이 포동포동하였을 텐데 지금은 조금 야위었다. 그러나 친근하게 보이는 인상의 중년 남자였다. 왼쪽 다리를 약간 저는 것처럼 보인다. 심하게 다리를 절지는 않지만 분명 절름발이였다. 그는 변장하기 위해서인지 검은 테 안경을 썼는데 초조하게 썼다 벗었다를 반복하였다.

그는 배에서 풍기는 생선 썩은 냄새와 타르 냄새를 맡으며 코를 벌름거렸다. 갑판에는 찢어진 낡은 그물, 낚시 도구들, 통발, 부표, 갈고리, 꼬챙이, 장대, 밧줄, 크고 작은 플라스틱 통 등 어구들이 얽혀서 나뒹굴고 있다. 그가 발을 디딜 때마다 낡은 어선의 밑바닥이 삐걱거린다.

"회장님, 우리 회장님, 어서 오르십시오. 기다리고 있었습니다."

"당신들 궁평리 어부들인 거지? 선장 이름이 **이백만**이라고 했던가? 잘 부탁해……. 잘……. 그런데, 바람이 불고 있어. 바다가 약간 거칠군 그래."

"그렇습니다. 그렇고말고요. 저는 평생 서해 바다에서 어부로 살았습니다. 저 친구는 원래 고향이 고흥인데 어쩌다 보니까 여기까지 올라와서 뱃일을 하고 있지요. 여기 이 친구는 처음에는 군산 쪽에서 잠수부 생활을 하였지요. 물일을 하다가 가는귀가 먹었어요. 그러다가 잠수병이 무서워서 그만두고 배 조종을 한 지가 20년이 넘었습니다. 물론 정식 면허는 없습니다만, 그러나 눈 감고 헤엄쳐서 공해상까지 갈 수 있겠지요. 조금도 염려하지 마십시오."

그는 말없이 조타기를 잡고 그저 무심한 눈초리로 바다 저쪽을 응시하고 있다. 반쯤 벗겨진 머리에 꼽추는 아니지만 등이 몹시 굽었다. 평생을 바다에서 산 그 바다 사나이의 몸에서 축축하고 비릿한 냄새, 진짜 바다 냄새가 풍겨 나왔다.

"그러니까, 안심이 되는군. 이 배의 키잡이는 잠수부 하다가 귀가 먹고 꼽추까지 될 뻔했군, 그래. 밀항 조직은 믿을 수가 없지. 돈 때문에 배신을 때린다고 하니까. 그래서 김 이사가 특별히 당신들한테 부탁을 한 거야."

"일기예보에 의하면, 요즈음 예보는 제법 믿을 만하지요. 오늘밤은 약간, 약간입니다만 바람이 불고 파도가 친다고 합니다. 뱃멀미가 걱정됩니다. 속이 편하게 이 멀미약을 드시지요. 견딜 수만 있다면 안 들어도 우린 상관없습니다만……"

"글쎄, 선장이 시키는 대로 해야겠지."

선장은 꽁지머리를 뒤에서 묶고 검은색 군대식 모자를 쓰고 있다. 그러나 겉보기와 달리 냉철하고 차분한 사람이다. 이따금 크게 웃었다.

"분명히 말씀드리지만, 우리 임무는 공해상까지 가는 거고, 거기서 중국 배에 회장님을 옮겨 드리는 것입니다."

"음, 여부가 있겠나."

"그런데, 중국 배가 오지 않으면 어떡하죠. 바다에 그냥 던져 버릴까요. 그러면 회장님께서 직접 청도까지 헤엄쳐 가시겠습니까."

회장님은 기분이 상하여 노골적으로 불쾌한 표정을 지었다. 그러나 등골이 오싹한 농담이긴 하지만 단지 농담이라고 생각하며 부드럽게 말한다.

"그럴 리가 있나, 김 이사가 하는 일은 틀림없을 거야."

"그럼 출발합니다. 누추하고 냄새가 지독합니다만, 그러나 그 냄새는 뱃사람에게는 아늑한 고향 냄새 같지요. 그래도 안으로 들어가시지요. 약기운 때문에 약간 졸릴 것입니다."

냉기를 품은 두터운 대기층이 바닷가를 뒤덮고 있다. 어선은 녹슨 철근들이 비죽비죽 삐져나온 방파제의 끝 쪽 계류용 밧줄에 매달린 채 여전히 출렁거리고 있다. 정박해 있는 다른 어선 무리와는 상당히 거리를 두고 떨어져있다. 230마력의 디젤 엔진을 단 5톤 목선 어선이다. 이제 제2희망호는 밧줄을 풀었다. 준비해라. 엔진을 돌려라. 우리는 출발한다. 이제 출발 시간이다. 부두의 조명등이 조는 듯 깜빡거리고 항구 밖 바다는 시커멓게 멍들어 더 이상 하늘과 구분이 되지 않는다. 부두는 깊은 어둠 속에 버림받은 듯이 남아있다. 디젤 엔진은 순조롭게 돌아가기 시작한다. 어선이 통통거리며 항구를 서서히 빠져나가 어둠 속으로 사라졌다. 곧바로 어선은 최고로 속도를 높였다. 배가 앞으로 쭉쭉 나아가면서 파도가 뱃전에 부딪치는 소리가 들렸다. 선미 쪽에서 항적은 어둠 속으로 곧바로 사라진다. 잠깐 동안 배가 파도에 흔들렸다. 몇 시간 후 풍도를 지나고 덕적군도의 남쪽인 울도 근처 바다에 이르렀다. 멀리 항해등을 환하게 밝힌 채 중국 쪽으로 향해 가고 있는 컨테이너선이 보였다. 그러나 망망대해에 가려진 별빛만이 깜빡거리고 파도는 여전히 거칠게 일렁거렸다. 밤은 이미 내려앉았다.

2013년 12월 5일에서 6일로 넘어가는 날의 차갑고 투명한 밤.

밤은 암흑이고 미지의 세계이다.

"여봐, 깜빡 졸았더니 목이 마르군, 물 좀. 벌써 공해상인가. 중국 배는 도착한 거야. 그런데 너희들 왜 날 밧줄로 묶어 놨지. 뱃멀미를 걱정한 거겠지. 그 정도는 아니야. 어서 빨리 풀어줘. 왼쪽 다리가 쥐가 난 것 같기도 하고, 본래 성치 않은 다리인데 몹시 저린 단 말이야."

그는 환하게 켜진 집어등 불빛 속에서 낙담한 표정으로 과장스럽게 웃는다. 이상한 낌새를 눈치 챈 것일까. 뭔가 잘못되고 있다는 걸 동물의 감각처럼 직감했을까. 그는 습관인 것처럼 우둘투둘한 손톱을 물어뜯는다. 그리고 잠깐 동안 딸꾹질을 했다. 그리고 나서 한 번쯤 결박을 풀려고 마지막 힘을 쏟아서 머리와 엉덩이를 비린내 나는 바닥에 부딪치며 버둥댄다. 배 밑바닥이 계속 삐걱거린다. 힘이 잔뜩 들어간 둥근 얼굴은 혈관이 팽창하여 붉어지고 눈은 튀어나올 것만 같다.

세 사람 중 두목인 사내.

그는 살기에 찬 빛을 가리듯 짙은 턱수염이 얼굴을 덮고 있고 여기저기 주머니가 지나치게 많이 달린 붉은색 등산 조끼를 입고 있다. 뭔가 비웃음이 어린 뚱한 표정이다. 팔짱을 끼고 입술을 실룩거리며 그 사내를 훑어본다. 그가 윗옷 주머니에서 담뱃갑을 꺼냈다. 몇 모금만 마신 후 구둣발로 담배꽁초를 신경질적으로 짓이긴다.

에이, 씨발. 그가 독주를 벌컥벌컥 들이켜고 나서 약간 쉰 듯한 목소리로 외쳤다.

"바로 여기야. 적당한 곳이지. 던질 준비를 해."

회장님은 그때 무슨 이야기를 하고 싶은 격렬한 강박 충동에 사로잡혔다.

"갑자기 왜 그래? 돈 때문이야, 벌써 돈 냄새를 맡은 거야? 빠르기도 하지. 그러면 이 가방을 가져가란 말이야. 50만 달러가 들어 있거든. 그리고 살려줘, 난 반드시 살아야만 되지. 내 인생이 너무 불쌍하잖아. 먹고 살려고, 잘 살아 보려고 평생 사기만 쳤는데 말이지. 그랬으니 평생 주위에 알려지지 않도록 나의 대부분을 베일로 감싼 채 살아 온 거야. 아마 내 마누라도 나의 정체를 정확히 모를 거야. 그림자처럼 살아야 했던 불쌍한 인간인 거야.

그런데, 사기는 대단한 게 아니야. 사기의 본질은 그저 거짓말일 뿐이지, 좀 더 교묘하고 정교한 거짓말. 그런데 거짓말 안하는 사람, 누가 있어? 오직 인간만이 거짓말을 씨부렁거릴 줄 알기 때문에 거짓말은 인간의 본성인 거야. 그래서 카인은 시기 질투하고, 거짓말을 하고, 배신을 하고, 사람을 죽이는 인간의 진정한 원형이라고 할 수 있지. 너희들도 만날 거짓말하며 살고 있지 않겠어. 예수님이 간음한 여자를 비난하던 사람들에게 '너희 가운데서 죄가 없는 사람이 있으면 먼저 이 여자에게 돌을 던져라'고 말했을 때 누가 돌을 던질 수 있었겠어. 뭐니 뭐니 해도 진짜 고수는 정치한다는 사람들이지. 바로 그거야. 문제는 거짓말에 속는 사람, 거짓말을 믿는 사람이 문제인 거야. 돈을 잃거나 손해를 보는 것은 단지 그 결과에 불과한 거라고. 그러니까 사기는 가해자와 피해자 모두가 문제가 있는 거야. 누가 속으라고 했냐 말이야. 사기꾼과 피해자는 서로 피 터지게 머리싸움을 하는 거라고. 봉이 김선달이 대동강 물을 4천 냥에 팔아먹었는데 그 돈이면 그때 황소 60마리를 살 수 있었거든. 당한 사람들이 바로 한양 상인들이었어. 어수룩한 평양 양반 속여서 쉽게 돈 벌겠다고 욕심 부리다 당한 거지. 세상에는 뛰는 놈 위에 나는 놈 있는 거라고.

인간들은 두 가지 유형이 있는데 아주 머리가 좋은 부류하고 반대로 머리가 나쁜 부류가 있는 거야. 머리가 좋으면 터무니없는 욕망 때문에 눈이 뒤집혀서 자기 꾀에 넘어가는 거고, 반대로 머리가 나쁘면 아주 어리석기 때문에 속아 넘어가는 거야."

"물론이고말고 우리는 머리가 매우 나쁘지. 그러나 그 돈은 우리 돈이지. 더러운 개새끼야."

"회장님한테 무슨 말 버릇이야."

"회장님 좋아하시네. 씨발 새끼! 천하에 없는 사기꾼 중에서 사기꾼 놈 새끼!"

"…………"

"우리가 누구인지 알겠어? 우리가 피해자 가족이라면 복수가 필요하겠지. 아니면 정의의 사도 또는 형벌을 집행하는 집행자인 거지. 돈은 그 다음 문제야."

"알겠어, 알겠어. 내가 이미 말했잖아, 속은 사람이 바보인 거야. 다단계 기획 부동산 말이야, 그게 내 마지막 작품이었고, 그러고 나서 깨끗이 손 털려고 했었거든. 일이 끝나면 최면술 같은 마법의 힘으로 망각을, 모든 것을 죄다 잊어버리려고 했지. 나는 일찍부터 건망증이나 기억상실증, 혹은 가벼운 치매 증상에 걸려서 추억이나 기억 따위는 없는 사람으로 노년을 살아가려고 했지. 50만 달러이면 충분하지 않겠어? 위자료와 이자까지 계산해도 충분한 거야. 난 일급 사기범으로 지명수배를 받아 쫓기는 마당에 너희를 강도나 공갈범으로 고발할 수도 없어. 너희들은 무사할 거야, 자유인 거야. 그러면 피장파장인 거지, 안 그래?"

"어림없는 소리를 하고 있군. 네가 대체 뭘 기대하고 있는지 궁금하군. 이 세상에서 제일 무거운 게 뭔지 알겠어? 죽은 남자야. 네놈은 밥 먹듯이 사기를 쳐봤겠지만 죽은 남자를 들어 본 적은 없었을 거야. 네 놈 모가지가 필요하지, 그래야만 아버지 원수를 갚을 수 있거든."

"날 죽여서…… 나 같은 불쌍한 놈 죽여서 어쩌겠다고 내가 마지막 남은 돈이 20억 원 있지. 태안 쪽에 숨겨둔 부동산도 있고 이 **김희걸**이가 100프로 보장을 하지. 그걸 몽땅 주겠어. 내가 김 이사한테 그렇게 지시할 거야."

"병신 육갑떨고 있네. 네 놈은 진짜 사기꾼이 못 되지. 가짜 이름이 열 개가 넘어도 말이지. 네 놈처럼 둔한 놈이 사기꾼인 게 이해가 되지 않지. 등잔 밑이 어둡다더니만, 김 이사가 20억 챙기고 네 마누라와 함께 곧 외국으로 장기간 여행을 떠날 거야. 아마 안 돌아올지도 모르지. 이미 모든 준비를 끝냈거든."

"그럴 리가? 어떻게 그 충실한 종놈인 **김재필**이가? 단 한 번도 이의제기를 한 적이 없었는데. 제자들이 주님을 모시듯이 그는 날 주님처럼 모셨어."

"뛰는 놈 위에 나는 놈 있는 거 몰라? 아니면 김재필은 가롯 유다인 거야. 내가 카인의 숭배자라면 김재필은 유다를 숭배하는 거겠지. 우린 백령도 부대에서 만났었지."

"…………."

그 희생 제물은 완전히 공포에 질린 얼굴로 그를 쳐다보았다. 그의 몸은 부들부들 격하게 떨고 눈은 공포에 짓눌려 희번덕거렸다. 그러나 그의 얼굴엔 고통이 묻어 있고 그 고통 속에 증오가 서려있다. 자신의 궁핍했고, 힘겹고, 파란만장한 일생에 대한 증오가. 그리고 배신감 때문에 치를 떨었다. 믿는 도끼에 발등 찍힌다더니만. 사람들은 배반하기를 좋아하면서도 배반자를 증오한다.

그 사내가 자기에게서 눈을 떼지 않고 있다는 것을 알았다. 정말 묘한 불안감이 그를 감쌌다. 온몸이 식은땀 때문에 흠뻑 젖어있는 것을 깨달았다. 그 순간 그는 타는 듯한 통증이 그의 가슴과 심장 속으로 퍼져 나가는 것을 느꼈다. 그의 눈에서 잠깐 눈물이 비쳤다.

그 눈물이 어느 사이엔가 그에게 마음의 평화를 가져다주었다.

바다 바람에 꽁지머리가 날렸다. 그는 다시 술 몇 모금을 꿀꺽 삼켜서 목구멍 깊숙이 털어 넣었다. 그리고 물병으로 수건을 적셔 그 사내의 갈라진 입술 사이에 물을 몇 방울 떨어뜨려 적셔주었다.

복수는 달콤할까. 나는 지금 엄청난 환희를 느끼고 있는 것일까. 나는 지금 종작없이 뛰쳐나오는 머릿속의 복잡한 생각을 논리적으로 연결시킬 수가 없다. 이 경우 대학의 논리학 강의는 전혀 도움이 되지 않는다. 나는 지금 살인에 대해 강렬한 쾌감을 음미하고 있는 것인가. 나는 냉혈한 살인마인가. 사기꾼도 인간이 아닌가. 인간이 인간을 죽일 수 있을까. 나는 지금 애써 그와 눈을 마주치지 않으려고 외면을 하고 있다. 나는 극단적인 혐오감을 나타내는 몸짓을 해서는 안 되리라. 나는 이 사람한테 개인적인 감정이 없다고 할 수는 없을 것이다. 분명히 있다. 내가 인간이란 게 수치스럽지. 나의 분노와 앙심, 복수의 일념은 나의 심신과 양심을 고갈시켜 버렸지. 그러나 그는 죽어야만 마땅하지. 전혀 구제할 길이 없는 그 수많은 피해자들을 생각해 보라고 그들이 흘린 눈물이 홍수처럼 한강으로 흘러들어 강물이 불어났지. 그를 살려두면 또다시 미꾸라지처럼 빠져나갈 거야. 부정한 수단으로 모아둔 막대한 자금을 풀어서 유전무죄 무전유죄가 되도록 할 거야. 그리고 국가의 형벌제도를 도저히 이해할 수도, 믿을 수도 없다. 사람 사이에 중요한 것은 서로에 대한 믿음이지. 사기는 인간의 신뢰를 배신하는, 인간 정신을 농락하고 모욕하는 행위인 거지. 그건 인격을 모독하는 인격 살인인 거야. 그래서, 어떤 면에서는 특히 수많은 사람을 울리는 집단적인 사기는 강도, 살인 보다 죄질이 훨씬 더 나쁘다고 할 수 있을 거야. 입법자들이 사기를 강도나 살인보다 가볍게 처벌하도록 법전에 규정한 것은 실수한 거지. 그들은 집단 사기나 인격 살인의 개념을 정립할 수 없었던 거지. 이 사람은 당연히 사형을 받아야 하고, 그 형이 즉시 집행되어야만 한다. 그게 정의인 거다. 그러나 어린애 같은 판사 놈들은 중형 선고를 꺼리고, 꺼린 게 아니라 두려워하고, 국가는 인권 운운하면서 아예 사형집행을 하지 않는다. 그러니까 이 나라에는 가해자의 인권만 있고 피해자의 인권은 없는 거다. 내가 직접 사형을 선고하고 그 형을 지금 집행하는 거지. 우리 세 사람은 이미 합의를 하였고 그렇게 평결을 내린 거지. 나는 스스로 사형집행인이 되어 그를 제거할 수밖에 없는 거지. 일종의 자구책이라고 할 수도 있다. 그러나 상당히 오랫동안 신경이 극도로 날카로워져 있기 때문에 밤마다 악몽을 꾸게 될 거야. 그가 네게 총을 겨누겠지. 총소리가 들리겠지. 총소리가. 빵, 빵, 빵. 그리고 백상아리들이 피냄새를 맡고 몰려들고. 이것들이 이중주, 삼중주, 사중주 아니면 합창을 할 것인가. 그러니 내일은 새로운 하루가 시작된다고 생각하며 잠들 수가 없겠지. 밤이면 잠을 자기가 힘들 거야. 자리에 눕기 전에 방문과 창문을 꼭꼭 닫고 방이 확실하게 밀폐되어 있는지를 반드시 확인해야만 할 거야. 그러니까 이게 진짜 꿈인지 현실인지 분간할 수 없군. 내가 이 고통을 잊어버릴 수 있을 만큼 인내력이 있을까. 결국 죄의식과 피해의식 같은 거 때문에 다시 알코올 중독이나 엑스터시에 손을 대지 않을까. 매일 밤 무슨 꿈을 꾸는지 잠꼬대를 잘하고, 잠꼬대를 할 때는 너무 거칠고 불만에 가득차서 툴툴거리는 목소리로 말하는 그 여자, 그 여자가 날 받아 줄까, 그래서 따뜻하게 안아줄까. 나에게 이 배의 이름처럼 제2희망이 있을 수 있을까. 내 인생은 어차피 실패작이었으니 돈은 더 이상 필요 없겠지. 두 사람에게 모두 줘 버릴 거야.

나는 신이 아니니까 무슨 일이 일어날지 알 수 없는 거야. 나는 지금 할 수 있는 일을 할 뿐이다.

그러나, 조금 낯선 상황이긴 하지만 오랫동안 기다렸지. 죄책감을 느껴서는 안 되는 거지. 지금 끝내야만 하지. 주저해서는 안 돼. 맹목적인 의지. 그러나 지금 목을 맨 채 일그러져 있던 아버지의 얼굴은 기억나지 않는군. 벌써 10여 년 전의 일…… 그때 군 제대를 기다리고 있었는데…… 아버지, 불쌍한 아버지. 그런데 총은 쏘지 않고 바다에 던져버려야 할 것이 아닌가. 아니야, 내 손으로 피를 보아야만 하는 거야. 총을 머리통에 갈기면 아주 통쾌한 만족감을 느낄 수 있을까. 나는 지금 총을 쏘고 싶어서 안달을 하지. 총을 쏘는 것은 위엄 있는 일이야. 그러나 정확히 과녁의 중심을 꿰뚫어야만 하지. 마지막 가는 길에 고통을 줄여줘야 할 것이 아닌가. 그게 인간의 자비라고 할 수 있을까.

그는 숨을 헐떡거리고 땀을 흘리고 묶인 채로 불편하게 고개를 흔들었다. 그럴 때마다 안면 근육이 파르르 떨렸다. 그는 호흡을 가다듬고 실눈을 떠 애처롭게 처형자를 쳐다본다. 오줌을 지린다. 뭐라고 중얼거린다. 무슨 말을 하고 싶은 것일까. 알 수 없다. 소리 없는 단말마의 비명일까. 그 중년의 사내는 이제는 눈물을 글썽이며 어깨를 들먹이고 있다. 그는 앞으로 닥칠 일을 직감하고 있었다. 추위가 온몸을 휘감았다. 그는 기진맥진한 채로 거의 움직이지 않았다. 지금 어쩔 수 없이 자신의 패배를 인정하고 있다. '신은 모든 곳에 계십니다.' 그가 마지막 말을 남긴다. 이제는 돌이킬 수 없을 것이다. 너무 빨리 닥쳐버린 운명, 아니면 숙명. 암전. 단념. 체념.

그가 감정을 감추지 않고 단도직입적으로 말했다.

"너무 걱정하지 마, 아주 편안하게 보내줄게. 나는 폭력은 질색이야. 지긋지긋하지. 특수부대에서 실컷 당했었지. 그래서, 나는 개자식은 아니니까, 네 놈에게 침을 뱉고, 짓이기고, 두들겨 패고, 때리지는 않겠어. 아무튼 폭력은 야만적이기 때문에 안 되는 거야. 그러나 칼이나 총은 별개야, 폭력이 아닌 거지, 사랑 혹은 증오.

그런데 이곳 바다는 이미 공해상이고 수심이 200미터가 넘는 깊은 곳이야. 알겠어? 지금 아무것도 보이는 게 없어. 이 망망대해에 오직 우리뿐이라는 말이지. 그믐달이 이지러지고 있구먼. 꼭 한밤의 공동묘지 같이 으스스해.

서해안 바다에서 제일 깊은 곳이고, 수온도 적당해서 육식 상어인 백상아리 떼의 본거지이고 산란장이라고 할 수 있으니 그것들이 얼마나 활개 치고 다니겠어. 그러나 나는 그 녀석들을 바다에서 본 적은 없고 어디더라, 대형 수족관에서 보았지. 영화 '조스'에 나오는 식인 상어가 바로 백상아리인 거지. 이빨이 칼날보다 더 날카로운 거야. 그 녀석들이 피 냄새를 맡고 덤벼들면 한 시간도 못 되서 뼈까지 씹어 먹어버릴 거야. 그러니까 네놈이 바다 밑바닥까지 내려갈 틈도 없는 거야. 산 채로 뜯어 먹히면 그때 의식은 살아 있는데, 그러면 얼마나 고통이 심하고 아프겠어. 우리는 늑대나 하이에나가 되고 싶지는 않지. 그것들은 먹잇감을 산채로 마구잡이로 뜯어 먹거든. 그래서는 안 되겠다고, 마지막 자비를 베풀어야겠다고, 마음을 고쳐먹었지. 네 놈을 아주 편하게 보내주고 싶은 거야."

바다는 칠흑처럼 캄캄하다. 아득히 먼 곳에서 야간 어로 작업을 하는 어선의 불빛이 아스라이 보인다. 그들은 엔진을 껐다. 배는 가벼운 바람에 삼각파도가 일며 방향이 틀어졌지만 다시 해류를 따라 남쪽으로 내려가며 너울에 약간씩 흔들린다.

연속적으로 발사된 3발의 총성이 파도 소리에 묻혀 버렸다. 피가 튀면서 물 위로 떨어졌다. 피 냄새를 맡은 상어들이 물장구를 치며 몰려들었다. 상어들이 첨벙거리며 서두르느라 서로 부딪치고 물을 마구 튀겨서 바닷물이 거품투성이가 되었다.

그들은 플라스틱 통으로 바닷물을 퍼 올려서 바닥에 떨어진 핏자국을 닦아냈다. 그런 후 배는 천천히 방향을 틀어 풍도 쪽을 향했다.

그런데, 몸집이 어마어마하게 큰 상어 한 마리가 어둠 속에서 수면을 뚫고 치솟더니만 멋지게 공중제비를 넘고는 물보라를 일으켰다. 그리고 바다 속으로 들어갔다 다시 나왔다. 그 백상아리의 모습은 정말 인상적이었다. 길이가 5, 6미터는 돼 보이고 그 길이라면 몸무게는 2톤은 될 것이다. 그러나 그 상어 주위에는 그보다는 작은 상어 네댓 마리가 유유히 헤엄치고 있었다. 그 중 한 마리가 번개처럼 덤벼들어 덥석 무는 순간 물살이 쫙 갈라졌다. 그리고 입에 문 채로 잠깐 동안 머리를 흔들더니 꿀꺽 삼켜버렸다. 그 상어에게는 그것은 그저 코끼리 입에 비스킷 한 조각 정도밖에 안 되었을 것이다. 다른 상어들이 이제 미쳐 날뛰기 시작했다. 분명히 피 냄새를 맡고 몰려들었는데 그들이 좋아하는 지방이 풍부한 먹잇감, 물개나 바다사자 같은 먹잇감이 없는 것이다. 그래서 화가 났다.

백상아리는 바다의 먹이사슬 중에서 최상층에 있는 육식동물이고 바다에 사는 가장 큰 놈이기 때문에 그에게는 적수가 없다. 천적이 없는 것이다. 그래서 포악하고 잔인하다. 일단 피 냄새를 맡으면 미친 듯이 물어뜯고 반드시 죽여야만 직성이 풀리는 것이다. 그것들은 엄청난 파괴력으로 수면에 떠 있는 것이면 뭐든지 공격할 수 있다. 그런데 지금은 잔뜩 신경질까지 나 있으니.

두목은 뱃전 밖으로 얼굴을 쑥 내밀고 코를 킁킁거렸다. 바다 냄새가 폐부를 찌른다. 그리고 그 거대한 상어에 넋을 잃었다. 그것의 위협을 간과한 채 그 녀석에게 잔뜩 매료된 것이다. 그러나 그것의 치명적인 위험을 깨달았을 때는 이미 늦었다. 미리 알았다고 해도 뾰족한 수는 없었으리라.

그 상어는 이제 배 주위를 유유히 헤엄치더니 그 거대한 힘을 과시하듯 그 낡은 배에 자신의 몸통을 살짝 살짝 부딪친다. 소름끼치는 아가리는 완전히 감추고 말이다. 그리고 물속으로 잠시 들어가 시야에서 사라지더니 다시 불현듯 나타났다. 그러더니 갑자기 순식간에 그 꼬리를 채찍처럼 휘두르고 격렬하게 몸통을 흔들며 배에 충격을 가했다. 배가 몹시 흔들리고 조타수는 깜짝 놀라 몸의 균형을 잃고 쓰러지며 조타기를 놓쳐 버렸다. 배가 신음을 하며 요동을 치고 널빤지의 이음매들이 벌어지기 시작한다.

그놈은 분하고 화가 나서 미치겠다는 듯이 입을 쩍쩍 벌리고 꼬리로 물을 도리깨질하였다. 이번에는 배의 좌현을 겨냥하고 돌진해서 연신 자신의 거대한 대가리로 배를 충격해서 뒤흔들었다.

그 악마는 불가사의한 힘과 사악한 적의를 가지고 있었다.

배 안의 세 사람은 이 엄숙한 광경에 어쩔 줄 모르고 혼란에 빠졌다. 몸을 가누기조차 힘들었다. 두목의 눈에 핏발이 섰다.

"저 자식이 어쩌려고 저러나, 미쳐버렸는가. 전혀 예상치 못한 일이야. 저놈을 어떻게 한담? 저놈에게 대항할 길이 없는 거야. 끝났어, 끝났어. 하나님이 어쩌자고, 하나님……."

그 상어는 조금도 지치지 않았다. 격렬하게 부딪치기를 반복한다. 배가 어쩔 수없이 그 백상어가 만들어낸 거센 조류에 밀려서 맥없이 빙글빙글 돌기 시작하며 작은 소용돌이를 만들었다. 낡은 목선이 압력을 이기지 못하고 삐걱거리더니 배의 이물 쪽부터 산산조각이 되어 부서지며 나무 조각들이 바다로 흩어졌다.

변신

변신 變身

그는 우리가 전혀 몰라보게 변했다.

1. 사법시험 합격

9월 중순을 넘어서면 계절은 벌써 가을 기운이 완연한데 한 해도 훨씬 기울어져 있어서 허전하기 짝이 없고, 나는 화살처럼 빨리 흘러가는 세월이 아쉬워서는 지독히 무더워서 짜증스러웠던 한여름이 새삼스럽게 그립기조차 하는 것이다. 10년 가까이 연례행사처럼 이때쯤이면 몹시 초조하고 불안하여 가위눌린 기분으로 식욕은 없고, 때로는 다소 멍한 상태에서 일종의 가벼운 기억상실증까지 나타나는 것인데, 그것은 다름 아닌 고시 합격자 발표가 점점 코앞에 다가오고 있기 때문인 것이다. 이런 심정은 아마 무슨 시험이건 시험을 치러본 사람이면 누구나 합격자 발표를 기다릴 때 정도의 차이는 있을망정 느끼게 되는 인지상정일 터이지만, 10년이 넘게 고시 합격에 인생의 전부를 걸다시피 한 그에게는 금년만은 요 몇 년 사이에 유별나게 그러한 것 같기도 하다.

이때쯤이면 그의 아내도 고통스러운 순간이 점점 죄어들고 있음을 눈치 채고 있어서 여자의 예민한 직관력으로 남편의 비위를 맞추며 그의 기분을 될 수 있는 대로 상하지 않게 하려고 안쓰러울 만큼 각별히 집 안팎에서 언행을 조심하는 것이다. 그러나 집안은 어쩔 수 없이 무거운 분위기에 갇혀서는 터질듯이 팽팽한 긴장감마저 도는데, 그는 요즈음 극도로 신경이 예민해져서 밤이면 가벼운 신열이 나고, 심한 불면증에 시달리고 있었다. 그의 작은 얼굴은 나날이 더욱 핼쑥해지고 초라해 보였다.

그는 지나간 여러 해 동안의 이맘때의 일을 기억하지 않을 수 없었다. 몇 년 동안 고시잡지사에 합격 여부를 전화로 문의하면 잡지사의 아가씨는 그때마다 건조한 목소리로 "이름이 없는데요." 하였던 것이다. 불합격을 확인하였을 때, 그것은 어느 정도 예견된 것이기도 하고, 이제는 이력이 날만큼 난 것이기도 하였지만 노상 느껴야 했던 수십 길 낭떠러지를 거꾸로 아득히 떨어지는 것 같은 참담한 기분과 가슴을 찢어밝기는 자괴감하며, 자기 스스로에 대한 심한 모멸감, 주체할 수 없는 막심한 후회, 마침내는 상대가 누구인지 분간할 수 없는 불덩이 같은 분노가 왜 막 치밀어 올라 왔는지 모를 일이었다.

발표일이 되자, 거의 뜬눈으로 밤을 새운 그는 자신의 초조한 마음을 진무하는 데 무던히도 애를 먹고 있었다. 아침부터 벌써 그의 얼굴은 가엾게도 허옇게 질려 있었다. 이번에도 영락없이 떨어질 것 같아서 그는 두려움으로 가슴이 터질 듯하였다. 또 떨어진다 한들 할 수 없지 않은가 하는 체념도 들었다. 맹세코 이번이 마지막이야. 다시는 절대로 고시 공부 안 할 테니까. 고시에 관계된 책이란 책은 모두 깡그리 불태워 버려야지. 제기랄, 그는 자포자기한 심정이 되었다. 그러나 그의 체념과 자포자기는 이미 해묵은 것이었다.

그는 오후 내내 계속 망설이다가 5시가 다되어서 마침내 고시잡지사에 전화를 걸었다. 전화를 걸려는 그의 손이 어쩔 수 없이 가늘게 떨고 있었다. 그 전화기는 강한 고압의 전류가 흐르고 있어서 손을 대기만 하면 감전하여 즉사하기라도 할 것처럼 보이는 기괴한 기물이었다.

그는 더 이상 말을 이을 수가 없었다. 합격이란다. 뒤통수를 둔중한 것으로 호되게 얻어맞은 것 같은 충격을 받았으므로, 머릿속에서는 벌들이 아득히 먼 곳에서 윙윙거리는 것 같은 소리가 들리고 있었다. 그는 숨이 턱턱 막혀서 심호흡을 하였다. 그는 경황 중에도 아내한테 빨리 알려야 한다고 생각하였다. 아내는 합격했다는 그의 전화를 받자 처음에는 반신반의하더니 곧 무슨 말을 할 것처럼 더듬거리다가는, 급기야 훌쩍훌쩍 우는 소리가 들리기 시작하였다.

그는 혼자 있는 집안에서 시간이 조금씩 흐르면서 합격의 기쁨 같은 것을 천천히 반추하였다. 그동안, 10년 가까이나 너무나 간절히 소망하였던 일이 마침내 이루어졌다는 팽배한 기분도 있었지만, 일순간 허망한 감마저 들면서 까닭 모를 슬픔이 엄습하기도 하였다. 그러나 눈물 따위가 흐르지는 않았다. 합격의 실감은 크게 손에 잡히지 않았지만 최초의 직장을 그만둔 후 10년 가까이 겪었던 풍상과 고초에 대한 조그마한 보상을 받았다는 기분이 들었다. 동시에 드디어 해내었다는 성취감을 맛보았다.

꿈은 이루어진다.

충주시는 그가 초등학교를 다니던 1950년대 말에 시로 승격된, 꽤 오래된 도시였다. 그것은 퇴락한 고가처럼 낡고 지쳐 보이는 도시였다. 그는 그 도시의 유일한 상업계 고등학교인 충주상고를 졸업하였다. 그는 일찌감치 현실과 타협하였다. 그는 상고에서 우등생이었고 착실한 모범생이었다. 그러나 졸업하던 해 은행 시험에는 떨어져 무척 상심하였는데 평소에 그를 아끼던 담임선생님의 주선으로 그 작은 도시에서는 규모가 큰 기업체인 한 제조회사에 경리사원으로 취직할 수 있었다.

그는 그 회사에서 2년을 보냈다. 회사 생활에 대단히 만족한 것은 아니었지만 특별히 별다른 불만도 없었다. 그는 원래 성실하고 무던한 성격이어서 그럭저럭 지낼 만했다. 회사가 망하지 않았던들 아마 그 성격에 정년까지 평생을 그곳에서 붙박여서 지냈을 것이다.

회사는 한 시절의 호황을 만나서는 주문이 밀리고, 물건이 없어서 못 팔 지경이 되자, 사장은 신이 나서 무리를 거듭하여 은행 돈, 사채를 마구 끌어들여서는 최신 설비를 도입하여 확장을 거듭하였는데, 호황이 끝나고 건설경기가 급격히 위축되자 판로가 막히고 재고품은 쌓여 자금 압박을 받기 시작했다. 회사의 사장과 경리담당 이사는 매일 돌아오는 어음과 당좌수표를 막기 위하여 이리저리 무진 애를 쓰고 있었지만, 거래 은행이 회생 가망이 없다고 금융을 중단하였을 때 그렇게 단단해 보이던 회사는 마침내 도산하지 않을 수 없었다.

그는 얼마 되지 않는 퇴직금마저 한 푼도 받지 못하고 정들었던 회사를 순전히 타의로 그만두지 않을 수 없었다. 그는 이제 실업자가 되었다. 마침 심한 불황인데다, 충주에는 변변한 기업도 많지 않았으므로 다시 취직하기는 쉽지 않았다. 그는 잠시 시장 바닥에서 막노동 등을 닥치는 대로 하였다.

그것은 어둡고 고통스러운 시절이었다. 그는 안정된 직장을 갈망하였다. 비록 말단 공무원일망정 안정된 공무원 생활이나 은행원 생활이 너무나 소망스러운 것이다. 그렇지만 그는 자신의 운명을 저주하거나 원망하지는 않았다. 동시에 무슨 수단과 방법을 가리지 않고 출세하거나 돈을 벌려는 자들을 경멸하지도 않겠다고 생각하였다. 실직이라는 그의 비참한 생활이 그 자신의 내부에서 그러한 유혹이 일어나는 것을 용인하고 있었기 때문이다.

그는 어렵사리 대형출판사의 충주 영업소를 하면서 규모가 어지간한 서점을 겸영하고 있는 곳에서 자질구레한 경리 등의 사무 일을 돌보면서 월부 책값의 수금원 생활을 시작하였다. 그것이 그가 그토록 바라던 안정된 직장일 수는 없었지만 우선은 시장 바닥에서 심한 육체적 노동을 하지 않고서도 호구지책이 되었다.

그는 주저하고 있었지만 서점에 진열된 고시 잡지를 뒤적이면서 점점 고시공부를 하기로 마음을 굳히고 있었다. 그 무렵 고시는 환상 속의 무지개였다. 찬란하게 빛났다가 순식간에 사라지곤 하였다. 고시에 합격한 어느 법대생이, 합격기에서 기고만장하여 자기는 사회정의를 실현하고 약자를 돕기 위하여 고시를 보아 합격하였노라고 자신 있게 주장하였지만, 그는 다만 타의에 의하여 실직될 염려가 없는 안정된 직장을 얻어 무난하게 일생을 살아보겠다는 소박한 일념에 덧붙여, 자신의 운명을 일거에 반전시켜 새로운 지평을 열어줄 그 찬란한 무지개에 끊임없이 유혹을 당하고 있었다.

그는 그동안 악착같이 모은 돈 얼마간을 밑천으로 그럭저럭 몇 년간 고시공부를 하기로 작정하였다. 그러긴 하지만, 법과대학 문전에도 가보지 않은 자신과 같은 평범한 사람도 그 어렵다는 고시를 몇 년 만에 합격할 수 있을는지 불안감을 영 떨칠 수가 없었다. 물론 열심히 노력한다고 가정했을 때 말인데 과연 넉넉히 합격할 수 있을는지 도대체 자신이나 확신이 서지 않는 것이다. 그것은 거대한 의문 부호가 되어 고시 공부하는 동안 내내 그가 좌절하여 심약

할 때마다 늘상 되풀이하여 제기되곤 하였다. 그는 한 노장 합격생이 자기는 천재도 수재도 아닌 보통사람에 불과하였지만 열심히 노력하니까 마침내 합격하였다는 말에 크게 고무되고 있었다.

그가 퇴촌에 있는 고시원에 처음 갔을 때에는 몇 명이 이미 들어와 있었다. 그들 사이에는 피차간에 고시 공부하면서 오다가다 처음 이 고시원에서 만났겠지만 함께 생활하는 동안 이미 상당히 친밀한 관계가 맺어져 있어서, 그와 기존의 멤버 사이에는 처음 며칠간은 다소의 거리감과 서먹한 분위기가 감돌기도 하였으나, 그것은 곧 해소되었다. 그들은 함께 동도의 길을 걷는다는 공동운명체적인 유대감과 몇 번씩 고시를 떨어짐으로써 공유한 동병상련적인 감정 등이 이 신참자에게 아무런 적대 감정도 보이지 않은 채 너무나 쉽게 그들의 세계 속으로 기꺼이 받아들여준 것이다.

그는 이제야 겨우 고시공부를 막 시작할 참이어서 도대체 고시에 관한 것은 무엇이든지 운운할 계제가 못되었으므로, 고시 경력이 화려한 고참 실력자들 앞에서 한껏 위축되어 있었고, 더욱이 대학조차 그 문전에도 가보지 못했다는 콤플렉스까지 겹쳐 그 생경한 고시원 생활에 쉽게 동화되거나 익숙해질 것 같지는 않았다. 그래서인지 처음 며칠간은 어지러운 상념만이 머릿속에 오락가락하여 책이 손에 잡히지 않아서 대낮에도 누운 채로 천정만 멀뚱히 쳐다보고 있었다.

그 고시원의 최고참은 나이가 최연장자여서 맏형님으로 불리고

있었는데, 서른을 넘었을 뿐만 아니라 S법대 출신으로 예닐곱 차례
나 고시에 떨어진 화려한 고시 경력의 소유자였다. 그는 주눅이 들
어 만형을 외경의 눈으로 바라보지 않을 수 없었다. 그는 자주 대학
시절의 이러저러한 이야기와 지금까지 거쳐 온 여러 고시원 생활의
낙수, 그리고 우리의 현실 상황에 대해 칼날처럼 예리한 비판을 논
리정연하게 펼쳤다. 그는 경이감으로 옷깃을 여미고 경청하였다. 그
가 다니지 못한 대학생활의 편린과 고시생들의 삶과 사고방식의 일
단을 비로소 접하기 시작하여 크게 감동하고 있었다.

그가 고시원에 들어간 지 벌써 몇 개월째 되어 한여름에 접어들
고 있었다. 날씨는 찌는 듯이 무더웠고 그러므로 공부는 지지부진
하였다. 더군다나 처음 시작하였기 때문에 그 생소한 법률용어는
너무나 어려워서 개념부터가 전혀 이해되지 않고 있었다. 그러니
진도가 통 나아가지를 못하고 있었다. 처음 시작하였을 때의 대단
한 각오는 온데간데없고 벌써부터 생활의 권태가 스멀스멀 기어 나
오기 시작하였다.

그들은 예의 가족적 분위기를 강조하면서 시도 때도 없이 더욱
자주 모여서는 잡담을 하기가 일쑤였는데, 점점 공부하는 시간보다
노는 시간이 많아지고 있었다.

만형은 기회가 있을 때마다 되풀이하여 합격한 법대 동기를 매도
하는 것을 잊지 않았다. "정말이지 그 자식 그럭저럭해서 운 좋게
합격했는데, 지가 검사됐다고 폼 잡고 우쭐대는 것을 보면 내 참 구

역질나서. 권위의식으로 목에 잔뜩 힘주는데 잘못하다간 목 부러지겠더라. 심지어는 웃음소리까지 변했어. 지금이 어느 시대인데 그 새끼는 고시를 현대판 과거급제로 착각하고 있어. 시대착오도 유분수지." 맏형의 이야기로는 그 검사가 된 친구와는 대학교 동창일 뿐만 아니라 여러 해 동안 함께 독서실, 고시원 등지를 전전하면서 고시 공부를 하였으므로 그 사정을 잘 아는데, 고시에 합격하기 전에는 촌놈답게 제법 순박하고 현 체제에 대해서는 그 권위주의적 성격 때문에 완강하게 부정적이었을 뿐만 아니라, 농촌에서 가난하게 자란 사람 특유의 반항아적 기질이 매우 농후하였다는 것이다.

언젠가 그 친구는 자기가 옛날의, 구상유취 시절의 그가 아님은 물론 더 이상 체제 부정자도 아님을 당당히 선언하였다는 것이다. 그는 자기가 체제의 수호자이자 정의의 구현자임을 자처하면서 그것을 노골적으로 과시하였다는 것이다. 맏형은 비분강개하여 탄식을 금하지 못하였다.

맏형은 그때 자신은 절대로 변해서는 안 된다고 스스로에게 다짐이라도 하는 것처럼 심각한 모습이 되었다. 맏형의 주장은 그에게는, 자신과는 전혀 무관한 이야기처럼 들렸다. 그가 합격한다는 일 자체가 우선 실감이 나지 않을 뿐만 아니라 그가 만에 하나 합격한다 해도 설마 그럴 리는 없을 것처럼 생각되었다.

그는 여러 군데 고시원을 공부 분위기를 새롭게 한다는 명목으로 몇 개월 간격으로 전전하면서 고시공부를 계속하였지만 그동안 1차

시험마저 한 번도 붙지 못하였다. 그에게는 고시는 중과부적처럼 보였다. 그는 점점 정신적으로나 경제적으로 기진맥진해 갔다. 승산 없는 싸움에 공연히 도박을 건 기분마저 들었다. 그의 시작할 때부터의 가냘팠던 자신감은 더욱 엷어지고 있었다. 애당초 그 노장 합격생이 합격기에서 천재나 수재가 아니더라도 열심히 노력하면 마침내 넉넉히 합격하리라는 이야기를 너무 경망스럽게 믿어버린 것이 아닌지 하는 회의가 고개를 쳐들었다.

그 무렵 찬란한 무지개는 더 이상 떠오르지 않았다.

그는 어느덧 중증의 만성 고시병에 시달리고 있었다. 그 무렵 그에게는 다른 선택의 여지가 전혀 없었다. 그도 그럴 것이 여기서 고시를 포기한다 한들, 다른 뾰족한 살아갈 방도가 있는 것이 아니었기 때문이다. 다른 수가 없었다. 죽을 때까지라도 하는 수밖에. 이제 고시 공부는 그에게 생활의 타성이기도 하였다.

그는 계속적으로 떨어지기는 하였지만 고시 공부에는 어느 정도 요령을 터득하고 있었고, 그의 법서 행간에는 고시 공부의 상흔처럼 붉은 색의 줄들이 어지럽게 그어져 있었다. 그의 공부는 속도가 느리고 미세하기는 하나 점점 이해의 심도가 깊어가고, 따라서 실력이 자신도 모르는 사이에 조금씩 축적돼 가고 있었다.

그는 드디어 1988년 1차 시험에 처음으로 합격하였다. 뛰어넘지 못할 거대한 벽처럼 보이던 1차 관문을 고시 공부 시작한 지 6년 만에 넘어선 것이다. 그는 벅찬 감격을 느꼈다. 자신감을 조금씩 회복하게 되고 조금만 더하면 최종 관문이라 할 수 있는 2차도 곧 합격할 것 같은 기대감이 부풀어 올랐다. 그러나 최종 관문의 벽은 역시 두터웠다.

그는 다시 초조하게 되고 겨우 빠져 나왔던 깊은 심연으로 또다시 더 깊숙이 굴러 떨어지고 있었다. 그는 이 모든 파탄의 책임을 신이나 운명 탓으로 전가하지는 않았다. 그는 진즉에 인간의 무지와 속물근성에서 비롯된 턱없는 야망과 몽상이 저지르고 있는 비극의 내용이 무엇인가를 그 나름으로 인식하고 있었기 때문이다.

그런 자신에게는 기적이 일어나진 않는 한 거의 불가능하게 여겨지고, 결코 닿을 수 없는 사막의 신기루 같았던 2차 합격이 마침내 이루어진 것이다. 어떻게 그런 일이 일어날 수 있을까. 뭔가 잘못된 것은 아닌지. 오, 하느님 맙소사.

그는 요즈음 바쁘게 돌아갔다. 우선 몇 군데의 고시잡지사에서 경쟁적으로 합격생들의 좌담회에 꼭 참석하여 후배 고시생들에게 충고와 조언을 아끼지 말아 줄 것을 간청하였으므로, 그 일로 서울에 오르락내리락하였다. 또한 고시 합격생들이 어려운 환경 속에서도 역경을 딛고 절차탁마하여 마침내 고시에 합격한 고시공부의 과정을 서술한 일종의 미니 수기인, 소위 고시 합격기를 편집자의 간곡한 요청에 의하여 쓰지 않으면 안 되었다. 그는 금년의 합격자 중에서 유일한 고졸 출신이면서 고령 합격자이기 때문에 구구절절한 사연이 후배 고시생들에게 귀감이 되고, 그들은 감동하여 틀림없이 자극을 받게 될 것이라고 고시잡지사의 편집부장은 그를 부추겼다.

그의 합격기에는 어디선가 너무나 자주 들었던 언어들인 인고의 세월이니, 집념이니, 대기만성, 사회정의 등의 단어가 특히 강조되고 있었다. 그는 고시는 천재나 수재가 아니더라도 보통사람이면 누구나 열심히 노력하면 넉넉히 합격할 수 있으므로 자기는 10년 넘게 공부하면서 결코 합격에의 확신을 한 번도 잃은 적이 없었다고 적고 있었다. 그는 동도의 길을 걷고 있는 후배들에게 감격을 주기 위하여 그 합격기에 미사여구를 동원하는데 고심한 흔적이 역력했다. 그는 조금씩 자기도취에 빠지고 있었다.

그렇다, 자기야말로 이제 체제의 수호자이고 정의의 구현자가 될 것이다.

그의 두 눈은 빛나기 시작했다. 축 처진 어깨와 목에는 힘이 들어가기 시작하였다. 그는 갑자기 싱싱하고 활달하기 시작하였다. 그는 우울한 늪에서 기어 나오고 있었다. 그의 소박한 꿈이 성취된 때로부터 불과 얼마 지나지 않아서 덤덤하였으나, 순박하였던 본래의 그의 모습은 자취를 감추고 있었다.

2. 2012년, 부장검사.

공판검사 : 지금부터 피고인에 대한 공소사실을 요약해서 말씀드

리겠습니다.

피고인 **이재만**은 1992년 제34회 사법시험에 합격하여 1995년 2월 사법연수원을 제24기로 수료하고 같은 해 3월 진주지청 검사로 첫 발령을 받은 후 2012년 9월 사퇴하기 전에는 대전지방검찰청 천안지청 부장검사로 재직하였던 자입니다.

피고인은 2007년 원주지청 검사로 근무하며, 다음 사건을 수사 기소하였습니다.

공소외 김재주는 사기죄, 횡령배임죄, 부정수표단속법위반, 근로기준법위반, 폭력 등 전과 10범인 자로, 자신이 경영하던 △△부동산개발주식회사가 부동산 경기침체로 원주시 중앙동에 건설한 아파트의 분양이 원활하게 이루어지지 않아 자금사정이 악화되자 회수 가능성이 없는 부실 매출채권을 정상 채권으로 가장하는 분식행위를 하여 제20기 재무제표에 당기 순손실이 120억 원에 이름에도 마치 65억 원의 당기 순이익을 시현한 것처럼 손익계산서를 허위로 작성하였고, 같은 기간 자산 총계는 980억 원임에도 마치 1,210억 원인 것처럼 대차대조표를 허위 작성하여 주식회사의외부감사에관한법률위반죄를 범하였고, 변제할 의사나 능력도 없으면서 이들 서류를 정상적인 회계서류인 것처럼 거래 금융기관에 제출하여 △△상호저축은행과 △△새마을금고, 주거래 은행인 △△은행으로부터 총 200억 원에 달하는 대출을 받았고, 그 과정에서 △△은행 원주지점 지점장 이상경에게 대출 사례금으로 금 1억 5천만 원을 전달하고, 또한 원주시 중앙동 소재 미분양 아파트 한 채를 무상 양도하였으며, 수시로 골프접대, 술접대를 하였습니다. 그러나 대출금을 변제하지 못하고 결국 자금난으로 도산하였는바 뇌물공여죄와 특정경제범죄가중처벌등에관한법률위반죄(사기)를 범하였습니다.

피고인은 2007년 5월 일자 불상경 원주시 중앙동 소재 자신의 임대 아파트에서 김재주를 만나 수사 상황을 설명하고 수사에 최대한 편의를 봐주고 선처하기로 약속하고 그 시경 5만 원권 현찰로 금 1억 원을 수수하고, 그 후 수시로 그의 내연녀인 김정자 통장으로 총 금 1,200만원을 송금하게 하였으며, 그 무렵 내연녀에게 금 500만 원 상당의 중고 승용차와 금 200만 원짜리 명품 핸드백을 제공토록 하였을 뿐만 아니라 내연녀가 피부 관리 전문 부티크에 지급해야할 총 비용 금 50만원을 대신 결제토록 하였고, 피고인 본인은 김재주 소유의 강원도 영월 남한강변 별장에 있는 노래방에서 수시로 술접대와 성 접대를 받았으며, 그것도 모자라 아파트 주차장, 술집, 음식점, 노래방 등에서 총 금 3,500만원에 이르는 현금을 별도 수수하였습니다.

피고인은 그 시경 김재주에게 수사 진행 상황을 수시로 알려주면서 법률적인 관점에서 대처 방안을 자문해주고, 특히 자금 흐름을 추적 조사하는 과정에서 거액의 분양대금이 투자신탁계정으로 입금되지 않고 김재주의 개인 구좌로 입금되어 횡령 착복된 것임에도 이 부분을 더 이상 수사하지 않고 묵살하였으며, 기타 온갖 편법을 동원해서 분식회계 금액을 반으로 낮춰 잡고, 사기 금액 역시 반으로 낮춰 주었습니다.

이에 특가법상 뇌물수수죄로 기소하는 것입니다.

재판장은 법대에서 피고인을 내려다보다 언뜻 눈이 마주치자 잠시 고개를 돌려 외면하였다. 재판장은 새삼스럽게 옛날 기억을 끄집어냈다. 피고인과는 연수원 시절 같은 반 같은 세미나조여서 그 당시 피고인과 관련된 일을 회상한 것이다. 그는 내성적이어서 크게 내색하지는 않았지만 학력 콤플렉스를 갖고 있었고, 그러나 침착하고 술자리에서도 큰소리 내지 않고 얌전하였다. 그는 기를 쓰고 열심히 공부하였다. 그의 목표는 뚜렷하였다. 연수원 성적을 최대한 끌어올려서 재조로 진출하여 출세하는 것이었고, 그는 검사가 되었으므로 마침내 소원 성취한 것이다.

재판장이 애써 무표정한 표정을 지으며 인위적이고 가식적인 목소리로 물었다.

"피고인은 공소사실을 인정하십니까?"

"검찰이 제출한 증거에 동의하십니까?"

피고인은, 그는 잠깐 동안 눈을 감은 채 생각에 잠겼다.

'나도 할 말이 있다는 것을 알아주었으면 좋겠어. 오늘따라 법정이라는 곳이 몹시 낯설게 느껴지는군. 적막하고……. 암울하고…….
밖에는 겨울비가 부슬부슬 내리고 있지. 으슬으슬하고 축축한 날씨.
비가 개었으면 좋겠어. 겨울밤인데 달이 뜨고 별이 총총하면 얼마
나 좋을까.

　오랜만에 보니 너도 많이 늙었구나, 나보다는 다섯, 여섯 살 아래
일 텐데, 세월은 어쩔 수 없는 거지. 이 재판이 약간 불편하긴 할
거야. 너의 굳은 얼굴을 보니까, 그래. 너가 어느 날 아침 4반 강의
실에서 내 비뚤어진 넥타이를 바로잡아 고쳐준 일이 생각나는군.
넌 지금 엿 같은 내 기분을 전혀 이해하지 못할 거야. 공소사실을
보면 정말 역겹겠지. 그러나 이 사건 공소사실의 이면을 들여다볼
필요가 있을 거야.

　재판장, 너를 잘 알고 있지. 넌 유명한 내과의사의 아들로 명문대
학을 졸업하던 해 합격하고 연수원 성적도 나보다 훨씬 뛰어나서
판사가 될 수 있었지. 그리고 공군 법무관으로 제대해서 판검사만
전문으로 중매하는 마담뚜의 소개로 부잣집 딸과 호텔 예식장에서
화려하게 결혼식을 올렸고, 그때가 기억나지, 얼마나 많은 화환이
진열되었던지, 난생 처음 보았으니까. 그때 나도 참석했었고 사진도
찍었었지. 넌 계속 잘 나간 거야. 서울지방법원에 근무하다 잠깐 지
방 근무, 어디더라, 지금 거기까지 생각나지 않는군, 서울고등법원
판사, 법원행정처 근무, 서울 근교 지방법원 부장판사, 서울남부지
법, 서울중앙지법 부장판사. 다음 차례는 틀림없이 1순위로 고등법

원 부장판사로 승진하겠지. 그 출세 코스가 눈에 훤히 보이는군. 참 잘났어. 너 잘났어. 그런데 너희들 출세주의자들이 갖고 있는 그 무던한 엘리트 의식을 속물근성이라고 비난하고 싶지는 않지.

지금 내 몸의 신경 전체가 재판장의 존재를 의식하고 있는 거야. 그러나 나는 판사에 대한 존경심은 눈곱만큼도 없어. 오히려 지금 발작적인 기분이어서 마구 웃고 싶군. 너가 아니라 판사를 비웃고 싶은 거지. 또는 심한 욕설을 퍼붓고 싶은 잔인한 욕망을 느끼고 있지. 나는 지금 신경과민 상태에서 사소한 자극에도 감정이 폭발할 만큼 예민해 있기 때문이겠지.

법대에 폼 잡고 앉아있는 너희들은 유상구취인 거야. 세상 물정은 도대체 모르고 샌님처럼 살아온 거지. 그러면서도 판사랍시고, 전지전능한 신도 아니면서 신인 것처럼 착각하고 인간의 죄와 벌을 마음대로 양정하고 있는 거지. 하나님만이 모든 죄를 용서할 수 있는 유일한 존재라는 것을 알고 있는 거야? 너가 인간을 심판할 자격이 있다고 생각하는 거야? 너가 날 자신 있게 비난할 수 있다고 생각해? 너가 내 처지였다면 어땠을까? 역지사지의 심정으로 헤아려 볼 수는 없겠어? 자신을 돌아본 적이 있는 거야? 타자의 존재를 의식했던 적이 있었던 거야? 자신의 자부심에 상처를 입었던 일은? 진정한 의미에서 하는 말인데 상실이란 단어의 의미를 알고 있는 거야? 인간들은 모두 고독한 존재라는 것을, 넌 언제 고독했던 적이 있었던 거야, 그걸 인정하고 운명으로 받아들였던 거야?

그러나, 나는 어떤지 알아. 정말 열심히, 눈코 뜰 새 없이 일한거야. 고시 공부할 때나 연수원 시절만큼 열심히 한 거야. 난 거짓말처럼 휴가 한 번 제대로 가본 적 없는 거야. 너야말로 휴가철이 되면 마누라와 아이들을 데리고 해외여행을 했겠지만. 그러나 아무 소용이 없었어. 만날 지방으로만 뱅뱅 돈 거야. 근무평점이 좋으면 뭘 해. 학벌도 없고, 백도 없는데. 그러니 서울 쪽이나 법무부나 대검찰청 근처에는 얼씬도 못했지. 그 대신 승진에는 아무 이유 없이 두 번이나 탈락했고, 지방 중에서도 장흥이나 해남, 군산 등 호남선을 많이 탔던 거야. 난 전혀 가망이 없었어. 절망적이었지. 그걸 속으로 삭이고 있었으니 속이 문드러진 거야.

그러니까, 세상은 공평하지 않은 거야. 정의는 없어. 그게 존재하다가 사라진 건지, 아니면 처음부터 존재하지 않았던 것인지 잘 모르겠어. 아마 후자이겠지. 이 세상에 만연해 있는 악과 불의를, 온갖 허위와 가식을, 부조리한 현상들을 보면 그렇게 볼 수밖에 없는 거지. 나에게는 언제부터인가, 검사를 하면서부터 무구한 영혼이 사라져 버렸고 가슴 속에는 단지 회색의 물질만이 남아있는 거야.

그 내연녀 말이야, 그 여자 참 불쌍한 여자야. 인삼 찻집 한다고 빌린 돈 2,000만원 안 갚아서 사기죄로 조사를 받았지. 혼자 사는 여자가 그 사정이 참 딱하더라고 그녀의 눈망울에는 깊은 심연이 담겨있었지. 그래서 내가 마누라 몰래 대출 받아서 갚아주고 무혐의로 풀어주었지. 여자가 무척 고마워하더군. 그런 과정에서 그 여자의 반지하 월세방에서 몇 번 관계를 가진 것은 사실이지만 내연녀라고 하는 것은 좀 지나치군. 그 여자에게 그때 진정한 평화가 필요했던 거야. 평생을 불안과 공포 때문에 떨고 살았으니까. 그 여자는 너무 불쌍했어. 상처받기 쉬운 가엾은 여자. 가짜라도 상관없으니 평생 명품 백 한번 메고 다니는 게 소원인 여자야. 그래서 이 기회에 그 불쌍한 여자에게 선심 쓴 거야. 그 여자가 처음에는 놀라서 어리둥절했지. 그러나 그 여자는 아무 죄가 없어.

성 접대 그것도 말이야, 진실은 이런 거야. 그 자식의 별장에 간 것은 사실인데 참 어마어마하고 화려하더군, 그만 주눅이 들고 말았지. 그 여자들은, 서울에서 내려온 세련되고 새침한 돌싱인 여자들 말이야, 펑퍼짐한 마누라와는 도저히 비교할 수 없었지. 그런데 그 여자들은 그걸 못해서 환장한 거야, 술이 취해서 막무가내로 벗고 덤비는 거야. 그때는 촌놈인 내가 당한 거야. 그러나 화끈했어. 참 즐거웠지, 즐겁고말고. 그리고 말이지 나도 멀쩡한 사내라는 것을 이해해줘.

그날 저녁 그 자식이 현찰 일억 원을 내밀자 나는 기절할 정도로 깜짝 놀랐고 머릿속이 하얘지는 거야. 마누라는 그때 눈깔이 뒤집혀졌지. 그래서 눈 딱 감고 받아서 마누라한테 줘버린 거야. 마누라 입이 한없이 벌어지더군. 마누라는 만날 바가지를 긁었었거든. 검사하면 뭐 하냐, 돈이 없는데, 애들 과외비도 안 되는데, 난 언제 명품 백 들고 다니고 자가용을 몰 수 있을 것인가 하고, 신세타령을 하였

181

거든. 마누라가 눈치는 빠꿈이여서 당신 출세는 글렀으니깐 빨리 변호사 개업해서 돈 벌라고 닦달했거든. 나도 개업을 생각 안 해본 것은 아냐. 수십 번씩 했어. 하지만 난 개업이 두려웠어. 브로커를 몇 명이나 두고 개업할 생각을 하니 눈앞이 캄캄한 거야. 그래서 차일피일한 것이 어언 5년이 된 거야. 이럴 줄 알았으면 남들처럼 하는 건데……, 죽이 되던 밥이 되던 진즉 했어야…….

난생 처음 큰돈을 만지니깐 얼떨떨하더군. 돈이 필요했던 거지. 항상 필요했지. 돈은 마술 주머니이니까. 그러나 겁도 나고 자괴감이 들더군. 난 검사인데 말이야. 한순간에 무너진 거야. 굴욕감. 불쾌감. 수치심. 분노. 두려움. 경악. 후회의 감정. 그러나 이미 때가 늦었지. 그래서 자포자기한 거야. 그때 술 꽤나 마셔댔지. 할 수 있는 게 술밖에 없었거든. 술이 술을 청하고, 그래서 마시고 또 마시고, 토하고 또 토하고, 그때는 알코올 중독이 아닌가 의심스러웠지. 손이 떨려서 물컵을 잡을 수가 없었거든. 약간의 금단 증세도 있었던 거지.

그 자식 죄는 정상 참작의 여지가 있었던 거야. 세상 인연이란 참 묘한 거야. 내가 상고를 졸업하고 처음 다녔던 건축자재 회사 말이야, 그 부도난 회사의 회장 아들이었거든. 그때 그 자식은 서울에서 버젓이 대학을 다니고 있었지. 그 당시 경기가 나쁜데 분식회계 안하는 회사가 어디 있겠어. 그는 회사를 살리기 위해 한바탕 난리를 치르며 직원들 반을 내보내고 긴축 경영까지 했었지. 그러니까 부동산 경기가 한번 뜨면 날개 돋친 듯이 분양이 될 것이고 그러면 자금난도 풀리고 은행 돈 전부 변제할 수 있다고 볼 여지가 있었어. 그러나 돈을 받았으니 상당히 봐주긴 했지만 어쨌거나 기소를 했어.

그런데 그 자식이 살고 나와서 대검 감찰부에 다 불어 버린 거야. 그런 사기꾼 놈을 믿은 내가 잘못이지. 자신은 별명이 자물쇠라고 하더군. 어떤 경우에도 발설할 일은 없다고 맹세하였거든. 세상에 믿을 놈 하나도 없어.

이 사건은 신문에 대서특필 되고 텔레비전에도 몇 번씩이나 나왔지. 언론의 난폭한 흥분. 긴장한 얼굴 정면에서, 뒤쪽에서, 옆쪽에서 마구 터지는 카메라 세례. 그건 얼굴을 돌려 외면하는 사람에게 집요하게 거울을 들이대며 자신의 일그러진 모습을 보여주는 행위인 거지. 조건반사적으로 얼굴을 가리게 되고 쏟아지는 야비한 질문들. 세상만사 남의 일인 게 하나도 없는 거야.

신문기사는 10억을 받았다느니 9억을 받았느니, 다른 파렴치한 범죄에도 연루된 것처럼 뉘앙스를 풍기고 악덕 검사의 모델인 것처럼 주절거리고 특히 나한테 굽실거리며 청탁을 많이 한 지방지 기자가 더 악랄하더군.

난 그때 이미 처벌을 받은 거야, 알겠어. 이미 예상하고 있었지만 말이야, 명예는 땅에 떨어지고 치사한 개새끼가 되었으니까. 하이에나 떼들이 달려들어 만신창이가 되도록 물어뜯어버린 거지.

그런데 별것도 아닌 작자들이 입에 거품을 물고 검찰이 썩었다느니, 검찰개혁을 부르짖고 말이지. 대개 형편없고 무능한 족속들일수록 남의 일에 거품을 무는 거지.

난 희망이 없어 절망뿐이야. 잘난 네가 날 이해할 수 있겠어? 네 마음대로 해. 네가 봐줄 리도 없는데 무슨 낯짝으로 선처를 바랄 수가 있겠어.'

피고인은 우울한 표정으로 고개를 들었다. 그리고 담담한 시선으로 경멸의 감정을 감추고 애써 가식적인 얼굴을 하고 있는 판사를 똑바로 쳐다보았다.

피고인 : "다 인정합니다."
　　　　 "모두 동의합니다."
　　　　 "더 이상 할 말 없습니다."

진실은 어디에?

진실은 어디에?

모든 진실에는 약간의 허위가 섞여있다.
— 롱펠로우

진실은 신에 의해서만 도달되며 인간이 미치는 곳에 있지 않다.
— 아르케시라우스

천경자 화백이 그렸다고 알려진 '미인도'는 그 운명이 기구했다. 한 권력자의 집에 걸려있었던 그림은 무자비한 계엄군이 탈취해서 정부기관으로 넘겼고, 어떤 경로인지는 알 수 없지만 현재는 국립현대미술관이 소장하고 있다.

1991년이었던가? 국립현대미술관에 의해 그 그림이 일반에 공개되었는데, 그 화가는 '어찌 자기 자식을 몰라보는 부모가 있을 수 있겠는가! 내 그림이 아니다!'라고 잘라 말했다. 그리고 그 화가는 덧붙였다. '그 그림에서는 내 그림에서 느껴지는 혼이 담겨 있지 않다.'

그러나 1990년에 출판된 금성출판사의 '한국근대회화선집'에는 이미 그 작품의 흑백 이미지가 실려 있었고, 그 당시 국립현대미술관이 의뢰하여 한국과학기술원이 조사한 결과, 화랑협회의 감정 결과, 기타 미술품 감정 전문가들은 모두 일치해서 진품이라고 결론을 내렸다. 그러자 일부 평론가들은 그 화가가 나이가 들더니만 정신이 좀 오락가락해서 자기 자식도 못 알아본다고 막말을 하였다.

1991년 이후 그 걸작(?)은 한 번도 외부에 공개되지 못하고 현재까지 국립현대미술관 창고에 처박혀있다.

이우환 화백은 생존한 한국 현대미술가 중에서 국제적으로 가장 유명하고 그래서 작품의 가격 역시 가장 비싼 작가이다. 점과 선을 이용한 독특한 화풍으로 유명하다.

그런데 한국 현대미술품의 컬렉터인 C는 어느 날 종로구 인사동에 있는 미술품 중간 상인인 B의 화랑에서 솔깃한 제안을 들었다고 한다. 그 작품의 시세가 최저 수억 원에서 최고 수십억 원을 호가하지만 소장자가 사정이 급해서 그러니 현금 1억 원만 주면 가져갈 수 있다고 했다. 며칠 후에는 말을 바꿔 실은 그게 진짜 같은 가짜인데 500만원만 내라고 하였다는 것이다. (그림은 그 화가의 1978년 작 '점으로부터'와 '선으로부터'였다.)

이 그림에 대해 그 화가는 '*100% 내 그림이 맞다. 이 그림의 느낌을 보면 가짜 만드는 사람은 이렇게 못 한다*'고 말했다.

형법 제252조

형법 제252조

죄라고 생각하는 것을 제외하고는 모두 죄가 아니다.

서울중앙지방법원 405호 법정.

재판장이 검사를 쳐다보았다. 검사가 마지막으로 구형을 할 차례였다. 피고인은 고개를 숙이고 있다.

"어떻게 하여, 의사가 이런 비열한 짓을 할 수 있겠습니까. 의사란 무엇을 하는 사람입니까. 히포크라테스는 일찍이 의사란 환자를 절대로 해치지 않고 자신의 능력과 판단에 따라 그를 돕는 치료법을 사용해야한다고 하였습니다. 그러니까 의사는 사람을 치료하고 살려내야 할 의무가 있는 것입니다.

어머니가 누구인가요. 누가 감히 자기 어머니에 대해서 말할 수 있을까요 그런데 다른 사람도 아닌 아들이 어머니를 죽게 하였습니다. 세상이 아무리 말세라고 하지만 말입니다. 패륜입니다, 패륜이지요.

그러나, 피고인은 아무런 반성의 기미가 없습니다. 여태 입술을 꽉 깨물고 단 한마디의 변명도 하지 않았습니다. 어쩌겠습니까. 엄벌에 처해야 마땅합니다. 판사님, 현명하신 판사님, 이 세상에 아직 정의가 살아있다는 것을 보여주십시오. 법이 허용하는 최고형을 구형하지 않을 수 없습니다. 형법 제252조를 적용해서 징역 10년에 처해주시기 바랍니다. 그리고 말입니다. 피고인은 의사의 자격이 없지요. 영구히 그 자격을 박탈해야 마땅합니다. 그래야만 하지요"

삼성병원 암 병동 804호.

그녀는 4평 남짓한 직사각형 병실에서 환자용 특수 침대에 계속 누워있다. 머리는 조금 움직일 수 있지만 상체는 플라스틱 깁스로 고정되어 있고 다리 역시 침대에 묶인 채 나사못으로 죄어져 있다. 암세포가 빠른 속도로 분열하여 몸속의 정상 세포와 조직들을 파먹고 나서, 그것도 모자라 이제는 흉골과 쇄골까지 파먹고 있기 때문에 이렇게 고정해 두지 않으면 조금만 움직여도 목뼈와 척추가 뭉그러져서 온몸이 마비될 터였다.

어머니가 눈물을 글썽이고 있다. 그리고 몇 번이고 망설이다 어렵사리 말을 꺼냈다.

"그 의사가 말했었지. '이제는 어쩔 수 없군요. 솔직히 말씀드릴 수밖에……. 너무 늦었지요……. 암 세포가 몸속을 다 먹어치우고 말았습니다.' 나는 그때 그가 무언가 크게 착각하고 있다고 생각하고 분노를 느꼈었지. 부정하고 싶었던 거야. 그러나 부인할 수 없는 현실이었지. 그래서 이제 곧 죽게 될 것임을 분명히 깨달았단다.

그날은 온종일 비가 내렸는데 오후 늦게 비가 개자 열린 창을 통해 코스모스 향기와 함께 환한 빛이 들어오더구나.

벌써 세 달이 지났네. 해가 점점 짧아지고 낙엽은 다 지고 말았지. 화학요법을 몇 차례 받았고 방사선 치료도 받았지만. 전혀 나아지지 않고 고통은 너무 심해서 머리가 깨질 것 같아. 차라리 미치는 게 낫겠구나. 나는 잠들어서 깨어나지 않기를 하나님께 빌었지만 소용없단다. 나는 지금 의식은 남아있지만 육체는 다 말라서 흉측하게 비틀어져 버렸지. 얼마 못 가서…… 어차피…… 아무에게도 얘기하지 않을게…… 엄마의 고통을 외면해서는 안 되겠지……. 사랑하는 아들아! 울면 안 돼, 안 돼.

그게 엄마를 위하는 일이야. 나도 마지막까지 인간의 존엄성을 지키고 싶구나. 고통 없이 조용히 죽을 수 있는 알약이 있다고 하더구나. 그게 지금 필요하지."

유책과 파탄

유책 有責과 파탄 破綻

　재판상 이혼에 관하여 이른바 유책주의를 채택하고 있다고 해석되는 우리 법제 아래에서는 일방의 배우자의 책임 있는 사유로 인하여 혼인생활이 파탄에 빠지게 된 이후에 그 갈등을 해소하려는 과정에서 다른 일방 당사자가 재판상 이혼사유에 해당할 수도 있는 잘못을 저질렀다 하더라도 그 잘못이 상대방의 유책사유로 인한 혼인의 파탄과는 관계없이 저질러졌다거나 그 정도가 상대방의 유책사유에 비하여 현저하게 책임이 무거운 것이라는 등의 특별한 사정이 없는 한 혼인을 파탄시킨 유책배우자가 이를 사유로 삼아 이혼을 청구할 수는 없는 것이고 그러한 갈등이 쌓여서 혼인관계가 돌이킬 수 없을 정도에 이르렀다 하여도 상대방이 사실은 혼인을 계속할 의사 없이 오로지 배우자를 괴롭힐 의사로 표면적으로만 이혼에 응하지 아니하고 있다는 등의 특별한 사정이 있는 경우가 아니라면 혼인을 파탄에 이르게 한 사유에 관하여 당초 책임 있는 배우자는 민법 제840조 제1항 제6호의 사유가 있다 하여 이혼을 청구할 수는 없는 것이다.

(대법원 1990.09.25. 선고 89므112 판결)

배우자 일방이 중병에 걸려 만일 이혼을 허용한다면 그 병세
가 심각하게 악화될 염려가 있는 경우와 같이 이혼으로 인하여
배우자의 일방이 정신적 · 사회적 · 경제적으로 아주 심각한 상황에
처하게 되는 등 이혼이 배우자 일방에게 심히 가혹한 결과를 가
져오는 것이어서 이혼을 원하는 상대방의 이익을 고려하여 보더
라도 혼인생활을 계속하는 것이 필요하다고 인정되는 경우나,
이혼으로 인하여 부부 사이에서 태어난 미성년 자녀의 가정적 ·
교육적 · 정신적 · 경제적 상황이 본질적으로 악화되어 그 자녀의
행복이 심각하게 침해될 우려가 있는 등 그 자녀의 이익을 위하
여 부부관계를 유지하는 것이 반드시 필요하다고 인정되는 특별
한 사정이 있는 경우 외에는, 혼인생활이 이미 파탄상태에 이른
이상 유책배우자의 이혼청구도 허용함이 상당하다.
(광주고등법원 2009.06.05. 선고 2008르242 판결)

재판장: 인간사회에서 결혼만큼이나 신성한 것이 어디에 있을까
요? 어느 누구도 결혼의 신성함을 부정하지 않습니다. 그것을 수호
하는 것이야말로 인간사회의 기본입니다.

아담이 이렇게 외쳤지요 '드디어 나타났구나! 내 뼈에서 나온 뼈
요, 내 살에서 나온 살이로구나. 지아비에게서 나왔으니 지어미라고
부르리라.' 그렇게 해서 남자는 어버이를 떠나 아내와 어울려 한 몸
이 되었습니다. 아담과 하와는 내외간이었으니 알몸이면서도 서로
부끄러운 줄을 몰랐지요

그러나 결혼만큼이나 이혼 역시 불가피한 현상이지요. 인간은 불

안전하기 때문입니다. 이혼제도의 역사를 돌이켜보면 파탄주의와 유책주의의 대립이라고 할 수 있습니다. 그건 마치 형벌제도에서 사형존치론과 사형폐지론의 대립이 치열한 만큼이나…… 그렇지요. 그렇습니다. 그만큼 결론을 내리기가 쉽지 않습니다.

재판장이 조정기일에 합의를 유도했습니다만 여의치 않았지요. 법적 쟁점은 유책과 파탄의 문제입니다. 양 당사자의 말을 들어보고 싶군요. 유책과 파탄에 대해서 말입니다. 먼저 원고 측에서 마지막 변론을 해주시기 바랍니다.

원고 대리인: 유책주의의 관점에서 본다면 파탄의 책임이 큰 한쪽이 다른 쪽에 대해 이혼을 청구한다는 것은 도저히 받아들일 수 없을 것 같습니다. 그러나 서구의 이혼법은 진즉 파탄주의가 대세를 이루고 있습니다. 우리 판례의 모델이 된 일본은 이미 28년 전에 파탄주의를 도입했었습니다. 그게 1987년입니다. 그때 일본 최고재판소는 바람을 피운 남편의 이혼 청구를 받아들였다는 말입니다.

몽테스키외는 일찍이 이혼은 진보한 문명사회에서는 필수품이라고 하였습니다. 우리는 지금 문명사회에 살고 있지 않습니까? 이혼은 지극히 자연스러운 것입니다. 어찌해서 이혼을 막을 수 있겠습니까. 한번 엎질러진 물을 어찌할 수 있겠습니까. 물은 이미 엎질러졌다는 말입니다.

결혼과 이혼에 관해 그들의 법제도를 받아들인 우리 역시 시대의 변화에 따른 흐름을 더 이상 외면하기는 어려울 것입니다. 그런 전제에서 말씀을 드리겠습니다.

첫째, 부부가 장기간 별거를 하는 등 사유로 실질적으로 부부공동생활이 파탄되어 실체가 더 이상 존재하지 아니하게 되고 객관적으로 회복할 수 없는 정도에 이른 경우에는 혼인의 본질에 해당하는 부부공동생활이 유지되고 있다고 볼 수 없습니다. 따라서 비록 부부가 아직 이혼하지 아니하였지만 이처럼 실질적으로 부부공동생활이 파탄되어 회복할 수 없을 정도의 상태에 이르렀다면, 그렇다면 말입니다, 그 상태는 모두를 위해서, 장래를 위해서 해소되는 것이 마땅한 것입니다. 이미 끝나버린 결혼관계를 아무리 법률적으로 묶어놓아 본들 무슨 소용이 있겠습니까. 우리는 지금 허울뿐인 케케묵은 이상이 아니라 냉엄한 현실을 직시해야만 합니다.

둘째, 오직 유책주의를 따르게 된다면 법에서만 존재하고 실제로는 존재하지 않는 결혼 상태를 유지시킴으로서 오히려 이를 법 테두리 밖에 방치하는 결과를 초래하게 될 것입니다.

다시 말씀드리면, 어차피 깨진 결혼 파탄 상태를 회복시키기가 거의 불가능하다면 차라리 그 상태를 정면에서 직시해야만할 것입니다. 그래서 이혼을 허용하고 그 반면에 이혼의 결과가 야기하는 문제점을 해결하기 위해 위자료나 재산분할, 자녀양육 문제를 법원이 합리적으로 해결해주는 것이 마땅한 것입니다.

셋째, 계속적으로 파탄주의를 유지하게 되면 이혼재판은 객관적으로 결혼이 파탄되었는가 여부만 심사하면 되는데 반하여, 지금처럼 유책주의를 계속 유지하면 이혼재판은 결혼 파탄의 원인을 확인하기 보다는 결혼 파탄에 대해 남편과 아내 간에 누가 더 큰 책임이 있는가를 가리는 치열하고 치사한 싸움이 될 수밖에 없습니다. 이 재판은 정말이지 덮고 넘어가야할 치부를 모두 드러내고 말았습니다.

인간이란 대부분 어두운 과거가 있기 마련인데 말입니다. 한때는 살을 비비고 살면서 죽고 못 살았는데, 왜 이렇게 서로에게 잔인해야만 할까요? 법정에서 공개리에 서로를 할퀴며 마지막 순간까지 그렇게 싸워야만 할까요? 그게 인간의 품위를 지키는 일입니까? 꼭 그래야만 하나요? 법원이 이를 방관하고 조장해야만 합니까?

다시 말씀드리면, 재판과정에서 장황하게 상대방의 잘못을 주장 입증해야 하므로 그것은 공개 법정에서 상대방의 지난 잘못을 낱낱이 드러내 공격하는 결과가 초래됩니다. 그 과정에서 부부 사이에 이루 말할 수 없는 깊은 감정의 골이 생기게 됩니다. 그런데 말입니다, 자녀 양육이란 헤어진 부부 간에도 절대적으로 양자의 협조가 필요한 법입니다. 그렇게 감정의 골이 패이면 이혼 후 자녀의 양육이란 공동의 의무를 다하기 어렵게 되어 오히려 미성년 자녀의 보호에 역행하게 되는 것입니다. 그러니 이혼 재판 과정에서 당사자는 말할 수 없이 너무나 큰 상처를 받게 됩니다.

우리 인간은 모두 실수를 합니다. 이렇게 말할 수 있습니다. '인간은 실수를 한다. 고로 존재한다.' 그러므로 누가 더 잘못을 많이 저질렀는지, 누가 더 잘못을 더 적게 저질렀는지 그 차이를 따지는 것은 참으로 무의미한 일입니다. 사물의 인과관계는 무한정 확대될 수 있기 때문입니다. 어떻게 신이 아닌 인간이 그 차이를 세밀하게 구분할 수 있겠습니까.

크건 작건 간에 우리는 누구나 잘못을 저지르는 게 아니겠습니까. 그걸 누가 감히 부정할 수 있을까요

넷째, 민법이 규정하고 있는 재판상 이혼사유인 부정한 행위, 악의의 유기, 심히 부당한 대우 등은 오직 인과관계에 있어서 겉으로 들어난 결과에 불과할 뿐입니다. 거기에는 반드시 숨어있는 이유가 있겠지요

다시 말씀드리면, 가족관계에서 불화를 견디지 못한 한쪽이 돌파구로 먼저 잘못을 저지르는 경우가 많습니다. 이 사건도 그렇습니다. 그런데 그러한 근본 원인을 도외시한 채 유책주의를 고수하여 누가 결정적으로 이혼 사유에 해당하는 잘못을 저질렀는지를 따져서 이혼 청구를 제한한다면, 이는 참으로 정의의 관념에 반하는 불공정한 것이라 할 수 있을 것입니다.

다섯째, 그동안 우리 판례가 유책 배우자의 이혼 청구를 인정하지 아니하는 주된 이유인즉, 가능한 한 가정의 해체를 막아 미성년자의 이익을 보호하고 남자에 의한 여자의 축출로부터 여성을 보호하기 위한 것이었습니다. 그러나 오늘날에 이르러 여성의 지위가

말할 수 없이 향상되었습니다. 페미니스트들이 외쳤던 남녀평등을 넘어 이제는 여성 상위 시대가 된 것입니다. 작금의 현실은 여성이 이혼 청구를 주도적으로 하는 지경에 이르렀으므로 여성의 보호는 그 의미가 심히 퇴색되었습니다.

여섯째, 상대방의 이혼 의사가 객관적으로 명백한데도 불구하고 다만 인간의 미묘한 감정인 오기나 보복적 감정에서 이혼에 응하지 않고 있는 경우를 제외하고 유책 배우자라는 이유로 이혼 가능성을 원천적으로 차단하게 되면 독립적인 인간의 자유로운 의사에 의하여야할 배우자로서 지위와 그에 따른 의무 이행을 국가가 반강제하는 꼴이 됩니다. 이는 두말할 필요도 없이 개인이 지닌 인간으로서의 존엄과 가치, 양심의 자유 및 행복을 추구할 권리를 침해하게 되는 것입니다.

일곱째, 이 사건에서처럼 세월이 많이 흘러서 서로 상대방의 잘못을 따지는 것 자체가 무의미한 상황이라면 차라리 파탄주의를 인정하는 것이 타당하지 않을까요? 인간의 생명에 죽음이 있듯이 모든 사물에는 시효가 있는 법이지요. 저는 지금 소멸시효를 말하는 것입니다. 인간의 감정도 기억도 소멸합니다.

끝으로 말씀드립니다.

결혼의 신성함과 결혼에 대한 책임을 강조할수록 유책주의는 너무나 당연한 결론처럼 보일지 모르겠습니다. 그러나 유책주의가 완전하고 합리적인 인간을 전제로 한다면 그건 틀린 전제일 수밖에 없습니다. 인간은 불안전합니다. 누구나 실수를 합니다. 선과 악은 혼재하고 동반자 관계에 있습니다. 유책주의란 인간에게 실수가 없는 완벽함을 기대하고 있습니다. 어찌 우리 인간이 완벽하다고 할 수 있습니까. 완벽하지 못한 인간에게 절대로 이혼을 허용할 수 없다면 그거야 말로 자기기만이고 커다란 자기모순인 것입니다.

재판장 : 그러면, 피고 대리인이 말해야할 차례가 되었습니다.

피고 대리인 : 유책주의는 우리 법원이 반세기가 넘는 동안 유지해 온 위대한 전통입니다. 그 판결이 1965년 9월에 처음 나왔지요. 판례법으로 확고하게 정착이 된 것이지요. 왜 하필 이 시점에서 이 법을 바꿀 필요가 있겠습니까? 시대가 변했다고 할 수 있습니까. 그러나 시대는 변해도 시대를 관통하는 진리는 변하지 않는 법입니다. 인간 사회에는 동물의 사회와는 달리 만고불변의 진리가 있습니다. 결혼이란 둘이 한 몸이 되는 것입니다. 따라서 그들은 이제 둘이 아니라 한 몸인 것입니다. 그러므로 어찌해서 하나님께서 짝지어주신 것을 사람이 갈라놓을 수 있겠습니까. 이건 성경에 나오는 말씀이지요. 다시 말해서 동서고금을 통해서 만고불변의 진리인 것입니다.

첫째, 그런데도, 결혼이라는 신성한 계약을 깬 쪽의 주장을 받아들이는 것은 도저히 말이 되지 않습니다. 그건 권리남용에 해당된다는 말입니다. 결혼 후 파경에 책임이 있는 자에게 이혼할 권리를 주는 것은 악용될 소지가 너무 크다고 할 수 있습니다. 잘못이 없는 배우자와 자녀를 먼저 보호하는 것이 순서입니다. 법원은 신성한 가족을 지키는 마지막 보루가 되어야 할 것입니다.

둘째, 우리 민법에서는 협의이혼 제도가 이미 파탄주의의 기능을 어느 정도 잘 수행하고 있습니다. 이런 협의이혼 제도가 있음에도 불구하고 재판상 이혼에까지 파탄주의를 도입하여 이혼을 쉽게 하는 것은 가정적으로나 사회적으로 많은 문제점과 비용을 초래할 수 있습니다. 서구의 대부분 나라는 협의이혼 제도를 두고 있지 않습니다. 즉, 원칙적으로 재판을 통해서만 이혼이 이루어진다는 것입니다. 그러니까 선진국들이 이혼을 무조건 쉽게 허용한다고 생각해서는 안 될 것입니다.

셋째, 이혼에 있어서 경제적 약자에 대한 보호 방안이 마련되어 있지 않은 우리 민법에서 파탄주의를 취하게 되면 책임이 없는 배우자가 희생될 가능성이 매우 큽니다.

크게 잘못을 저지르고도 이혼을 청구하는 뻔뻔한 사람은 보통 보면 경제적으로 우월한 지위에 있는 경우가 많습니다. 반면에 상대 배우자는 대체적으로 경제적으로 약자인 경우가 많습니다. 이러한 축출이혼은 경제적 약자를 거리로 내모는 결과를 초래하므로 우리의 법감정 상 도저히 용납할 수 없는 것입니다.

넷째, 유책주의를 취하는 경우에도, 파탄을 초래한 책임이 양쪽 모두에 있거나 결혼파탄과 유책의 원인 사이에 인과관계가 없거나, 상대방에게도 이혼의 의사가 인정되는 등 예외적인 경우에는 유책 배우자에게도 이혼 청구를 인정해주기로 한다면 파탄주의에 따르는 불합리한 결과를 해소할 수 있습니다.

이 경우 파탄주의를 취하고 있는 독일에서 일정한 범위에서 유책 배우자의 이혼 청구를 제한하고 있는 점을 참고할 필요가 있습니다. 다시 말씀드리면, 독일은 이혼으로 인해 상대방에게 가혹한 결과를 초래할 위험성이 있는 경우 그 이혼 청구를 허용하지 않는 가혹조항을 두고 있는 것입니다.

다섯째, 최근 헌법재판소는 간통죄를 폐지하였습니다. 간통죄마저 폐지된 상태에서 유책주의까지 포기한다면 어떻게 되겠습니까. 외도를 한 배우자에게 일방적으로 유리한 법제도가 성립되는 것입니다. 외도한 배우자에게 날개를 달아주는 셈이지요. 왜냐하면 외도를 실컷 해도 형사처벌 받지 않음은 물론이고 적반하장으로 이혼 청구까지 할 수 있으니 말입니다.

여섯째, 오늘날의 현실을 직시할 필요가 있습니다. 세상일이라는 게 돌고 돈다는 말입니다. 이제는 남녀관계가 역전되었습니다. 과거에 여성이 약자의 지위에 있을 때는 유책주의가 여성보호 역할을 톡톡히 한 것이 사실입니다. 그러나 최근에는 60대, 70대나 80대 노인 남성을 위한 보호 역할을 할 수 있을 것입니다. 평생 동안 일밖에 모르고 가정을 지키며 열심히 살아온 노년의 남성들이 느닷없는 아내의 이혼 요구에 대항해서 가정을 지킬 수 있는 수단이 된다는 이야기입니다. 황혼이혼이 기하급수적으로 급증하는 요즘의 세태에서 유책주의는 나이 들어 직장도 없고 힘도 없는 남자들을 바람난 여자로부터 보호해주는 기능을 하게 될 것입니다.

결론을 말씀드리자면, 지금의 사회적 추세를 감안하면 언젠가는 파탄주의 도입이 불가피하겠지요. 그러나 아직은 시기상조입니다. 우선 파탄주의 도입에 따른 폐해를 막아줄 보완 장치가 법률로 규정되어야 할 것입니다.

재판장: 양쪽 대리인의 최후 변론을 잘 들었습니다. 3주 후에 선고하겠습니다.

재판장: 오늘은 조정기일입니다. 원고와 피고 모두 출석하였군요. 가사조사관이 작성한 조사보고서를 잘 읽었습니다. 조정기일인 만큼 당사자들에게 솔직하게 말할 수 있는 기회를 충분히 드리겠습니다. 묵은 앙금을 풀고 화해를 하면 좋겠지요. 그래서 오늘만큼은 가급적 합의 사항이 도출되었으면 합니다.

우선 살펴보면, 원고 **김정진**과 피고 **이순자**는 1987년 혼인신고를 마친 법률상 부부입니다. 둘 사이에 자녀로 이미 성년이 된 아들과 딸을 두고 있습니다. 그런데 원고와 피고는 현재 16년 이상 별거하고 있습니다. 그러나 원고와 피고 모두 관계 회복을 위하여 별다른 노력을 하지 않고 있군요. 그러니까 원고와 피고의 결혼관계는 더 이상 회복할 수 없을 정도로 파탄에 이르렀다고 볼 수도 있습니다.

그런데 파탄에 이르게 되는 원인을 살펴보자면 원고가 주장하는 것처럼 피고의 귀책사유로 인해 원고와 피고의 결혼관계가 파탄이 되었다고 인정하기에 부족해 보입니다. 이를 인정할 만한 증거가 부족하지요. 파탄의 주된 원인은 원고가 2001년부터 김○○와 부정한 관계를 유지하면서 그 사이에 자녀까지 두고 있고 1999년 1월에는 집을 나가서 피고를 유기한 원고에게 주된 책임이 있는 것으로 보입니다.

원고: 저는 부부란 어쨌거나 맞춰서 살아야 한다고 생각했었습니다. 결혼했으면 서로 양보하고 조화를 이루고 살아야한다고 강박관념처럼 말입니다. 그러나 더 이상 어쩔 수 없었습니다.

재판장님 솔직하게 말씀드려도 되겠습니까? 난, 당신이 두려워. 지금도 두렵단 말이야.

피고: 재판장님, 이 자리에서 저 인간의 하찮은 말을 끝까지 들을 필요가 있을까요?

재판장: 물론입니다. 이 재판을 위해서는 알아야 하겠지요. 말씀해 보세요. 여기에는 우리들만 있지요. 공개 법정이 아니란 말씀입니다.

원고: 저 사람은 엄청나지요. 폭력을 휘두르고…… 더욱이 성폭력까지……. 제가 싫은데도 억지로 강요하면 그건 성폭력이 아닌가요?

재판장: 원고가 남자 아닌가요.

원고: 그렇습니다, 그렇지요.

피고: 당신, 도대체…… 무슨 말을 하려고 그래?

원고: 저 여자 무시무시하지요. 시도 때도 없이 그걸 요구하지요. 강압적으로……. 제가 싫은 내색이라도 하면 물건을 내던지고 그래도 화가 풀리지 않으면 제 뺨까지 때렸습니다. 그래도 부엌칼을 휘두르지 않은 게 다행이지요. 우리가 사랑하니까, 그 증표로 그걸 끊임없이 해야 한다고 했습니다. 심지어 자신이 만삭일 때도 요구했지요.

피고 : 그런 건 사소한 거야…… 사소……. 그건 우리끼리 문제라는 거지. 남자가 돼가지고 왜이래. 창피한 줄도 모르고 나는 집을 뛰쳐나가고 다른 사람하고 살림 차리는 짓은 안했지. 그게 얼마나 상처를 주는지 알기나 하는 거야.

저 사람과는 제가 김○○와 관계를 알게 되면서 갈등이 깊어졌습니다. 그 여자가 없었다면 그렇게 되진 않았을 테지요.

원고 : 그건 본말이 전도된 것이지요. 우리들은 비교적 늦게 결혼하였습니다. 결혼 전에는 노총각이 급히 서두르면서 피고를 잘 파악하지 못하였지요. 그냥 결혼했지요. 얌전한 사람으로 알았으니까요.

피고는 제가 간통을 했다고 교육청에 진정을 하겠다고 하면서 난리를 피웠지요. 그래서 2005년 12월 제가 교사직을 그만두고 퇴직을 하였습니다. 피고와는 도저히 더 이상 함께 살 수 없다는 생각에 1999년 1월 집을 나왔습니다. 그 후 만났지요. 2001년부터 현재까지 그녀와 동거하고 있는 것은 사실입니다.

저는 별거 중에도 부동산 중개소를 운영하며 겨우 겨우 돈을 벌었지요. 그래서 별거하면서도 자식들의 학비를 일부 부담하고 형편이 되는 대로 피고에게 매월 50만원도 주고 100만원도 주었습니다.

그러나 2010년부터는 만성 신부전 때문에 신장 투석을 해야 하는 힘든 과정을 거치게 되었습니다. 그래서 2012년 겨울 피고와 자식들에게 신장이식에 관한 이야기를 어렵게 꺼냈다가 잔인하게 거절당했지요. 저 사람이 염치없는 인간이라고, 엄청나게 욕설을 퍼붓더군요.

그때부터 결혼관계를 말끔하게 정리해야겠다는 생각을 하게 되고 2012년부터 피고에게 생활비를 지급하지 않았습니다. 저는 현재 함께 살고 있는 그녀와 사이에 중학생인 자녀가 있는데 병들어 죽어가고 있습니다. 저를 끝까지 보살피고 있는 사람이 그녀이므로 피고와는 이 형식적인 가면에 불과한 이 결혼관계를 더 이상 유지할 수 없습니다.

피고: 한때는 저 사람이 없으면 죽을 것 같았지요. 지금은 저 사람 때문에 죽을 것 같습니다. 어쨌거나 저는 지금까지도 원고가 돌아올 것이라는 믿음을 가지고 있습니다. 미혼인 두 자식 때문이라도 저 사람과는 이혼할 수 없습니다.

원고: 저는 도저히 저 여자의 시도 때도 없는 요구, 그 끔찍한 욕설과 행패, 폭력을 견딜 수 없었습니다. 그리고 싸울 때마다 만날 각서 쓰기를 강요했습니다. 수십 번을 되풀이해서 쓰게 되었지요.

'나는 당신을 사랑한다. 어떤 경우에도 아내의 말씀에 절대 복종한다. 재산에 대한 권리, 자식들의 친권과 양육권을 포기한다. 절대 이혼소송을 제기하지 않고 민형사상 책임을 묻지 않는다.'

그래서 집을 뛰쳐나갈 수밖에 없었지요. 아무리 못난 사람이지만 함께 살면서 한 번이라도 남편으로 인정한 적이 없었기 때문이지요. 집을 나온 후에야 외로워서 그녀를 만났습니다.

재판장: 그게 사실인가요? 원고가 계속해서 자신은 매 맞는 남편이라고 주장하는군요. 피고 측에서 더 할 말 있는가요?

피고: 당신, 당신 말이야…… 그게 언제 적 일인데……. 시효가 끝난 거야. 네가 날 짜증나게 하지만 않으면 싸울 일이 없었지. 안 그래? 당신도 섹스 비디오를 무척 좋아했고, 우린 속궁합이 잘 맞았어. 왜 그래? 그걸 지금 부정하고 싶어?

나는 그때가 제 일생 중 가장 행복했었지. 그랬었지. 나에겐 남자에 대한 육체적 욕망과 함께 뿌리 깊은 적개심과 복수심이 있었겠지. 그게 당신에게 향한 거지. 당신은 어떤 경우에도 저항하지 못하잖아, 바보 등신처럼. 그것뿐이야. 그걸 이해하지 못하겠어? 이제는 얘기할 수밖에 없는데 어려서부터 삼촌 집에 얹혀살았던 거야. 그 양반 개차반이었지. 술주정꾼에다가 술만 마시면 마누라와 자기 자식이건 조카까지 무차별 폭력을 행사했지. 정말 지긋지긋했거든. 그래서 가출을 할 수밖에 없었어. 그때부터 남자를 증오하며 괴롭히고 학대하고 싶은 욕망이 싹튼 거겠지. 그런데 말이지. 삼촌이 어린 나에게 어떤 형태의 성추행이나 성폭력을 행사한 적은 없었던 거야.

지금은 죽은 삼촌이 가끔 보고 싶지. 술만 안 취하면 평상시에는 그렇게 자상했거든. 자기 자식과 구별하진 않았어.

원고: 제가 어쩔 수 없이 집을 나온 후 저 사람은 내용증명 편지를 여러 번 보냈었지요. 그 내용인즉, '어서 돌아와라, 그러면 용서해줄 것이다. 집을 나가서 6개월이 넘으면 법적으로 이혼 사유가 된다. 참는데도 한계가 있다.'는 것이었지요. 그러니까 저 사람 당초부터 이혼할 생각이 있었던 겁니다. 그리고 10년 전에 난데없이 제 소유의 집에 재산분할청구권을 이유로 무슨 가처분신청을 한 적이 있습니다. 그런데 2013년에 이 결정이 취소되니까 다시 과거 부양료와 과거 양육비를 이유로 그 집에 가압류 신청을 하였습니다. 그렇다면 저와 결혼을 계속할 의사가 없다는 것이 객관적으로 명백히 밝혀진 것입니다. 순전히 보복하려고 이혼에 응하지 않고 있을 뿐입니다.

피고: 저도 애 둘 키우면서 고생깨나…… 작은 다방이나 인삼 찻집도 하면서요. 그리고 저 사람이 돌아오기를 기다렸습니다.

원고: 당신이 남자 없이 살 수가 있었어?

피고: 날 비꼬는 건가? 무슨 염치로? 날 버렸으면서……. 저는 이

혼하고 싶지 않아서 저 사람을 간통으로 고소하지 않았습니다.

재판장: 그랬었군요. 잘 알겠습니다.

원고: 저와 피고의 동거 기간은 12년에 불과하지만 별거 기간은 16년으로 더 장기간입니다. 저와 피고 간에 난 아이들은 모두 성년이 되어서 원고가 돌볼 필요가 없습니다. 자신의 일을 스스로 처리하고 해결할 수 있는 성년이 된 것입니다. 저 사람이 자식들을 번듯하게 키웠습니다. 그건 인정해야겠지요.

그러나 새로 난 아이들 중에는 기형의 장애를 가지고 있어 제가 끝까지 보살펴야 되고 치료와 양육을 책임져야만 합니다. 그리고 제대로 치료하기 위해서는 가족관계등록을 할 수 있어야만 하지요. 그게 필요합니다. 그러려면 꼭 이혼해야 합니다. 그런데도 불구하고 피고는 저의 이러한 처지를 도무지 이해해 주려고 하지 않습니다.

저와 피고가 재결합할 가능성은 거의…… 아니 전혀 없습니다. 그럼에도 과거의 생활로 돌아갈 것을 요구하고 있습니다. 정말 잔인한 일이지요. 이래도 제가 피고에게 죄책감을 느껴야만 할까요. 제가 이런 상황에서 피고에게 용서를 구할 필요가 있겠습니까. 피고는 현실을 똑바로 알아야하지요.

재판장: 제가 화해에 대해 일말의 희망을 가졌던 게 사실입니다.

참으로 어리석었지요. 조정 불성립을 선언할 수밖에. 변론기일은 추후 통지하겠습니다.

세 장의 그림

세 장의 그림

첫 번째 그림

12월 중순경 ○○지청 김△△ 검사실의 풍경화.

겨울의 낮은 짧다. 희미한 석양의 햇빛이 창문에 걸려있다. 멀리 남쪽 바다에서부터 불어온 바람이 한숨을 내쉬었다. 그 바람이 바다의 짠 냄새를 실어왔다. 은행나무의 샛노란 낙엽이 유리창을 툭툭 쳤고 한두 잎이 유리창에 달라붙었다.

검사실 아가씨는 검사를 힐끗힐끗 쳐다보며 SNS를 보는데 정신이 없다. 검색창에 해시태그로 '섹'이라는 글자를 입력하자, 일탈족들이 올린 남녀를 불문하고 옷을 벗어젖힌 사진부터 성기 노출 사진, 성행위 동영상까지 그야말로 음란의 바다가 펼쳐지고 있었다.

서기는 책상 위에 수사기록을 펴 놓은 채 살펴보는 척했지만 머릿속은 어젯밤 늦게까지 마누라가 길게 횡설수설했던 이야기를 되새기고 있다. 그게 무슨 뜻이었지? 무슨?

검사는 두툼한 겨울 잠바를 입고 소파의 상석에 앉아있다. 분위기는 경색되어있고 긴장감이 흘렀다. 피고소인은 중년 초반인데 벌써 머리가 반쯤 벗겨지고 코에 안경을 걸친 채 무릎에 손을 올려놓고 다소곳이 앉아있고, 그 건너편에는 얼굴이 누르스름하고 비열해 보이는 지주 (그가 고소인이다.)가 앉아있는데, 자세히 살펴보면 턱에 가는 흉터가 있고 콧방귀를 뀔 때마다 그 흉터가 보일 듯 말 듯 길게 늘어졌다.

두 사람은 고개를 약간 숙이고 곁눈질로 흘끔거리며 서로 쳐다보다가 눈이라도 마주치면 얼른 고개를 돌렸다.

검사가 말했다. 별것도 아닌데 서로 합의를 하시지. 그래서 끝냅시다.

고소인이 말했다. 검사님…… 무슨 말씀을 그렇게……. 이 작자는 구속을 해야만 정신을 차릴 겁니다. 그가 말할 때는 담배 니코틴으로 누렇게 바랜 뭉툭한 앞니 사이로 약간의 침과 함께 쉿소리가 새어나왔다.

검사가 말했다. 피고소인은 어때요? 합의할 생각은?

피고소인이 말했다. 제가 뭘 알겠습니까……. 검사님이 알아서 해주십시오……. 그리고 검사를 쳐다보며 비굴하게 웃는다.

검사가 말했다. 서로 잘 알고 지내는 사이 아닙니까. 그러니 싸울 필요가 없지요. 원수질 일 있습니까. 고소인이 조금 양보를…… 양보를…… 양보를 하란 말입니다.

고소인이 말했다. 어림없는 말씀입니다. 무슨 양보를…… 양보는

없습니다. 법대로 해주십시오

검사가 말했다. 그래요, 법대로 해야지요. 돌아들 가세요

검사는 잠시 후 불기소 결정서를 작성하기 시작했다.

두 번째 그림

○○지원 형사 법정.

막바지 겨울의 느지막한 오후이다. 남쪽 지방에는 벌써 동백나무가 꽃망울을 터뜨렸다. 우중충한 법정은 어두웠고 구식 온풍기가 웅웅거리며 여전히 뜨거운 바람을 뿜어내고 있다. 금요일이고 마지막 재판이어서 판사나 법원 서기 역시 홀가분한 표정이다. 방청객은 아무도 없다.

피고인 역시 어리둥절한 표정으로 어정쩡하게 앉아있다.

판사가 말했다.

공소장에 의하면, 피고인이 돌산에서 정원용 돌을 캐면서 남은 폐석을 고소인의 산에 버렸다는 것인데 당초 수사검사가 불기소 처분을 하였지요 그런데 이 사건은 고소인이 ○○고등법원에 재정신청을 했고, 법원은 피고소인을 기소하는 게 맞다면서 검사에게 기소할 것을 명령한 사건이지요 그래서 이△△ 검사가 사건을 재조사한 후 피고인을 폐기물관리법 위반 혐의로 기소를 했습니다. 그런데 말입니다, 당초 무혐의 결정을 내렸던 검사가 직접 재판에 참여를 하였군요 뭐, 그림이 이상하기는 합니다만 법률 위반은 아니

니까…….

검사가 말했다.

이 사건 재정신청의 결정문을 보면 형식 논리에 치우쳐 폐기물관리법의 법리를 오해하고 있습니다. 불가피하게 기소는 했습니다만 무죄를 선고해주시기 바랍니다.

판사가 말했다.

그렇다면, 결심을 하겠습니다. 2주 후에 선고를 하지요.

세 번째 그림

지금은 가장 잔인한 달, 4월이다.

달콤한 사월! 숱한 상념이 그대와 결합했구나, 마음이 합친 것처럼.

엷은 자주색 라일락꽃이 벌써 피었다.

죽은 땅에서 라일락은 자라나고, 기억과 욕망은 뒤섞인다.

○○지방법원 항소심 법정.

나른한 오후이고 춘곤증 때문인지 피고인은 터져 나오는 하품을 참기가 어렵다. 법정에서 팽팽한 긴장감은 도무지 찾아볼 수가 없다.

재판장이 말했다.

참으로 이상하지요. 판사생활 20년에 처음 보는 일이지요. 1심 법원이 피고인에게 벌금 50만원을 선고했는데 검찰 측에서 항소를 하였거든요. 그런데 담당 검사가 제출한 항소이유서를 보면, 법원이 유죄로 인정한 부분은 형식 논리에 경도된 나머지 법리를 오해한 것이라고 주장했더군요. 그러니까 말입니다, 검사가 무죄를 주장하며 항소했다 이 말입니다.

검사가 말했다.

글쎄, 말입니다. 전들 뭘 알겠습니까. 그냥 결심해 주십시오.

그때 방청석에 앉아있던 고소인이 벌떡 일어났다.

고소인이 흥분해서 말했다.

이게 무슨 경우입니까? 원, 세상에…… 그 많은 폐석을 남의 산에다가 버리고도 벌금이 50만원이면 그 법이 뭣 땜에 있는 거요. 그뿐입니까…… 검사가 무죄를 주장하지 않나, 검사가 무죄라고 항소를 하지를 않나. 이게 말이 됩니까. 그렇다면 말입니다…… 그 검사는 검사 그만두고 아예 변호사로 나서야지요. 안 그렇습니까?

재판장이 말했다.

그렇지요. 그렇군요. 피해자의 항변도 틀렸다고 할 수는 없겠군요. 결심하고 3주 후에 선고하겠습니다.

그러고 나서 재판장은 자기도 모르게 기지개를 펴고 하품을 하였다. 그리고 배석과 서기를 뒤따르게 하면서 법정을 떠났다.

3주 후 그 법정.

재판장이 말했다.

형을 선고하겠습니다. 피고인은 앉아있지 말고 일어나서 똑바로

서세요. 검사가 아무리 무죄 변론을 해도 소용이 없군요. 남의 산에
다 무단으로 폐석을 그렇게 많이 버렸다면 처벌을 받아야지요. 그
렇지 않습니까. 폐기물관리법 제8조 제1항과 제63조를 적용해서 징
역 6월에 처합니다. 법정 구속하겠습니다.

피고인은 검사가 그렇게 변론했는데도 아무 소용이 없으니 억울
하겠지요. 피고인은 7일 이내에 상고할 수 있습니다.

가발 권하는 사회

가발 권하는 사회 — 가발 쓰세요

그림 1

서초동 남부터미널 뒤쪽 먹자골목에서 안으로 깊숙이 들어가 있는 어떤 모텔.

이른 봄 화창한 토요일 오후이다. 긴급 출동한 파출소 젊은 경찰과 30대 초반의 여자. 경찰은 귀찮은 기색이 역력했고 여자는 몹시 긴장해서 얼굴이 파랗게 질려있다.

경찰이 모텔 3층 계단 구석에 있는 방의 방문을 두드린다.

"경찰이야, 경찰. 빨리 문 열라고, 다 알고 왔으니까. 여기 당신 마누라도 함께 있지. 도망갈 곳은 없으니까, 순순히 문 열라고 문을 열어."

방안에는 이불이 펴있고 탁자 위에는 맥주병과 땅콩 접시가 놓여 있다. 여자는 속옷만 입은 채로 벽쪽을 향해 앉아있고 남자는 겨우 팬티만 걸친 채 당황한 기색이 역력하다.

여자가 말했다.

"내 이럴 줄 알았지. 어떻게 해서 회사 직원과…… 당신과는 끝장이야…… 끝장났다고……."

형사가 말했다.

"당신을 형법 제421조 간통죄의 현행범으로 체포합니다. 경찰서로 갑시다."

남자와 여자는 구속되었다.

그림 2

서초동 교대역 14번 출구 근처 엘리베이터가 없는 5층 건물의 4층에 있는 그 변호사 사무실.

사무실은 예상했던 것보다 훨씬 초라했다. 리놀륨 바닥이 닳고 닳아서 여기저기 구멍이 나있다. 변호사 방은 따로 없고 낡은 책장에는 법률 책 몇 권과 시집들이 덩그러니 꽂혀있다. 사무장도 없이 어린 아가씨 혼자서 이런저런 잔심부름을 하고 있는 것 같다.

변호사는 50대 중반쯤으로 얼굴은 벌써 쭈글쭈글하고 머리는 거의 다 빠져 앞부분은 번들거렸고 뒤통수에 머리칼 몇 가닥만 간신히 매달려있는 대머리이다. 삶에 지친 듯 우울한 얼굴을 하고 있다. 변호사로서 근엄한 표정을 지으며 거드름을 피울 줄도 모르고 감정을 잘 숨기지 못하는 고지식한 사람처럼 보인다.

그는 어색하게 여자와 마주앉아 있다. 여자는 모든 걸 단단히 각오한 것처럼 새침하게 앉아있다.

변호사가 말했다.

"남편께서 무릎을 꿇고 빌겠답니다. 이쯤에서 용서하시지요. 벌써 구속된 지가 한 달이 지났지 않습니까. 많은 반성을 했겠지요. 죽을 맛이랍니다."

여자가 비웃듯이 말했다.

"어림없는 수작이지요. 본때를 보여줘야 합니다."

"애들이 있지 않습니까. 어린 애들이……. 애들을 어떻게 하시려고요. 합의를 하십시오. 그리고 용서하고 잊어버리십시오. 솔직히 말씀드려 요즘 멀쩡한 남자치고 외도 안하는 사람 누가 있겠습니까."

"그럼 변호사님도 바람을 피웠다는 말씀인가요?"

"글쎄요…… 그렇지 뭐. 재산 다 넘겨주고 이혼을 했으니까."

"그렇다면…… 그렇지요. 그렇습니다. 조건만 맞는다면 합의를 해야겠지요."

"그러면…… 어떤 조건을?"

"재산을 넘겨줘야지요."

"어떤 재산 말입니까?"

"원지동에 있는 단독 주택을 넘겨주세요. 그리고 지금 살고 있는 아파트는 전세인데 전세 보증금도 제 앞으로 돌려주세요."

"너무 과하지 않습니까? 그러면 남자 쪽은 재산이 하나도 없는데요. 남의 일 같지 않습니다. 여자들은 항상 너무 지나치지요."

"그래야 마땅합니다. 싫으면 관두세요. 제가 아쉬울 것 하나 없습니다. 요즘 간통죄는 집행유예도 없고 1년쯤 살아야한다고 하니까. 그렇게 살아야지요. 그러면 회사에도 알려지고 쫓겨나겠지요."

"꼭 그렇게……" 변호사의 얼굴이 약간 붉어지며 어색한 듯 괜스레 머리를 긁적거렸다.

"변호사님…… 가발이나 쓰지 그래요. 그렇지 않나요. 요즘 하이모 선전이 한창인데요."

남자는 여자가 제시한 조건대로 합의하였다. 여자는 이혼소송을 취하하고 고소도 취하했다. 간통한 남녀는 즉시 석방되었다.

그림 3

2015년 2월 26일, 헌법재판소 전원합의체 법정.

지난밤에는 싸락눈이 내렸다. 그날은 날은 맑았지만 몹시 추웠다. 차가운 바람이 수그러들 기미를 보이지 않는다. 막바지 겨울의 상쾌한 늦추위가 마지막 기승을 부리고 있는 것이다.

9명의 재판관이 완고한 자세로 정면을 응시하며 주황색 의자에 반듯하게 앉아있고 (그들은 활짝 또는 가볍게 웃을 수 없나, 제발 좀 웃으세요. 즐거운 날 아닌가요. 세상이 변했다는데……. 꼭 그렇게 폼 잡고 근엄해야만 하나, 권위에 금이 갈까봐. 그놈의 권위란

게?) 완전히 대머리인 재판장이 약간 상기된 얼굴로 목청을 돋우어 또박또박 주문과 이유를 읽고 있다.

방청석에는 대부분 어중이떠중이 기자들로 꽉 채워있다. 며칠 전부터 그들은 무언가 냄새를 맡은 듯 이구동성으로 이번만은 위헌결정이 날 것이라고 예상 기사를 쓴 바 있다.

헌법재판소는 형법 제421조 간통죄 처벌조항을 62년 만에 폐지하였다. 헌법재판관 9명 중 7명이 위헌이라고 본 것이다.

"⋯⋯국가는 개인의 결혼생활이나 애정사에 개입할 수 없다. 불륜은 손해배상 등 민사적 수단으로 풀어야 할 문제다."라고 결론을 내린 것이다.

세상에⋯⋯ 별꼴이야.

이런 일이⋯⋯ 그러게 세상이 변했다니까.

뭐⋯⋯ 62년 만이라고 오늘 밤에는 총천연색 폭죽들이 방방곡곡 하늘에서 터져야할 거야.

그렇고말고

그날 오후, 전국의 모텔에서 숨을 헐떡이며 간통질을 하고 있던 년놈들이 소리쳤다.

크고 작은 모텔들이 밀집해 있는 서초동 먹자골목에서도 건배 소리가 울려 퍼졌다. 그러고 나서 그들은 다시 뒤엉켰다.

그림 4

남자는 아내가 아내의 직장 후배와 불륜관계라는 말을 그 후배의 부인으로부터 전해 들었다. 이른 봄 토요일 오후였다. 그들을 미행해 서초동 먹자골목의 모텔에서 나오는 두 사람이 나오는 장면을 목격하고 증거를 잡아 추궁하자 아내는 냉담한 표정으로 되래 큰소리쳤다.

4월 초순이어서 화사한 벚꽃이 만개하였다.

여자와 남자는 큰길가에 있는 별다방으로 옮겨 본격적으로 협상을 시도했다.

이제 보니 여자는 바지를 입었고, 굽이 높은 하이힐을 신고, 목에는 진주 목걸이를 걸고, 루이비통 가방을 들고 있다. 얼굴은 화사하고 팽팽하다.

"간통죄가 위헌 결정이 난 것을 알고 있겠지? 이제 간통은 죄가 아니야. 마음대로 하라고 어디 이혼소송을 한 번 내보시지. 내가 얼마든지 응해줄 테니까."

"그걸 말이라고……"

"오래전부터 했지…… 얼마나 짜릿한데…… 그러나 요령껏 해야지, 왜 들키기는 들켜? 등신처럼. 이제는 들켜도 상관없는 세상이 되었으니까, 반공개적으로 하는 거지."

"당신이 어떻게 이럴 수가 있어. 변했구먼…… 변했어. 옛날 사건을 돌이켜 보라고 그러지 말고…… 우리 합의하자고 그때도 합의

했었잖아……."

남자는 초라하고 수척해 보였다. 그는 새삼스럽게 20여 년 전 그 사건을 돌이켜 보았다. 온갖 쓰라린 기억과 잡념과 감정들이 뒤엉 켰다. 속이 메스꺼워 온다.

"케케묵은 이야기 그만 두라고. 세상이 바뀌었어. 합의는 무슨……. 요즘 위자료가 기껏해야 2,000만원이야. 그쯤이야 언제든지 줄 테니까."

"…… 지금 뭐라고 했어?" 남자가 약간 흥분해서 얼굴이 붉으락 푸르락했다.

"두말하면 잔소리지. 더 할 말 있어? 등신 같이. 내가 그때 완전 히 갈라서야 했는데……. 지금까지 호적을 파지 않고 살아준 것만 해도 감지덕지 해야지.

그러고 보니 당신도 대머리가 다 됐네. 보기 흉하지, 당신 인생이 송두리째 보기 흉하지. 가발을 쓰라고 가발을. 요즈음 좋은 가발 많 잖아. 그런데 말이야, 그때 그 변호사 말이야…… 가발을 했던가? 간통하고 나서 재산 다 빼앗기고 이혼을 당한 그 얼간이 말이야."

"뭐라고 했지…… 뭐라고?"

피해자가 더워서 옷 벗었을 수도

피해자가 더워서 옷 벗었을 수도

······ 성폭행 미수범 영장기각

도망간 20대 女 쫓아가 주먹질했는데

판사는 "피의자 방어권 보호" 주장

작년 말에도 성폭행범 영장 발부 안 해

경찰 "죄질 나쁜데······ 이해 못해"

피해자, 보복 공포에 정신과 치료

강간치상 영장기각 사건일지

2월 5일   오후 9시 30분   피해자와 동창, 김모 씨가
함께 저녁 술자리

오전 2시 17분   김씨가 피해자 A씨를 뒤
에서 끌어안자 A씨가 도망
가는 장면이 폐쇄회로
TV에 찍힘

2월 6일	오전 2시 43분	김씨가 "여자가 나를 때리면서 죽이려 한다."고 112에 신고
	오전2시 46분	민가에서 한 남성이 "밖에서 여자가 살려달라고 소리를 지른다."고 112에 신고
	오전 2시 52분	옷이 벗겨진 A씨를 발견한 식당 주인이 112에 신고하고 경찰서로 데려감
2월 7일		자택에서 김 씨 검거
2월 10일		경찰, 구속영장 신청
2월 11일		법원, "강간을 위해 벗긴 것인지 피해자가 더워서 옷을 벗었는지 불명확하고 피의자 김씨가 부모와 함께 살아 거주가 일정하다"며 구속영장 기각

이런 판사

6일 오전 2시 50분경 경기 지역의 한 식당에 윗옷이 벗겨진 채 속옷만 입은 A씨(20)가 "살려 달라"고 외치며 맨발로 뛰어 들었다.

속옷 끈 한 쪽은 팔까지 내려와 있었고, 양쪽 무릎은 피로 물들어 있었다. 온몸에는 크고 작은 생채기가 가득했다. 식당 주인은 곧바로 112에 신고했다.

A씨는 전날 저녁 초등학교 동창생, 동창의 직장 상사 김모 씨와 함께 술을 마셨다. A씨는 이날 김씨를 처음 만났다. 밤 12시를 넘겨 술자리가 이어지면서 모두 만취 상태가 됐다. 술자리가 파하고 A씨는 집으로 가려고 식당을 나섰다. 하지만 오전 2시 17분 식당 앞 폐쇄회로 TV에 찍힌 영상에는 김씨가 길거리에서 A씨를 뒤에서 껴안으며 배와 가슴을 주무르고, A씨가 이를 뿌리치고 도망가는 모습이 담겨 있었다. A씨는 경찰에서 "김씨가 성폭행을 시도하면서 옷을 벗기고 온몸을 때렸다"고 주장했다.

도망친 A씨는 번화가를 벗어나 실개천 근처까지 달렸다. A씨는 "쫓아온 김씨가 나를 붙잡아 강둑의 흙바닥에 눕히고 팔꿈치로 목을 누른 채 '가만히 좀 있어'라며 온몸을 주먹으로 때렸다"고 진술했다. A씨는 상대방이 자신의 몸 위에 올라타 티셔츠를 벗기고, 가슴을 만지는 상황에서 몸을 비틀어 간신히 도망쳤다고 했다.

김씨는 사건 다음날 경찰에 붙잡혔다. 그는 경찰에서 "나는 성폭행할 생각이 전혀 없었는데 여자가 자꾸 도망가서 바닥에 눕혔을 뿐"이라고 말했다. 경찰은 김씨가 성폭행을 시도하는 과정에서 A씨에게 상처를 입혔다고 보고 강간치상 혐의로 구속영장을 신청했다.

하지만 법원은 김씨의 구속영장을 기각했다. 당시 영장 담당 판사는 본보와의 통화에서 "강간을 위한 상해인지 본인이 돌아다니다가 넘어져서 다친 것인지 명확하지 않았다"며 "강간을 하려면 하의가 탈의돼야 하는데 그런 이야기는 없었다."고 기각 사유를 설명했다. 또 "강간을 위해 옷을 벗겼는지 피해자가 취해 더워서 벗은 건지 불분명한 상황에서 피의자의 방어권도 보호해야 했다"고 덧붙였다. 경찰 관계자는 "2차 피해가 우려되고 죄질이 나쁜 강간치상 사건에서 영장이 기각된 것은 이례적"이라고 말했다.

해당 판사는 지난해 12월에도 성폭행 피의자의 구속영장을 기각한 적이 있다. 술에 취한 피해 여성이 차량 안에서 성폭행을 당하기 전 "이러지 말고 차라리 우리 가게에 가자"고 성폭행범을 달랜 것을 두고 이 판사는 "남자 입장에서는 착각할 수 있다"고 판단했다. 경찰은 구속영장을 재신청했고, 같은 법원의 다른 판사는 영장을 발부했다.

사건 이후 A씨는 한쪽 다리 신경이 마비됐고 정신과 치료도 받고 있다. A씨의 어머니는 "딸을 병원에서 데리고 오는데 가해자가 풀려났다니 보복할까 두려워 병원도 안 가고 집안에만 있으려 한다."고 말했다. A씨 가족은 청와대와 대법원에 김 씨를 구속해 달라고 청원했다. 이○○ 여성변호사회 회장은 "이번 영장 기각은 우리 사회가 성범죄에 어떤 입장을 취하는지 보여주는 사례"라며 "법원이 성폭력을 엄하게 처벌하겠다는 의지가 없는 것 같다"고 말했다.

이것은 신문기사이다. 2015년 2월 24일 동아일보 A12면 상단에 실린 것으로 이 기사를 쓴 기자는 최혜령 기자이다. 그의 이메일 주소는 herstory@donga.com

그러나 이 기사를 읽어보면 기사를 쓴 기자도 편집자도 변호사도 담당 경찰이나 자기 이름으로 구속영장을 청구했을 검사도 영장을 발급하지 않았다는 이유로 '이런 판사'를 노골적으로 비난하고 있는 것을 알 수 있다. 그들은 말한다. 이런, 어처구니없는 일이. 그러나 이 기사는 있을지도 모르는 반대 견해는 소개하지 않는다. 기사가 객관적인 사실 보도를 넘어서서 그렇게 편파적으로 나아가도 되는 것인가? '이런 판사'라고 하였다. 그러므로 '이런'에는 다분히 경멸의 뜻이 담겨있다. '이런 자식' 또는 '이런 놈'이란 욕설이 아니겠는가. 그리고 독자들을 이런 판사를 비난하는데 동참하도록 유도한다. 우리가 빤히 속이 들여다보이는 편집자의 의도에 멍청하게 말려들어가야 할 것인가.

그렇다면, 이 기사를 읽었을 이런 판사는 어떤 기분이었을까? 억울하다고 생각했을까? 쓴웃음을 짓고 말았을까? 뭘 안다고 판사가 판단하면 옳은 거야. 판사는 판단하는 인간, 판관이니까. 그래서 분노했을까? 판사에게 시비를 걸다니 말이 되는가. 요즈음 세상이 이 모양인 거야. 그러므로 너무 슬펐을까?

그런데 독자들의 반응은? 왜, 그런 자를 구속하지 않으면 누굴 구속할 수 있겠어. 이렇게 한심한 일이. 그러나 우리는 구속당한 자의 심정을 깊이 헤아려 본 적이 있었던가. 구속은 장시간 신체의 자유를 제한하는 강제처분이다. 그러므로 본인이나 가족들에게는 말할 수 없는 고통이고 치욕이다. 그런데 인간의 본성에는 타인의 고통을 통해 관능적인 기쁨을 누리는, 사디스트적 요소가 있으니 구속됐다고 하면 통쾌하고 속이 후련하고, 반면에 구속되지 않았다고 하면 어쩐지 미심쩍지 않은가.

이제야 우리는 그 기사의 숨은 의도를 파악할 수 있다. 독자들의 구미에 딱 맞게 기사를 작성한 것이다. 그게 저널리즘의 속성인데 어쩌겠는가.

피의자의 방어권

피의자 또는 피고인은 방어권의 주체라고 할 수 있는가. 그렇다고 할 수 있다. 경찰과 검찰 등 수사기관이 공격권의 주체라면 말이다. 그러므로 피의자의 방어권 보장은 더할 나위 없이 중요하다. 경찰이나 검찰 같은 수사기관의 막강한 조직과 공권력의 행사, 전문 수사기관으로서의 탁월한 수사 능력과 비교한다면 일개 개인인 피의자의 방어권은 피의자의 보호라는 관점에 비춰볼 때 자기 방어의 권리로서 중요한 것임은 두말할 필요가 없는 것이다. 그러니까 (우화적 부분을 제거한다면) 골리앗과 다윗의 싸움에 비유할 수 있을 것이다.

그래서 형사소송법은 방어권에 대해 상세하게 규정하고 있다. 그리고 방어권을 충분히 보장하기 위해서, 국가 공권력과의 사이에서 실질적 평등이 이루어지도록, 즉 무기평등의 원칙이 이루어지도록 변호인 선임권, 변호인 선임 의뢰권, 접견 교통권, 국선 변호인 선정권 등이 인정되고 있다. 그러므로 형사소송법은 변론권 확대의 역사라고 할 수 있다.

하지만 모든 피의자는, 흉악범인 살인범이나 성폭력범, 강도강간범, 강도범, 국가의 전복을 기도한 반란의 수괴에게조차도 자기 방어권이 있다. 그들 모두에게 이 권리를 이유로 구속영장 발부를 거절할 수 있을까. 피의자의 방어권을 보장할 필요성은 분명히 인정된다. 그러나 동시에 수사기관의 신속한 범죄 수사와 피해자의 보호, 국민의 안전을 위해서 피의자를 신속히 구속할 필요가 있는 것이다. 어쨌거나 양자 간 균형이 필요하다. 물론 이 균형의 판단은 최종적으로 판사의 몫이다.

하지만 법관은 왜? 피의자의 방어권이 특히 필요한지에 대한 납득할만한 설시가 있어야 한다.

입법의 한계와 해석

형사소송법 제70조 (구속의 사유)는 법원은 피고인이 죄를 범하였다고 의심할만한 상당한 이유가 있고, 피고인이 일정한 주거가 없는 때, 피고인이 증거를 인멸할 염려가 있는 때, 피고인이 도망하

거나 도망할 염려가 있는 때, 피고인을 구속할 수 있는데 이런 구속
사유를 심사함에 있어서는 범죄의 중대성, 재범의 위험성, 피해자
및 중요 참고인 등에 대한 위해 우려 등을 고려하여야 한다고 규정
하고 있고, 제201조 (구속)는 피의자가 죄를 범하였다고 의심할만한
상당한 이유가 있고 위와 같은 사유가 있을 때는 검사는 관할 지방
법원 판사에게 청구하여 구속영장을 받아 피의자를 구속할 수 있다
고 규정하고 있다.

우선, 입법의 경우 법률의 규정 내용은 법률 제정 당시의 정치적
인 시대사상 또는 생활 감각, 법적 이성, 정의, 법적 안정성 같은 기
본적인 법 원리를 충족시켜야만 한다. 따라서 법을 제정하고 개정
하는 경우에도 이와 같은 법 원리를 초월할 수 없는 내재적 한계를
가지고 있는 것이다.

그런데, 법률 규정의 경우 다의적인 해석의 여지를 봉쇄하기 위
해서 아주 상세하게 규정할 수 없을까. 그래서 논자에 따라 해석이
구구해지는 것을 방지할 수 있을까. 제201조의 경우 '피의자가 증
거를 인멸할 염려가 있는 때'와 '피의자가 도망가거나 도망갈 염려
가 있는 때'의 경우 염려가 있는 때를, 또한 재범의 위험성이나 피
해자 및 중요 참고인 등에 대한 위해 우려 등에 대해 수없이 많은
아주 구체적인 경우를 예시하면서 말이다.

그러나 법률의 규정은 단순 명료한 것이 동서고금을 통하여 불문
율이고 유구한 역사를 가지고 있는 관습법이다. 그래서 함무라비

법전도, 유대인의 613개 조항 토라도, 로마법도, 현대의 모든 법조문은 그렇다. 기술적으로 모든 경우를 망라해서 1개 조문이 수십 페이지에 이르도록 규정할 수도 없을 뿐만 아니라 새로운 해석의 여지를 남겨두지 않으면 그 법조항은 시대의 흐름을 쫓아갈 수 없으므로 결국 사문화 될 수밖에 없기 때문이다.

그러므로 법률은 규정의 내용이나 형식에 있어서 어쩔 수 없는 일정한 한계를 가지고 있다.

따라서 법의 해석은 입법만큼 중요하고 (아니 더 중요하고) 그래서 입법을 대체하기도 한다. 우리는 법과 대학에서 법의 해석론에 대해 배우고 법률가는 법을 해석하는데 평생을 바치지 않는가. 그런데 법률의 해석은 원칙적으로 소송을 전제로 한 해석이기 때문에 소송을 떠난 순수한 이론적 해석은 학문상의 연구를 위한 것이라면 몰라도 소송과의 관계에서는 그 중요성이 현저히 감소한다고 할 수 있다.

그러면 어떤 관점에 입각해서 법 규범을 해석할 것인가. 모든 법 규정은 합리적이고 타당하게 해석되어야 한다. 법 규정의 일면만 부각시키는 해석은 대체로 다른 측면을 무시하기 때문에 그릇된 해석이 될 수밖에 없다. 그러나 결국 법 규정의 구체적인 의미와 내용은 법원의 판결에 의해 확정되게 된다.

실체적 진실은 존재하는가

형사소송은 국가 형벌권의 실현을 위한 절차이기 때문에 실체적 진실 발견이 그 무엇보다도 중요하다고 할 것이다. 그러므로 실체적 진실주의는 형사소송의 중요한 이념이다. 그래서 형사소송에서의 실체적 진실주의는 민사소송의 형식적 진실주의와 구별된다고 한다. (그러나 나는 왜 민사소송에서는 형식적이어도 상관이 없는지 여전히 의문을 가지고 있다.) 하여간에 실체적 진실주의는 적극적인 면과 소극적이 면으로 나눌 수 있는데 범죄사실을 명백히 밝혀서 죄가 있는 자를 빠짐없이 처벌하여야 한다는 것을 적극적인 실체적 진실주의라고 하고, 죄가 없는 자를 유죄로 하는 일이 없도록 하여야 한다는 것을 소극적인 실체적 진실주의라고 할 수 있다.

하지만 전지전능한 인격신이 아닌 하찮은 인간이 어떻게 하여 객관적인 진실을 발견할 수 있겠는가. 우리는 진실에 대해 항상 회의적이고 냉소적이어야 하는가. '당신이 주장하는 것은 입증되지 않는 한 사실이 아니다. 또는 입증책임은 주장하는 사람에게 있다.' 라고 말할 수 있는가.

우리는 진실을 갈망한다. 그러나 진실이 존재하긴 하는 건가? 진실의 부재. 진실과 허위의 차이란? 그리고 반쪽자리 진실은 어떻게 할 것인가, 믿어야 하는가, 부인해야 하는가? 우리가 '진실'에게 물으면 뭐라고 대답할까? '너는 진실인가?' 그가 의심스러워하며 대답하기를, '아마도 그럴 거예요' 또는 '그런 것 같기도 하군요'라고 대답하지 않을까.

　더욱이 엄격한 증거법의 규정에 의해 진실의 발견은 제한을 받는다. 그러므로 실체적 진실의 발견 역시 합리적 의심이 없는 고도의 개연성으로 만족할 수밖에 없다. 그것이 한계이다. 그러므로 우리는 진실은 없고 오직 진실에 근접한 개연성만 존재한다고 말할 수 있다. 개연성, 개연성, 개연성.

　이 사건에서 진실은 무엇인가. 피의자의 진실은 무엇이고 피해자의 진실은 무엇인가. 우리는 누구의 말을 믿어야 하는가. 주관적 진실과 객관적 진실이 충돌하고 있지는 않은가. 수사기관은 엇갈리는 수많은 주장과 거짓말들을 가려낼 수 있는가. 수사기관은 실체적 진실을 찾아내긴 한 건가. (그건 그들의 피할 수 없는 의무이다.) 양자의 주장이 첨예하게 대립하고 있는데 말이다. 수사기관이 영장을 청구하면서 범죄의 구성요건을 충족하는 사실을 적시하고 긴급하게 구속해야할 필요성에 대해 법관을 설득했는가.

　우리 헌법은 양심의 자유를 규정하고 있다. 양심의 자유는 인간 내면의 자유이므로 윤리적 성격을 가지고 있다. 그러므로 우리가 양심의 자유를 누리고 있다면 이에 상응하여 우리는 윤리적으로 어떤 경우에도 진실을 말해야할 진실의무가 있는 것은 아닐까.

　우리가 인간의 기억을 신뢰할 수 있는가. 인간의 희미한 기억을 믿을 수 있을까. 뚜렷한 기억일수록 비현실적이고, 공상적이지 않을까. 기억은 망각일지도 모른다. 기억은 순수하다거나 단순하다거나 문자 그대로 기억은 있을 수 없으니 그런 의미에서 기억은 해석에 불과한 것이다.

이 사건의 경우 비교적 근접한 과거의 기억이긴 하지만 피의자나 피해자 모두 그 당시 밤늦게까지 술을 마시고 만취했다고 하니 그들의 진술이 세부적인 사항까지 얼마나 신빙성이 있을 수 있겠는가.

그는 말할 수 있는가.

'여호와여, 나에게 죄가 없음을 밝혀 주소서. 나는 깨끗하게 살아 왔습니다. 내가 여호와를 굳게 믿었으며, 한 번도 두 마음을 품은 적이 없습니다. 여호와여, 나를 이리저리 시험해 보시고, 내 마음과 생각을 깊이 살펴보소서.'

무죄추정의 원칙

'의심스러울 때에는 피고인의 이익으로'. 이 무죄추정의 원칙에 대해 헌법 제27조 제4항은 '형사 피고인은 무죄 판결이 확정될 때까지는 무죄로 추정된다.'라고 규정하고 있고 형사소송법 제275조의2 역시 같은 규정을 두고 있다.

이 사건 피의자에게도 역시 무죄추정원칙이 적용된다. 의심스러울 때는 피의자의 이익으로. 그렇다면 무죄추정주의를 근거로 하여 영장을 기각할 수 있겠는가. 왜 안 되겠는가. 무죄를 추정 받는 피의자의 방어권을 보장하기 위해서 영장을 기각한다고, 설시할 수 있을 것이다.

그런데 무죄추정주의는 여전히 헌법과 형사소송법의 기본 이념이 될 근거가 있는가? 시대가 바뀌었는데도 말이다.

전문 수사기관이 수사를 하여 상당한 정도의 증거를 가지고 피의자로 확정하고 피고인으로 공소 제기까지 하였는데 어떻게 무죄가 추정되는가. 그들의 무죄가 추정되는 동안 피해자의 생명, 신체, 재산에 발생한 손해는 발생하지 않은 것으로 추정하여 허공에 떠있어야 하는가. 그 경우 피해자의 입장은 어떻게 되는가. 누가 피해자를 보호할 것인가?

우리 헌법이나 형사소송법은 온통 피의자나 피고인을 보호하는데 관심을 쏟고 있을 뿐 피해자 보호와 그의 인권에는 도대체 무관심하다. 피해자보다 범법자인 가해자의 인권이 그렇게 중요하다는 말인가.

그런데, 피고인의 인권 보호라고, 그건 사악한 인간들의 위선이 아닐까. 인간들은 정의가 아니라 복수를 원한다. 복수심이야말로 인간의 본질적 속성이다. 그러므로 모든 형벌의 근저에는 인간의 복수심이 깔려있다. 인간들은 철저한 복수를 원한다. 인간은 반드시 복수를 해야 한다. 그래야만 속이 풀리기 때문이다. 그러니까 복수를 하면서 아량을 베풀어 보호해준다고

호메로스는 '복수는 감미롭다'라고 말했고, 아리스토텔레스는 니코마코스 윤리학에서, '누가 한 눈을 찌르면 그의 눈도 하나 찔러주면 된다는 것은 잘못이다. 죄를 범한 자는 자기가 준 고통 이상으로

고통을 받아야 한다.'고 말했다.

그리고, 성경은 말했다.

'눈에는 눈으로, 이는 이로, 손은 손으로, 발은 발로, 화상은 화상으로, 상처는 상처로, 멍은 멍으로 갚아야 한다.' (구약성서 출애굽기 21:24~25)

그러므로 유죄추정주의도 안되지만 무죄추정주의 역시 공평하다고는 할 수 없다. 무죄추정주의는 자백이 왕이었던 시절, 그러니까 암흑의 시대였던 구시대의 낡은 산물이 아닐까.

공정한 재판을 받을 권리

신속하고 공정한 재판을 받을 권리는 헌법적 이념이 될 정도로 중요한 원칙이다. 특히 공정의 개념은 결국 헌법상 평등의 원칙의 다른 말에 다름 아니다. (그런데 공정의 이념은 재판뿐만 아니라 행정 절차, 우리 사회 곳곳에서, 가정에서도 절대적으로 필요한 것이니 국가와 사회, 가정을 지탱하는 가장 기본적인 이념 가운데 하나이다.)

그런데 국민은 누구나 공정한 재판을 받을 권리가 있는데 다른 측면에서 보면 법관은 법률과 양심에 따라 공정하게 재판을 해야할 책무를 지고 있다.

재판의 핵심은 두말할 것도 없이 공정성과 객관성에 있다. 소크라테스는 재판관에게 네 가지가 필요하다고 하였다. 친절하게 듣고,

빠진 것 없이 대답하고, 냉정하게 판단하고, 공평하게 재판하는 것이다. 그러나 플라톤은 공정한 재판을 위하여 재판관의 경험을 중요시하였다. 그는 말했다. '*재판관은 젊어서는 안 된다. 재판관은 자기의 영혼에 의해서가 아니라 타인의 악한 본질을 오랫동안 관찰함으로써 그 악을 배워 알아야 한다. 지식이라는 것은 그의 안내역이 되어야 하며 개인적인 체험이 되어서는 안 된다.*'

그리고 십계명은 공정한 재판을 위하여 증인은 위증해서는 안 된다고 규정하고 있고, 유대인들은 위증죄를 범한 자를 사형으로 다스렸다. 또한 유대인들은 공정한 재판을 위해 집단 지성을 강조하였으니 유대인의 재판 기구인 산헤드린은 1심의 경우 재판관 3명, 항소심의 경우 73명, 최종심의 경우 231명의 경험이 많고 지혜로운 재판관을 구성원으로 하여 합의에 의한 재판을 원칙으로 하였다.

하지만 법관들 사이에서 견해 차이가 나는 것은 불가피한 현상이다. 인간에게 만장일치는 독약이다. 일치는 동물들의 경우에만 가능한 일이다. 동물적 본능이 지배하는 동물들의 세계에서는 오직 똑같은 본능만이 작동하기 때문이다. 그러나 이성적 인간은 생각하는 동물이다. 생각의 탄생과 언어의 탄생. 생각은 일치할 수 없다. 따라서 만장일치는 인간의 본질적 속성에 반한다. 열린 사회, 민주 사회일수록 다양성이 생명이다. 정통과 이단, 다수설과 소수설, 의심하는 회의적인 인간이 있어야 한다. 그러므로 만장일치는 독선과 폭력이 지배하는 동물적 세계, 인간의 이성이 마비되어 부당하게 매를 맞은 사람이 스스로 맞을 짓을 했다며 반성해야하는 세계인 닫힌 사회, 독재 국가, 공산주의 국가, 전체주의 국가에서만 가능한 일이다.

최근 우리 헌법재판소에서 통진당의 정당 해산 판결을 할 때 7:2였고, 간통죄의 위헌심판 때도 7:2였다.

그런데 정의의 여신 디케는 왜 눈을 헝겊으로 가리고 있는가.

제임스 허킨스 페크 판사는 1823년에 세인트루이스의 지방재판소 판사로 임명되어 14년 동안 그 판사직에 있었다. 그는 재직기간 중 언제나 흰 헝겊으로 눈을 가리고 있었는데, 자기 앞에 나오는 소송 당사자들의 얼굴을 보지 않고 공평하게 재판을 하기 위해서였다. 제출된 서류는 전부 서기가 낭독했다. 그가 아침마다 법정에 들어가기 전에 흰 헝겊으로 눈을 가리고 있는 동안은 부축하는 사람이 따라다녔다.

판사 혹은 인간의 한계

인간이란 무엇인가. 인간은 호모 사피엔스 사피엔스인가. 인간은 이성적이어서 완벽하게 합리적으로 판단할 수 있을까. 인간은 무의식의 심연 또는 잠재의식에서 자유로울 수 있을까.

내가 판사로서 이 사건 영장 발부를 직접 담당했다면 어떤 결정을 내렸을 것인가? 30대 중반쯤이고 판사 생활 10년 이상인 표준적인 법관을 기준으로 생각해보면 어떨까? 혹은 건전한 상식을 가진 일반인을 기준으로 한다면? 만약 여자라면? 남자와 여자 사이에 어쩔 수 없는 사고방식의 간극이 있을 수 있을까? 만약 배심원단을 구성하여 찬반 투표에 부쳤다면, 그 결과는 어땠을까? 만장일치 또는 극단적으로 갈렸을까? 배심원들의 판단은 법관이나 일반인들의 그것과 일치 또는 거의 일치할 수 있을까? 그들 각자는 누구인가?

그는 (또는 그녀는) 어떤 인물일까?

그의 인생관이 비관주의자인지 낙관주의자인지, 무신론자인지, 창조주이고 전지전능한 유일신과 그 종교를 신봉하는지, 그 인격신을 믿고 있는 경우에도 신, 당신은 까마득히 높은 곳에 계시기 때문에 인간을 대충 매우 개괄적이고 관념적으로만 알고 있다고 생각하는지, 아니면 이 세상에서 일어나는 모든 일을 알고 평가하시고 그래서 신의 섭리가 개개인의 일상사에도 미친다고 생각하는지, 종교적 신념과 관계없이 천국과 지옥을 믿고 있는지, 영혼의 존재와 영혼의 불멸성을 이해하고 있고 그것들을 믿고 있는지, 오만한지 겸손한지, 그의 내면에 불신과 증오가 들끓고 있는지, 남성우월자인지 페미니스트인지, 술을 좋아하는지 어쩐지, 관존민비적 사람인지, 우리는 어떤 사람을 범주화해서 편 가르기를 좋아하니까, 그는 보수파인가 아니면 진보파인가, (그러나 법관은 직업의 속성상 대부분 보수적이다.) 엄숙주의자여서 언제나 얼어붙은 것처럼 꼭 다문 입술, 늘 검은색 양복을 입고 양복 단추를 꼭꼭 채우며 가벼운 나들이를 갈 때도 꼭 넥타이를 매는 사람인지, 아니면 유머가 풍부하고 관대한 사람, 이 사건 피의자의 행위를 하나의 웃기는 일쯤으로 여겼고, 그래서 기록을 검토할 때 '정말 재밌어, 웃기는군'하고 재밌어했을까? 그런데 그는 여성이 밤늦게까지 남자와 어울려 만취할 때까지 술을 마셨다면 여자에게도 문제가 있는 게 아닌가라고 생각했을까? 그는 짧은 인생에서 고통이나 상처, 슬픔을 겪어본 적이 있었는가, 그래서 그까짓 거 아무것도 아니야, 살다보면 더한 일도 있다니까, 그러니까 참으라고, 고소는, 무슨 고소를, 라고 생각했을까? 그래서 기각했을까? 인간의 삶에 대해 장황하게 이야기를 늘어놓으면서 짐짓 진실이라고 하면서 친구들에게 거짓말을 줄줄이 늘어놓은 적이 있었을까? 그는 어쨌거나 진실을, 한 점 의혹 없는 진실을 찾고 싶은 뿌리 깊은 갈망에 시달리고 있었을까?

그는 '피해자가 더워서 옷 벗었을 수도'는 은유적 또는 시적 표현이라고 생각할 수 있을까? 그런데 기자가 그걸 헤드라인으로 써먹다니, 이럴 수가.

그러나 나는 전혀 모르겠다. 인물들의 모습과 생각은 제각각이니까 말이다.

다만 법관은 법과 양심에 따라 재판해야 한다. 이 사건의 겨우 판사는 어떤 경로를 거쳐 형성된 양심에 따라 결정을 내렸을까? 이 경우 법률가의 양심이란 무엇인가? 다시 말하면 법조적 양심이란? 그 양심은 일반 국민의 개인적 양심과 다른 것은 분명하다. 헌법과 법률, 관습법 등이 규정하고 있는 법률의 내용과 그들 법률이 내재적으로 함축하고 있는 법의 이념, 정신에 입각한 양심을 말하는 것이 아니겠는가. 그러나 그 양심마저도 매스컴, 사회적 여론, 내면의 가치관과 세계관, 자신만의 개똥철학, 삶에 있어서의 어떤 경험과 계기, 오랜 시간 뿌리를 내린 일상적인 습관과 몸짓, 사물, 인물, 관계로부터 영향을 받을 수밖에 없다. 그걸 어떻게 막을 수 있겠는가. 불가피한 것으로 받아들여야 한다.

이 사건에서 우리가 알 수 있는 것은 고작해야 위 신문기사의 내용뿐이다. 그것도 편향된 결정을 비판하는 편향된 기사의 내용. 그러한 결정 과정과 이 사건의 진실, 자초지종을 잘 알지도 못하면서 이러쿵저러쿵하는 것은 참으로 경솔한 일이 아닐까. 내가 이러쿵저러쿵 이러한 글을 쓰는 것 자체도 경솔한 짓이 아닐까.

국가보안법 위반죄

국가보안법 위반죄

법정은 팽팽한 긴장감이 감돈다.

피고인은 여전히 벨기에제 특수 수갑을 찬 채 서 있다. 헝클어진 긴 머리와 덥수룩한 수염이 거의 얼굴을 삼켜버리고 있었다. 그러나 그의 형형한 눈빛은 정면으로 재판장을 뚫어지게 쳐다보고 있다.

방청석에는 수십 명의 교도관, 사복 경찰들이 자리를 전부 차지하고 무표정하게 앉아있다. 그때 피고인의 가족들은 법정 밖 복도에서 겨우 서성거리고 있을 뿐이다. 법정 입구에는 제복을 입은 건장한 법정 수위 몇 명이 지키고 서 있었는데, 법정이 만원이어서 더 이상 들어갈 수 없다고 위압적으로 말하면서 거칠게 밀쳐냈다.

변호인: 공소사실에 대하여 사실심리를 시작하기 전에 먼저 말씀드리겠습니다. 이 사건은 체포영장도 없이 수사기관의 불법감금과

고문에 의해 조작된 것이기 때문에 공소사실은 무효입니다. 다시 말씀드리자면…… 피고인은 고문에 의해 자백한 것이란 말입니다. 더욱이 변호인의 접견이 이루어지지도 않았습니다. 따라서…… 제 생각엔 말입니다, 공소제기의 적법성 여부가 문제가 됩니다.

재판장: 변호인이 이 사건 공소제기가 무효라고 가당치 않는 소리 지껄이는데 검사의 의견은 어떻습니까? 이자들은 누구랄 것 없이 수사기관에서 고문이나 학대를 받았다고 주장하고, 자신은 절대 결백하다는 거지.

검사: 그럴 리가 있겠습니까? 불법감금이라고 주장하지만 그건 임의동행이었습니다. 또한 말입니다…… 피고인은 수사 당시 고문받은 사실이 전혀 없습니다. 피고인이 변호인의 접견을 요청하거나 기타 변호인의 조력을 요청하지도 않았습니다. 그건 너무나 명백한 사실입니다.

재판장: 그것 보시오. 검사가 그러한 사실이 없다고 하지 않습니까. 변호인은 다시는 그런 헛소리를 삼가하기 바랍니다. 검사가 할 일이 없어서 그런 사건을 기소했겠습니까? 검사님, 안 그렇습니까?

변호인: 다시 말씀드리지만…… 피고인은 30여 일 동안 불법 감금된 상태에서 고문수사를 받았고, 기소된 이후에도 변호인이나 가족의 면회가 극도로 제한되었습니다. 다시 말씀드리면…… 피고인은 변호사의 조력을 받지 못하였습니다. 그러한 상황에서 변호인은 공판 준비를 제대로 할 수 없었습니다. 오늘 공판을 연기해 주시기

바랍니다.

　재판장: 변호사는 자리에 앉으시오. 앉으란 말입니다. 변호사의 조력을 받을 권리, 그걸 누가 모릅니까? 지금 변호인은 판사에게 헌법 강의를 할 셈인가요? 피고인은 신속한 공개재판을 받을 권리가 있습니다. 어서 빨리 이 사건을 종결할 책무가 법원에 있는 걸 왜 모르십니까? 어떠한 경우에도 재판 연기는 있을 수 없습니다. 아시겠습니까?

　재판장이 화가 나서 변호인과 피고인을 번갈아서 쏘아보며 거친 어조로 으르릉거렸다. 그때 검사가 힐끔힐끔 법대 위를 훔쳐보면서 재판장의 비위를 맞춘다.

　검사: 매우 지당하신…… 지극히 온당하신 말씀입니다.

　재판장: 지금부터 공소사실에 대한 심리를 진행합니다. 공소장이 250페이지나 되던데 건성건성 읽기도 벅찹니다. 대충 공소사실의 요지만 진술하시지요. 시간이 별로 없습니다.

　검사: 지금부터 공소사실의 요지를 말씀드리겠습니다. 20개 항목의 공소사실을 간단히 요약하자면 이렇습니다……. 피고인은 소위 민족민주혁명에 의하지 않고는 이 정권을 쓰러뜨릴 수 없다 ……. 이 정권은 소수 지배집단이 대다수 민중을 탄압하는 억압적 도구에 불과하다……. 그런데, 민족민주혁명론이란 게 사실은 위장에 불과

하고 실제는 사회주의 혁명론, 즉 마르크스주의 혁명론 또는 레닌 혁명론인 것입니다……

그러니깐, 북괴의 남조선 해방 전략을 추종한 것입니다. 피고인은 반외세, 반군부독재, 반파쇼를 타도하고 민주주의를 회복해야 한다는 미명 하에 일자불상 경에 옥호불상 지하 음식점 또는 주소불상 조직원의 자취방 등에서 수차례 회합을 갖고 이적단체를 조직해서 북괴의 지령을 받아 수괴로 활동하였습니다.

그리고 피고인이 전부 자백한 경찰과 검찰에서의 피의자신문조서와 기타 피고인이 직접 작성한 진술서…… 반성문…… 탐독했던 불온서적…… 이런 서적에 대한 내외정책연구소의 전문가가 감정한 감정서를 증거자료로 제출합니다.

재판장은 자신이 완벽하게 법정을 지배하고 있다고 생각하였다. 그는 반짝이는 거만한 눈빛으로 법대 아래쪽을 쭉 훑어보았다. 아무도 그의 말에 이의를 제기해서는 안 되었다. 무슨 말을 강조할 때마다 검은 뿔테 안경을 벗어서 법대 위에 소리 나게 내려놓았다. 그는 신경질적인 어투로 빠르게 지껄였다. 그때마다 좁은 이마에 거의 완벽한 형태로 골이 깊숙이 패였다가 다시 펴지기를 반복했다.

변호인 : 다시 간곡하게 재판장님께 말씀드리지만…… 피고인은 불법 감금과 말로 형언할 수 없는 혹독한 고문 끝에 자백을 한 것

입니다. 검찰에서도 혹독한 고문의 연장선상에서 자백을 하였습니다. 고문의 악몽과 후유증 때문에 검찰에서 묵비권을 행사하거나 부인할 수 없었단 말입니다. 그러므로…… 검찰조서 역시 강제자백이라고 할 수 있습니다. 그러니까…… 그 사실을 밝히기 위해서 고문 경찰을 증인으로 신청합니다.

재판장: 왜 그렇게 끈질깁니까? 그들도 우리나라 경찰 공무원인데, 공무원이 할 일이 없어서 그런 몹쓸 짓을 했겠습니까? 그들은 훌륭한 공무원입니다. 경찰이 지금 국가안보를 위해 불철주야 얼마나 바쁜데, 그들이 여기 와서 증언할 시간이 있겠습니까? 증인 신청을 기각합니다. 보다 분명하게 말하지만, 기각합니다.

그리고, 변호인에게 주의를 환기시키겠습니다. 지금 법원의 권위에 도전할 셈인가요? 이 재판에서 증인 신청은 함부로 하는 것이 아닙니다. 앞으로 주의하기 바랍니다. 아시겠습니까?

초겨울이었다. 그날은 눈발이 흩날리고 사방이 유난히 캄캄했다.
그는 경찰서 유치장에서 당직 형사가 황급히 깨우는 바람에 부스스 눈을 떴다. 잠이 덜 깬 채로 엷은 옷을 주섬주섬 꿰어 입고 유치장을 나섰다. 이른 새벽이었다. 검은 어둠이 아직 두껍게 주위를 내리 덮고 있었다. '이렇게 고마운 일이…… 이른 새벽에 석방해주다니.' 그가 어리둥절한 채로 중얼거렸다. 그러나 수사과 사무실을 지나 좁은 복도로 막 나오자마자 여러 명의 사복 경찰이 그의 앞을

263

가로막고 에워쌌다.

그들은 평범한 얼굴에 평복을 입고 있었다.

그는 직감적으로 어디론가 어둠의 곳으로 끌려간다는 것을 깨달았다. 갑자기 눈앞이 아찔하고 두 다리가 와들거리고 온몸이 떨린다. 그는 수척했고, 덥수룩했으며, 지저분하였다. 그리고 몹시 불안하였다.

그가 외쳤다.

"이게 무슨 짓입니까? 구속영장 있어요."

"씨발 새끼…… 구속영장 좋아하네."

그의 얼굴에 날카로운 주먹이 연이어 날아들고 코와 입에서 피가 흘렀다. 그들은 눈에 검은 안대를 가리고, 입에는 강력 접착테이프를 붙였다. 숨이 턱턱 막힌다. 발목엔 족쇄가 채워졌고, 손목엔 벨기에제 특수 수갑이 채워졌으며, 투박한 포승줄이 복부를 칭칭 감았다. 그리고 경찰서 뒤쪽에서 시동을 건 채로 대기하고 있던 검은 지프차에 태워져 어디론가 사라졌다.

어느새 죽음의 도살장에 도착하였다.

바람결에 기차가 덜커덩거리며 지나가는 소리, 기적 소리가 희미하게 들렸다. 그 소리는 평화스럽고 아늑하였다. 그 기적 소리는 어린 시절 남쪽 바닷가로 그를 데려다 주었다.

낡은 회색 건물에 들어서면서 검은 안대가 벗겨지고, 입에 붙였던 테이프를 떼어내 주었고, 그의 몸에 부착되어 있던 모든 철물이

제거되었다. 그는 방금 들어선 녹슨 철문을 뒤돌아보았다. 그 문은 사람이 들어가거나 나가기 위해서가 아니라 항상 닫혀있기 위해 존재하고 있는 것처럼 보였다. 긴 지하 복도를 지나면서 고문 기술자들의 고함소리와 고문당하는 사람들의 비명소리…… 그 끔찍한 비명을 들을 수 있었다. 그 소리는 끊이지 않고 들렸다. 그는 두 손으로 귓구멍을 틀어막았지만 계속해서 음산하게 울려 퍼졌다.

지옥 같은 심문실.

천장에는 백열전구 하나가 덩그러니 달려 있다. 모든 게 낯설고, 어색했고, 비현실적이었다. 벌써부터 온몸이 오그라들었다.

첫날부터, 본격적으로 날 선 심문이 시작되었다.

묵묵부답.

'거절해야 되는 거야. 단호하게 거절해야……. 거짓말을 할 수는……. 끝까지 버텨야……. 차라리 침묵을 지켜야…….'

"너 빨갱이 자식…… 진술거부를 잘 한다지. 여기가 어딘지 알기나 해. 여긴 경찰서가 아니야. 솔직하게 다 불어. 너 몸도 좋지 않다며…… 그 몸으로는 도저히 못 견딜 거야."

고문 기술자들이 번갈아 버럭 소릴 질렀다.

"정말 버틸 거야? 어림없어 이 자식아……. 여기서는 진술거부 그거 안 통한단 말이야. 제발…… 우리 신사적으로 하자. 술술 불면 얼마나 좋아……. 나도 가정이 있는 사람이야. 빨리 퇴근하면 얼마나 좋겠어. 내게도 고3 딸이 있단 말이야……. 그 애가 대학을 잘

가야, 시집이라도 잘 갈 거 아냐……."

"우린 가택수색영장을 정식으로 발부받아 네놈의 집에서 책과 편지 나부랭이 등을 이미 압수했어. 다 알고 있으니까. 진술을 해. 진술을. 이 새끼야."

"이 용공분자 새끼…… 프롤레타리아 혁명가 새끼……. 정 버티면 할 수 없지. 뜨거운 맛을 보여주지. 우리는 널 반드시 부숴버릴 거야."

심문은 밤낮으로 진행되었다. 똑같은 질문이 지루하게 끝없이 반복되었다. 침묵을 지키면 어르고 협박하고 대답이 조금이라도 어긋나면 다시 그 부분부터 시작해서 파고드는 그 악명 높은 '양파 까기' 심문 방식이었다.

처음에는 잠 안 재우기 고문부터 시작했다. 잠이 잠깐 들면 깨우고, 또 깨우고 눈알이 뜨거워지며 튀어나올 것만 같다. 입술이 부르트고, 입안이 헤어졌다.

"나는 모릅니다. 동지는 없어요. 그냥 친구들이에요. 다 거짓입니다. 거짓말이란 말입니다."

다음 단계로 넘어갔다.

그들은 그의 옷을 완전히 벗긴 다음 담요 위에 눕혀 돌돌 말아서 꽁꽁 묶었다. 가슴, 배, 허벅지, 무릎 윗부분, 발목 등 다섯 군데를 묶었으므로, 손가락하고 발가락, 머리 이외에는 꼼짝달싹 할 수 없게 되었다. 그리고 다시 칠성판 위에 올려놓고 완전히 결박하였다.

그가, 노련한 고문기술자가 히죽거리며 말했다.

"넌 지금 칠성판 위에 누워 있지. 칠성판이 뭔지 모르지. 내가 자세히 알려 주겠어. 칠성판은 말이야…… 죽은 사람을 매장할 때 땅을 파고 그 다음에 목재판을 깔고 그 위에 관을 올려놓는데, 그 목재판을 칠성판이라고 하지. 그러니까…… 넌 관 속에 든 시체에 다름아니지……."

그들은 단 한순간의 주저도 없이 물고문을 시작했다.

그의 얼굴에 검은색 타월이 덮어씌워지고 그들은 샤워 꼭지를 틀어 사정없이 얼굴에 물을 쏟아부었다. 또 다른 자는 그것도 부족한지 큰 주전자에 물을 가득 담아 동시에 붓고 또 쏟아부었다. 그는 숨이 탁탁 막히고 속은 메스꺼워지다가 완전히 뒤집혔다. 몸은 완전히 땀으로 젖어 버리고 담요 역시 땀과 물에 흠뻑 젖어 버렸다. 그는 온몸을 버둥거리다 실신하였다.

그들은 자기들끼리 떠들고 음산하게 웃음을 흘리면서 그렇게 한 시간을 계속하였다.

그는 처음에는 배 속에 들어있는, 창자 속에 있는 모든 걸 토하기 시작했다. 그 다음에는 설사 같은 물만 나왔다. 방귀가 나오고…… 물똥을 싸고…… 그래서 그의 내장이 완전히 물로 씻어졌다. 그는 실신했다가 깨어나고, 이를 반복하였다.

얼마쯤 시간이 지난 것 같다. 이제 물고문은 멈췄다. 온몸이 으슬으슬 떨리고 온갖 기억과 악몽이 머릿속에서 뒤죽박죽이 되었다.

잠이 잠깐 드는가 싶으면 다시 깨어나 한참 동안 어두운 허공을 응시하였다. 그는 그때 날짜와 시간을 헤아려 보려고 안간힘을 썼다. 그러나 여전히 얼굴에 쏟아지는 물의 감촉…… 물이 쏟아지는 그 무서운 공포가 온몸에 덮쳐오고 그것은 죽음의 형태로 다가왔다.

'그래…… 진술거부는 미친 짓이야. 묻는 대로 솔직하게 답변할 수밖에 없어. 더 이상 버티는 것은 무리야. 어떻게 해서든지 살아야 하지 않겠어……. 젊은 나이에 죽을 수야 없지……. 그건 진짜 개죽음일 테니까.' 그는 그렇게 생각했다.

"그러니까…… 우리가 묻는 말에 뭐든지 대답하겠다는 거지. 아직 멀었구만……. 너하고 입씨름할 시간이 없어. 우리는 빨갱이와 빨갱이 아닌 사람 두 가지로 나누지. 이 빨갱이 자식아…… 완전히 항복하란 말이야. 우리는 너의 인격을 해체하는 것이 목표란 말이지……. 알겠어."

또다시 수건이 얼굴에 덮어씌워지고 샤워기는 맹렬하게 물을 쏟아내기 시작했다. 숨이 턱턱 막히는 답답함. 무서운 공포 아득한 절벽 밑으로 떨어지는 것 같은 절망감.

"그래요…… 완전히 항복하겠습니다."

"이제서야 정신 차렸군. 너는…… 첫째, 사회주의 폭력혁명분자임을 자백하고…… 둘째, 북괴의 지령을 받았을 뿐만 아니라 그 지금을 지원 받았고…… 셋째, 너희 조직의 실체, 다시 말하면 조직의 구성도, 핵심인물을 죄다 대고…… 넷째, 언제 무장 폭동을 일으키기로 하였는지 그 거사 일자를 대란 말이야. 하나도 빠짐없이."

"솔직히 말씀드립니다. 전…… 왕성한 호기심 때문에, 도저히 읽지 않고는 배길 수 없어서, 엥겔스의 『공산주의의 원리』, 마르크스의 『자본론』, 레닌의 『무엇을 할 것인가』, 이영희의 『전환시대의 논리』, E.H.카의 『러시아 혁명사』, 트로츠키의 『나의 생애』, 칼 코지크의 『구체성의 변증법』, 사미르 아민의 『제국주의와 불평등 발전』, 폴 스위지의 『자본주의 발전론』, 에리히 프롬의 『마르크스의 인간관』 등과 어떤 단체에서 배포한 <학생운동의 인식과 방법>이라는 유인물을 읽었습니다. 저는 그걸 읽지 않으면 안 되었습니다. 현실이 너무 암담했으니까요. 그러나 읽고 또 읽어도 알 수가 없었습니다. 결국 맹목적으로 읽은 것입니다."

그가 철제 책상을 사이에 두고 앉아서 띄엄띄엄 힘겹게 말을 이어간다. 눈에 눈물이 차오르기 시작했다.

"그리고…… 그 모임에 몇 번 참석해서 함께 식사하고 소주 몇 잔 마신 게 전부입니다. 전 사상적 미숙아입니다. 아직 지적으로 성숙되지 않았고…… 어떤 사상도 형성되지 않은 것입니다. 방황과 모색을 거듭하고 있을 뿐입니다. 시간이 필요했습니다. 더욱이 배후 인물이나 핵심 인물은 누군지…… 모릅니다. 정말입니다… …."

"그럼…… 그때 모임에 만나서 함께 식사한 사람이 누구누구야. 누가 주도했어. 아니면…… 누가 이러쿵저러쿵 가장 말을 많이 했어. 밥값은 누가 냈어. 너는 지금 우릴 완전히 핫바지 취급하고 있어……. 그건 국가전복을 기도하는 무시무시한 반국가단체이지……
단순한 친목 모임이 아니란 말이지. 우리가 모를 줄 알아. 너는 애
써 모임으로 격하시키고 있어."

"저는 공산주의자이고, 빨갱이이고, 폭력혁명을 기도했습니다. 그
러나 그건 기억이 잘 안나요. 아니…… 잘 모르겠어요. 무슨 조직체
가 구성된 적이 없었어요. 말하자면…… 조직의 실체가 없어요. 그
저…… 모여서 현 정세에 대해 토론하고, 울분에 차서 개탄하고 그
러나…… 모두들 이론적인…… 추상적인 얘기만 하였지요. 그게 우
리들의 병폐이지요. 모두 샌님 같았어요."

"이 자식, 물고문으로는 안 되겠군. 조금 봐주니까 말이지…….
그래, 보답이 겨우 이것뿐이란 말이지. 너 이 새끼…… 완전히 항복
했다더니 아직도 입이 살아있군. 배후를 안 대면 콧구멍에 고춧가
루를 퍼부어서 폐기종을 만들어 죽여 버리겠어. 그래도…… 안 댈
거야?" 그가 신경질적으로 악을 썼다.

"다시 묻겠는데, 이놈…… 저놈…… 무슨 소릴 지껄이고, 무슨 일
을 했는지 불으란 말이야. 그렇지 않으면…… 네놈이 수괴가 되는
거지. 위대한 지도자가…… 어때?"

"………."

"그렇다면…… 할 수 없지. 다음 단계로 넘어 가야겠어. 전기 고
문을 당해봐야 정신 차리겠군. 김 부장…… 이 과장 좀 오라구 하
지." 옆에서 지켜보고 있던 사장이 직접 지시하였다. 그들은 관행적

으로 서로 사장님이니 전무님…… 부장, 과장으로 불렀다.

역시 그들이 가장 알고 싶어 하는 것은 배후 세력이었다. 예컨대, 재야 정치인, 가톨릭 또는 개신교의 반체제 지도자, 특히 도시산업 선교회의 지도자, 재야 민주화 운동의 핵심 세력인 청년운동단체의 조직과 지도자, 운동권 취업자, 노동자 단체의 조직이나 상호 연계성을 캐내기 위해 혈안이 되어 있었다. 그는 그때 마땅히 둘러댈 이름이 생각나지 않았다. 그래서 배후란 없다고 솔직히 말하였다.

그는 담배를 꼬나물고 007가방 비슷한 사무용 가방을 어깨에 메고 방으로 들어섰다. 그는 거기에 고문 기구를 넣고 다녔다. 건장한 사나이였다. 전형적인 어깨 타입의 풍모를 풍겼다. 그의 장난기 어린 눈길이 불쌍한 먹잇감을 삐딱하게 꼬나보았다. 그리고 담배꽁초를 바닥에 아무렇게나 내뱉어 발로 문지르면서 또 한 개피를 피울 것인지 생각하는 것 같았다.

그리고 호탕하게 웃으면서 한껏 비웃었다.

"그동안 일감이 없어서 손이 근질근질했지. 모두 물고문 단계에서 끝났거든. 그동안 내 단골 장의사가 한가하였는데 드디어 일감이 생겼구만. 하여간에 살맛나네…… 각오는 돼 있겠지. 사람들은 오해한 나머지 이걸 전기 고문이라고 하는데 실은 '배터리 고문'이라고 할 수 있어."

그는 또다시 완전히 발가벗겨진 채 담요에 싸여 칠성판 위에 꽁꽁 묶여졌고, 기술자들은 민첩한 동작으로 그의 발바닥과 발등에 붕대를 여러 겹 감았다. 그러고 나서 새끼발가락과 그 다음 발가락 사이에 전기 접촉면을 끼우고, 그것이 빠지지 않도록 단단히 묶었다. 그리고 발바닥과 사타구니, 배와 가슴, 목과 머리에 주전자로 물을 들이부었다. 그는 물의 섬뜩함과 함께 무서운 공포를 느꼈다. 그들이 계속 뭔가 쉴 새 없이 즐겁게 떠들고, 그러다 그에게 겁을 주고 협박을 하였다. 그들은 물고문부터 시작했다. 물고문이 어느 정도 진행되어 몸에서 땀이 솟아서 담요가 흥건히 젖기 시작하면 그때부터 전기 고문이 시작되는 것이다.

기술자는 처음에는 짧고 약하게, 다시 점점 길고 강하게, 중간에 다시 약해지고, 전류의 세기를 능수능란하게 조절하였다. 이제 몸과 담요는 완전히 바싹 말라 버렸다. 그러면 전기가 잘 통하도록 다시 물을 뿌렸다.

그는 노기등등하였다. 그는 여전히 분이 풀리지 않았는지 꽁꽁 묶여있는 그의 몸뚱이에 올라타고 쿵쿵 잔인하게 짓밟기까지 하였다. 그때 갈비뼈가 부러지거나 아니면 금이 가는 소리가 들리고, 격심한 가슴 통증이 뒤따라왔다. 그의 눈에서는 요괴의 사악한 빛이 강렬하게 쏟아졌다. 그는 잔인한 칼잡이였고 그는 도마 위에 놓인 생선이었다.

그것은 온몸의 핏줄을 뒤틀어 놓고 신경을 팽팽하게 잡아 당겨서 마침내 모든 관절의 마디마디를 끊어 버렸다. 몸의 각 부분이 해체되고 있었다. 발끝에서부터 고통이 시작돼 속이 뒤틀리고 머리가 빠개지는 것처럼 통증이 왔다. 전기 고문은 외상을 남기지 않으면서 치명적으로 내상을 입혔다. 그는 고통을 못 이겨 너무 소리소리 질러 대서, 목 안에서는 피가 쏟아지고 콧속에서는 역한 냄새가 났다.

고문은 격렬하고 포악스러웠다.

그곳에 끌려온 이래 며칠 동안 단 한숨의 잠도 자지 못했고, 한 끼니의 식사도 하지 못했다. 호흡곤란 증세가 점점 심해지고 기침이 자꾸 나왔다. 벌써 죽음의 그림자가 어른거렸다. 극도의 고통과 공포가 그를 덮쳤다. 그는 잔인하게 해체되었다. 갈가리 찢어져 버렸다. 모든 것이 뒤죽박죽이 되었고 형체와 의미를 상실하였다.

"이 빨갱이 자식…… 너 죽어도 우리는 상관없어……. 심장마비라는 의사의 진단서만 발급 받으면 얼마든지 빠져나갈 수 있거든. 남민전 사건의 이재문이 어떻게 죽었는지 알아? 우리한테 고문을 당해서 속이 다 부서져 죽은 거야. 알겠어?"

"전부 다 인정하겠습니다. 반성문도 쓰겠습니다. 몇 번이고 쓰겠습니다……. 당신들이 바라던 대로…… 저는 지금 인간의 자존심을, 인간의 품위를 상실하였으니까요."

그들은 좋아서 히히덕거렸다. 그들은 번갈아 공포 분위기를 조성하면서 추궁하였다. 죄 없는 사람의 피에 굶주린 사악한 고문자들은 끊임없이 증오와 분노를 조장하였다. 그는 그들이 시키는 대로,

원하는 대로 반복해서 진술서를 작성하고, 그들이 맘에 안 든다고 갈기갈기 찢어버리면 그들이 부르는 대로 또다시 쓰고, 피의자신문조서는 수십 번씩이나 작성하였다 (다만, 그가 평양에 다녀왔다거나 북괴의 자금을 지원받았다는 부분은 노련한 기술자들도 어떻게 엮을 수가 없었기 때문인지 이 부분은 제외되었다).

그는 재야 운동권과 종교 운동권의 인사 중에서 기억나는 대로 배후 인물을 지목하였다.

그리고 그 내용을 몇 번이고 암기하고, 복습하였다.

"이렇게 해서…… 끝난 거군요." 그가 무덤덤하게 말했다.

"여기는 암흑세계…… 지옥의 불구덩이지……. 나도 인정할 수밖에 없어……. 누군 근무하고 싶어서 여기 있는 줄 알아. 위에서는 실적 올리라고 마구 닦달을 해…… 그러면 우리 속은 다 타서 숯검정이 돼 버리지. 여기서는 누구도 무엇 하나 감출 수 없어. 홀딱 완전하게 벗어야 하지. 진작 다 털어놓았으면 고문도 받지 않고 좋았을 텐데 말이지. 당신이 왜 이렇게 고문을 당하고 미움을 받는지 알아. 처음부터 묻는 말에만 대답했기 때문이지. 그것도 찔끔찔끔 부분적으로만 말하니까…… 고문당하는 것이 당연한 거야. 그런데, 고문은 새삼스러운 게 아니야. 인류 역사상 끊임없이 반복적으로 자행되고 있지."

기술자는 이제 대충 마무리되었으므로 홀가분한 기분이 드는지, 그를 달래려고 조용조용 얘기를 이어갔다.

"우릴 원망해도 쓸데없는 일이지. 너에게 알려줄 게 있어. 누군가 우리에게 너가 적성한 보고서…… 아주 잘 쓴 현 정세를 분석한 보고서를 보내주었지. 고자질한 거지. 항상 기회주의자들이 널려 있지. 그때서야 우리는 너의 존재를 처음으로 알게 된 거야.

너는 머리가 좋으니까 일류 대학에 갔겠지. 그 좋은 머리로 냉철하게 판단하기 바라. 검찰이나 법원에 가서 여기서 고문 받았다고 해 봤자…… 아무 소용이 없어. 다들 우리 편이야. 관제 언론도 당연히 우리 편이지. 언론은 당신 이야기 절대 믿지 않지. 우리 말만 믿어. 그렇게 돼 있어. 우린…… 모두 한편이란 말이야. 이 정권의 파수꾼이지……."

'그 수백 페이지에 달하는 진술서나 피의자신문조서에는 단 한마디의 진실, 단 한 줄의 타당성 있는 말도 들어있지 않지요. 오직 무의미한 중언부언, 앞뒤가 안 맞는, 뒤죽박죽의 말들만 끝없이 나열되어 있는 거지요.' 그는 눈을 감은 채 마음속으로 항변하였다. '그렇지요…… 그건 무의미한 기호와 문자의 나열일 뿐입니다. 그러나…… 그들은 참회와 회개, 개종을, 세례식을 요구하고 있는 것이지요.'

지하실.

좁은 복도를 따라 똑같은 크기로 붙어있는 방들. 아무런 장식도 없는 회색 시멘트벽의 방. 낮은 천장에 낮인지 밤인지 분간할 수 없는 흐릿한 전등이 매달려 있는 방. 악몽과 망상, 광기, 환각, 색채의 여왕인 찬란한 빛, 기이한 느낌의 방.

설핏 잠이 든 것 같다. 주위는 갑자기 칠흑처럼 어둡고 텅 비어 있다. 밤이 되어 어둠과 정적이 추상적인 분위기를 드러냈다. 그 축축한 밤은 다시는 깨어나지 않을 것처럼 보였다. 고문의 악몽은 그 순간 사라졌다. 모든 것이 단순화되었다. 바닥은 물기로 축축하고 미끄러웠다. 비틀거리며 일어서다 넘어지고 다시 일어섰다. 지하 감방의 독특한 악취가 코를 찌른다. 그는 벽에 기댄 채 서서 불안한 눈빛으로 사각형의 방을 새삼스럽게 둘러본다. 모서리의 각도가 예각으로 변했고, 나머지 두 각도는 둔각으로 변하였다. 마침내 각이 사라지고 원으로 변모하여 회전을 시작하면서 그 회전은 무한정 증폭되었다.

그는 그때 보이지 않는 하늘을 향하여 고해성사를 하였다.

"저는 지금 혹독한…… 또는 마땅한 대가를 치르고 있는 것입니다. 군사독재 정권이니…… 억압받고 소외당한 민중들이란 저에게는 단지 하나의 관념에 불과하였지요. 저는 너무나 공허한 이론 속에서…… 짙은 어둠에 둘러싸인 비밀의 강 같은 그 모호한 추상 속에서 방향을 잃고 허우적거리고 있었습니다. 결국 추상적인 것이 문제인 거지요. 일종의 비겁한 몽상가였으니까요. 그리고 …… 소심했습니다. 세상을 변화시키려면 행동이…… 위험을 감수하고 싶지는 않았던 거지요. 전, 행동할 용기 같은 건 애당초 없었던 것입니다. 제가 처벌 받아야 마땅하다면…… 그 때문이겠지요."

이 사태는 그가 태어나는 순간부터 운명으로 미리 예정되어 있었을 것이다. 그러므로 모든 굴욕은 참회이고 모든 실패는 영광스런 승리이다.

얼마 후 그는 다시 깊은 잠에 빠져들었다. 죽음과도 같은 깊은 잠이었다.

그는 30여 일 간의 불법 감금과 고문 수사 끝에 검찰에 송치되었고, 그때서야 구속영장이 청구되었다.

그는 검은 지프차에 실려 구치소로 호송되었다. 차가 석양 무렵 서울역을 지나 염천교를 넘었다. 그는 차에서 내리는 순간 눈이 부신 채 하늘을 올려다본다. 황혼의 빛깔은 불타는 분홍, 장밋빛 분홍에서 회색 분홍으로 변하고 있었다. 그는 짧은 순간, 겨울 저녁의 냄새와 빛을 느꼈다.

건물은 낡고 칙칙했다. 그 건물이 그를 기다리고 있었다. 구치소 건물은 원래 짙은 진홍색 벽돌 건물이었을 것이다. 그러나 오랜 세월이 그 폭력적인 색깔을 부드럽게 완화시켜 놓았다. 언젠가 그의 기억 속에 그 건물의 퇴색한 빛깔은 황혼의 그것과 혼동되어 구분되지 않을 것이다.

그의 독방은 어둡고 우울했으며 북풍이 직접 몰아치는 벽은 칼날처럼 매섭게 얼어붙었다. 그해 겨울은 지독히도 추웠다. 매트리스 밑에는 습기가 배어 있었고 곰팡이 냄새까지 풍겼다. 벽 위쪽에 붙은 작은 창문은 북동쪽을 향하고 있어서 항상 두껍게 성에가 끼어 희뿌옇게 보였다. 그러나 겨울 내내 햇빛은 이른 아침 잠깐 동안만 건너편 담벼락을 비추다가 이내 회색 그늘 속으로 사라졌다. 햇빛은 믿을 수 없었다. 그림자가 망가지고 있었다. 그러나 극히 짧은 순간의 그림자는 허망할 정도로 아름다웠다.

하지만 그에게 있어서 쇠창살이 달린 그 창문은 세상을 향해 열려있는 유일한 통로였다. 그 작은 창문을 통해 하늘을…… 하늘을 가로질러 나지막하게 지나가는 조각 구름을 볼 수 있었다. 그리고 아주 멀리서 인간이 사는 거리의 소음…… 난폭하게 울리는 자동차의 경적 소릴 들을 수 있었다.

가끔 구치소 의무과에 불려가서 의사의 치밀한 처방에 따라 링거와 영양제 주사를 맞고, 아스피린이나 소염 진통제, 항생제를 억지로 먹었다. 상처가 난 부분은 연고를 발라서 흉터가 생기지 않도록 하였다. 그는 재판정에서 아주 건강하고 멀쩡한 사람으로 보여야 했다.

그러나 그는 국가의 폭력에 의해 완전무결하게 짓밟혔다. 몸과 마음에 돌이킬 수 없을 만큼 깊은 상처를 입었다. 그는 악몽 같은 현실 속에서 짐승의 단말마와 같은 신음소리를 토해냈다. 간헐적으로 선잠에 빠져들고 비몽사몽간을 헤맸다. 가끔 희미한 꿈속에서 그 기적 소리를 들었다. 기차의 뒤쪽으로 교외의 풍경이 묻혀 들어가고 있었다. 남쪽 바다가 보이기 시작했다. 비로소 안도감을 느낀다.

　언제나 밤안개가 짙은 곳이다. 아침이면 해안가를 뒤덮고 있던
옅어진 안개가 여전히 뭉그적거리다 햇빛에 쫓겨 불현듯 사라졌다.
이따금 바다 쪽에서 강한 바람이 불어왔고 파도는 으르렁거리며 밀
려와 해변의 모래톱에서 하얀 포말로 부서지며 사라졌다.

　석양이 완전히 물러나고 밤이 되면 별들이 하나 둘 하늘에 돋아
나기 시작하면서 저녁의 푸른빛이 비린내가 가득한 해안을 뒤덮었
다. 바람이 거세어질 때마다 별빛이 깜빡거렸다. 바닷가의 저녁은
서늘하고 감미로웠다. 밤이 깊어가면서 마을 뒷산의 검은색 윤곽이
또렷하였다. 케케묵은 부두는 깊은 어둠 속에서 버림받은 듯이 홀
로 남겨져 있었다.

　바닷가에는 바람이 불어왔다. 바람이 심하게 부는 날엔 잔잔했던
바다가 거칠게 출렁이며 파도가 방파제를 거세게 때렸으므로 방파
제와는 계류용 밧줄에 의하여 연결되어 있던 낡은 목선들이 격렬하
게 서로 부딪치며 몸부림을 쳤다.

　바닷가는 아름답고 쓸쓸하였다.

　고향에서는 투박한 뱃사람들의 역겨운 땀 냄새, 입 냄새가 났고,
억센 여자들의 까무러칠 듯한 웃음소리가 들렸다. 그들은 무지하고
노골적이다. 본능적이고 저질스럽다. 그러나 건강하고 순박하다. 그
런데 오래 전에 고향을 떠난 자가 어쩌다 고향에 들리면 고향 앞에

막막한 심정이 되고, 고향 역시 낯선 이방인 앞에서 더욱 막막해지는 법이다. 그땐 고향은 무인도와 같다.

그는 오랫동안 지명수배 중이어서 벌교에 내려 갈 수가 없었다. 그리고 고향의 형님이 부쳐주던 생명줄도 끊겼다. 그는 그 무렵 동가식서가숙하면서 너무 배가 고팠다. 그의 동지들도 형편은 똑같았다. 그래서 손이 닿는 지인들에게 어렵사리 소액의 돈을 부탁했지만, 모두 그가 벌레인 것처럼 쳐다보면서 외면하였다. 그러나 딱 한 번 예외는 있었으니……. 중학교 동창생인 **김규현**의 회사로 찾아갔을 때 (그때 주식회사 공간은 동숭동에 있었고, 그는 고참 사원 아니면 대리였는지 모르겠다.), 그는 두말없이 몇 달치 월급을 가불해서 쥐어 주었다. 그리고 헤어질 때 아무 말도 못하고 눈물을 글썽거렸다. 그가 체포되기 일 년여쯤 전의 일이다.

공안부 검사가 거들먹거리며 당당하게 말했다.

"피고인은 경찰에서 사실대로 진술했지. 아무런 이의가 없지."

"저는 30일 동안 불법 감금된 상태에서 고문 수사를 받았습니다. 그 경위를 밝혀 주십시오……. 고문 경관들을 꼭 처벌해 주십시오……. 그리고 저는 변호인과 면회가 금지되어 있어서 변호사의 조력을 받지 못하고 있습니다……. 이를 즉시 시정해 주십시오." 그는 호흡곤란 증세가 심해지고 연이어 터지는 기침 때문에 더 이상 말을 이어갈 수가 없다.

그러나 검사실의 분위기는 금방 험악해졌다. 검사는 조금도 당황하지 않고…… 참으로 가소롭다는 듯이 면박을 주었다.

"우리가 면회 금지를 한 것은 증거인멸의 우려가 있기 때문이야. 경찰들이 할 일이 없어서 당신에게 고문을 했겠어. 쓸데없는 소리 하지 마라. 너희들은 만날 수사기관에서 고문 받았다고…… 부당한 대우를 받았다고 하는데…… 우리가 조사해보면 그건 근거 없는 헛소리인 거지. 알겠어. 넌 분명히 자술서를 썼고, 피의자신문조서에서 모두 자백을 하고 스스로 무인을 찍었단 말이지. 어떻게 부정할 수 있어."

"다시 번복하면 혹독한 대가가 따를 거야. 다시 그곳으로 보내버릴 거야. 당신만 손해인 거지. 맘대로 하시지."

"난, 당신과 입씨름할 시간이 없어. 그놈의 사회주의 혁명론은 지겹고, 역겹지. 나 같은 무식한 검사가 너의 장황한 이론을 어떻게 당해 내겠어. 나도 가정이 있어. 빨리 퇴근해서 집에 가고 싶지. 너하고 밤샘하고 싶지는 않지."

"네가 순순히 자백하면 말이지, 담당 재판장한테 얘기해서 관대하게 처벌받게 해주지. 우린 대학 동기이고 연수원 동기이니까 서로 잘 통하는 사이이거든. 내가 그 사람을 잘 알지…… 틀림없이 출세할 사람이야. 실용적이고 현실 감각이 풍부하거든. 어때?"

겨울의 짧은 해가 기울어가고 있었다.

재판장이 선심 쓰듯이 공판을 마치면서 피고인의 최후 진술을 들겠다고 선언했다. 그러면서 시간이 없으니 가급적 짧게, 짧을수록 좋다고 하였다.

피고인: 저는 한 달 동안 그 칙칙한 건물에 불법 감금된 채 지독한 고문을 당했습니다. 짐승처럼 매 맞았고 동물처럼 능욕을 당했습니다. 저는 짓이겨진 벌레보다 못했습니다. (그때 검사가 황급히 제지했다. "재판장님, 이건 말도 안 되는 소리…… 피고인이 지금 소설을…… 허무맹랑한 소설을 쓰고 있는 것입니다. 안 들은 것으로 해 주십시오. 정말 죄송합니다." 그러나 그는 검사의 말을 무시하고 계속했다.)

이 사건은 그곳에서 자행된 비인간적이고 불법적인 고문, 그리고 인간의 존엄성을 말살시키려는 악랄한 의도 하에 인간 생명에 대한 위협에 의해 조작되었습니다.

저는 고문의 심각한 후유증이 남아 있습니다. 지금도 머리가 끊임없이 지끈거리고 속이 뒤틀려 소화가 되지 않으며, 몸의 균형이 깨져 제대로 걸을 수조차 없습니다. 모든 게 엉망입니다. 무엇보다도 정신적인 상처입니다. 저의 인간으로서의 자존심과 주체성은 산산이 부서졌습니다. 저의 고결한 영혼은 죽은 거나 마찬가지입니다. 그래서 인간과 사회에 대한 신뢰와 희망은 사라졌습니다. (피고인은 말하는 도중에도 간헐적으로 심하게 헐떡이며 기침을 콜록거렸다. 그는 그때마다 잠시 동안 깊은 숨을 들이쉬며 "재판장님, 죄송합니

다. 거듭 죄송합니다. 기침이…… 걷잡을 수 없이."라고 말했다)

저는 결코 용서를 구하지 않습니다……. 왜냐하면 말입니다……
죄가 없기 때문입니다. 다만…… 훌륭하신 판사님…… 현명하신 판
사님…… 실체적 진실만을 밝혀 주시기 바랍니다.

재판장: 역겨워서 더 들을 수가 없구만. 그 소리 지겹단 말이지.
그걸 당신이 쓴 탄원서에도 미주알고주알 썼을 거 아냐. 물론 그 탄
원서를 난 읽지 않았지. 그걸 읽을 만큼 한가하지 않거든. 하여간에
말이지, 내 눈으로 보지 못했으니 도저히 믿을 수 없는 일이야. 어
떻게 믿을 수가 있느냐 말이야.

가령, 고문이 있었다고 해도 누가 당신더러 굴복하고, 자백하라고
했느냐 말이야. 왜? 자백했느냐 말이야. 왜? 끝까지 버티지 못했어.
공소장이 250페이지에 달할 만큼 그럴듯하게 페어 맞추도록 자백하
고 협조하였으면서, 이제 와서 부인하면 안 되지. 손바닥 뒤집듯 회
까닥하면 안 되는 거지. 아주 지저분한 일이지.

이제 와서 고문을 당해서 그랬다느니, 어쨌느니 해봐야 다 소용
없는 일이지. 단도직입적으로 말해서 그건 당신 사정이고, 그러니
법원을 원망해서는 안 될 거야. 역사에는 고문 받은 사실은 안 남고
자백만 남는 거지.

재판장: 피고인은 재판 받는 태도가 불순했지. 즉, 반성하는 기미
가 조금도 보이지 않았지. 공연히 열심히 일하는 경찰을 고문했다
고 모함이나 하고 말이지. 피고인은 전부 유죄야. 너무 명백해서 이

유를 달 필요도 없어······.

다만, 이 말은 해주고 싶구먼. 이 정부는 민주주의가 굳건하지. 삼권분립도 철저하고 재판의 독립성도 보장되어 있고 말이지. 그런데도, 반독재니, 반파쇼니 운운하는 것은 말이 안 되는 거야. 너희들의 민중민주혁명론은 다름 아닌 공산주의 계급혁명론인데도 불구하고 이 법정에서는 자신들은 어떤 경우에도 사회주의자나 공산주의자가 아니라고, 그와 유사하지도 않다고, 한사코 부정하고 있지······. 법원이 그 속셈을 모를 것 같아······.

그리고 너희들은 혁명한다면서, 뭐 말만 무성하지. 말만 가지고 혁명한다면 누가 못하겠어······. 역시, 너무 추상적이란 말이지. 그러므로 관대하게 처벌해 주겠어······. 피고인은 행동할 만큼 용기는 없었으니까······. 현실적으로, 구체적으로 위험한 것은 아니었으므로 무기징역 대신 유기징역을 선택하기로 하지.

피고인에게 국가보안법을 적용해서 징역 10년과 자격정지 10년에 처한다. 피고인이 이 판결 선고에 불복하면 7일 이내에 항소할 수 있다.

그런데 내가 친절하게 충고해 주겠는데 항소심이나 상고심이나 모두 똑같이 상소기각이야. 그러니까 상소해봐야 소용없는 거야. 쓸데없는 일은 할 필요가 없겠지.

마지막으로, 피고인의 양해를 구할 일이 있는데 판결문이 이 사건 공소장과는 한 자도 틀리지 않으니까······ 그렇게 알라고······.

그 소름 끼치는 선고는 꿈처럼 모호하게 그의 귀에 웅성거림으로
밖에는 들리지 않았다. 그는 그 순간 검은 법복을 걸친 그 판사의
뒤틀린 입술을 쳐다보았다. 그 입술이 뱀의 혀처럼 날름거리며 무
시무시한 말을 내뱉고 있었다. 그의 입은 저주와 거짓, 사악한 속임
수로 가득 차 있었다. 그의 심장이 방망이 치고 그 고동소리가 들린
다. 모든 것이 정지하였다. 하얀 공백이 법정을 메웠다.

재판장이 무거운 어조로 선고하였다. "…… 수사기관의 불법 감
금과 가혹행위 끝에 혐의를 인정한 것으로 보입니다. 피고인의 공
소사실에 대해서는 증거가 부족합니다. 무죄를 선고합니다. …… 그
당시 피고인의 인권을 보장하기 위해서 법원이 당연히 해야 할 책
임을 다하지 못했습니다. …… 우리 재판부가 법원이나 국가를 대
표하는 것은 아니지만, 사법부에 몸담고 있는 사람으로서 당시 진
실을 제대로 밝히지 못하고 유죄 선고를 한 점에 대해 진심으로 죄
송하다는 말씀을 드립니다."

김정우는 만 6년 동안 감옥에서 살았고, 38세 되던 해 겨울에 형
집행정지로 가석방되어 풀려났으며, 그 2년 후 여전히 가슴을 쥐어
짜는 듯한 기침 때문에 시달리고 편집증적 정신분열증세로 고통 받
다 자살했다. 그리고 공동묘지에 묻힌 지 20년이 지나서야 재심 재
판에서 무죄 선고를 받은 것이다.

우리들의 시간

우리들의 시간

삶이 그대를 속일지라도……

밤이 깊어가고 있다. 카페에는 손님이 거의 없다. 우리 일행만 구석진 자리에 남아있다. 그들 일행과 우리 일행 말이다.

전직 펀드매니저 (우리는 오랫동안 그의 이름을 몰랐다.)가 담배를 한 대 피우고 나서 한껏 거들먹거리며 말했다.

"대부님은 국제 축구계의 거물 중에서 거물이지. 피파 FIFA 회장 블라터도 그 양반 앞에서는 쩔쩔 맨다고 하니까. 알겠지, 어느 정도인지. 그리고 말이야, 세계적인 배팅 회사인 유럽의 레드브록스나 윌리엄휠과도 연결되어 있는 거야. 다시 말하면, 우리 뒤에는 그 양반이 있다는 거지. 그러니까 우릴 동네 조무래기들이나 하는 도박 브로커와 혼동해서는 안 된다는 거야.

스포츠 배팅은 하나의 문화인 거야. 오락 문화. 그건 합법이건 불법이건 마찬가지인 거지. 오늘날 축구가 전 세계적으로 발전한 것

289

은 배팅 때문이거든. 그러니까 배팅은 스포츠의 일부분인 거지. 그것도 아주 중요한 일부분이지. 그건 자신이 응원하는 팀과 선수에게 보내는 애정의 표현이고, 체육 발전의 원동력이 되는 거야. 스포츠토토가 주는 체육진흥기금이 얼마인데. 정보의 바다라고 하는 인터넷을 보라고 그날 경기에 관한 온갖 정보들이 수많은 웹사이트, 카페 또는 블로그에 올라오는 거야.

이왕 말이 나왔으니까, 너희들도 자주 배팅을 할 거야. 선수들에게는 금지되어 있는데도 말이야. 그런데 배팅회사의 배당률을 믿어서는 안 된다는 거지. 그건 순전히 미끼인 거야. 배터들이 배팅에 실패하면 그만큼 배팅회사의 이익인 거지. 그게 바로 배당률의 함정이라는 거야.

그건 그렇고, 본론을 말해야겠지. 대부님은 신처럼 모든 걸 내려다보고 있는 거야. 그러면서 밑에 있는 모든 인간들을 조종하고 있지. 그러니 속일 수도 없고 속여서도 안 되는 거지. 잔인해, 잔인하다고. 배신자는 몸뚱이도, 뼈까지도 깡그리 태워서 흰 가루로 만들어 바다에 버리지. 하얀 이빨만 남는 거야. 그러나 계산 하나만은 정확하지. 그건 내가 보증할 수 있어. 먹튀는 안 한다는 말이야. 알겠지, 알겠어.

그러면 말이야 축구에 관한 이야기는 전문가인 김대성이 지금부터 이야기해봐. 너희들도 알고 있을 거 아닌가. 얼마 전까지 전남에서 뛰었으니까. 너희들에게 알려줄게 있는데 김 코치는 곧 어느 프로팀의 수비 전담 코치로 가게 되어있지. 그런데 안정수하고는 구면일 테지, 서로 얼굴을 붉히고 잡아먹을 것처럼 으르렁거렸으니까. 안 그런가?"

그는 몇 년 만에 부쩍 늙어버렸다. 머리는 벌써 반쯤 벗겨지고 얼굴은 잔주름이 자글자글하였다. 그의 삶이 지금 그만큼 고달픈 것일까?

김대성은 입안이 바싹 마른 사람처럼 말했다.

"서울과 광주는 원래부터 게임이 안 돼. 통산 전적이 서울이 9승 2무인 거야. 광주는 이상하게도 서울만 만나면 주눅이 드는 거지. 서울은 광주만 만나면 매우 공격적이 되고 광주는 수비만 하니까 공을 가지고 있는 시간이 적을 수밖에 없고, 힘쓸 틈도 없이 맥없이 당하는 거지. 그러니까 광주가 한 번도 이겨본 적이 없어. 징크스야 징크스, 그것도 무서운……. 그게 감독에게도 선수들에게도 엄청난 심리적 영향을 끼치는 거야. 감독은 서울만 생각하면 자다가도 숨이 막혀 벌떡 일어나겠지.

배터들이 이구동성으로 말할 거야. '한 번도 못 이겼는데 이번에도 지겠지. 뻔한 거야, 뻔하다고.' 그래서 전부 서울에 걸게 되겠지. 틀림없어.

그러나, 서울에도 약점은 있어. 방심할거야, 방심할거라고 광주 쯤이야, 광주는 우리의 밥이야, 그러니 동기 부여가 될 리가 없지. 그리고 가장 중요한 보조 공격수인 노련한 김주성이 햄스트링 부상으로 3주간 결장하니깐 이번에는 출전하지 못하게 되지. 대체 선수로 나올 어린 박종윤은 별로이니까. 너희 감독은 원톱을 쓰겠지. 안정수가 혼자서 최전방 공격수로 나설 수밖에 없어. 너는 공격적이고 해결사이니까. 그리고 서울에는 중심 수비수 한 명도 연습 도중 부상 때문에 이번 게임에 뛸 수 없다는 거야, 그건 우리가 캐낸 가장 확실한 정보이지. 수비는 조직력인데 공격수가 빠지는 것보다 수비수가 빠지면 전력 누수가 훨씬 심각하지. 물론 서울은 강팀이니까 선수층이 두텁긴 하지만.

광주 감독은 사투리를 많이 쓰고 무척 말도 많이 하지. 그러니까 선수들이 헷갈리는 거야. 무슨 말인지 도통 이해가 안 되는 거지. 그러나 이건 확실하지, 너에게 전담 마크를 줄 거야. 그 양반 수비에서 지역 방어를 쓰면서도 너에겐 맨투맨을 하는 거지. 그 늙은 수비수 노련하고 교묘하게 반칙을 잘하는 거 알고 있겠지. 내년쯤이면 은퇴하는 거야.

그러니 이판사판인 거지. 네가 시키는 대로 하지 않으면 무자비한 태클로 네놈의 발목을 부러뜨려서 선수 생명을 끝장낼 수 있다고. 그러니 얌전히 시키는 대로 하란 말이야.

90분 내내 공격수가 슈팅을 안 할 수는 없을 거니까 슈팅은 마음대로 하라고 다만 유효 슈팅을 할 때는 골키퍼의 가슴에 안기게 하란 말이야. 무슨 말인지 알겠지. 그리고 절대 발리킥이나 오버헤드킥은 하면 안 돼지. 그땐 공이 제멋대로 가니깐 너도 통제할 수 없게 되는 거야. 그리고 가급적 헤딩도 하지마라. 너는 본래 몸싸움을 싫어하지 않은가. 그 덩치 큰 수비수가 네가 헤딩하려고 점프하면 너를 밀쳐서 깔아뭉갤 거니까."

다시 펀드매니저가 말했다.

"다시 말하면, 너희는 이기는 경기를 해서는 안 된다는 거지. 이 경기는 그 결과가 뻔하다고 보니까 텔레비전 생중계도 없어. 그러니까, 안심하라고 무슨 짓을 해도 슬로우 비디오로 나오지 않을 거니까. 그들은 경기장에 입장할 때부터 패배의 그림자가 얼굴에 얼씬거리지. 한결같이 얼어붙어 있는 거야.

그 감독은 너무 무식해. 기술과 체력, 전술 다 필요 없다는 거지. 무조건 선수들의 멘탈만 강조하지.

서울의 수비 쪽과 골키퍼에게는 이미 손을 써놨지. 오른쪽 풀백은 미끄러져 넘어지는 척하면서 결정적인 순간에 광주 공격수를 놓치게 될 거고, 골키퍼는 반대쪽으로 다이빙할 거야. 상황이 여의치 않으면 서울 수비수가 고의적으로 심한 백태클을 해서 자신은 퇴장당하고 페널티킥을 허용하도록 각본이 짜여있지. 다시 말하면, 광주가 언제든지 한 골이나 두 골은 빼낼 수가 있다는 거야.

문제는 말이야, 공격 쪽이라고 네가 골을 넣으면 작업은 헝클어지지. 공격형 미들필터들도 그렇고 말이야. 아주 요령껏 자연스럽게 플레이를 하는 게 중요하지. 어쨌거나 지나치게 소극적 플레이를 해서는 안 되는 거야. 감독이나 코칭스태프들이 눈치 채지 않게 말이야.

배팅 조건은 첫 째는 2:0. 둘째는 1:0. 그러니까 한 골 또는 두 골 차 이상으로 지라는 거지."

재무팀장이 말했다.

"우선 선수금조로 각자 1,000만원을 주겠어. 게임이 예정대로 끝나면 바로 5,000만원을 주지. 그러나 실패하면 선수금을 따블로 돌려줘야하는 거야. 다음 게임에는 조건이 달리 적용되겠지. 알겠지, 알겠어? 그런데 네가 이 작업의 핵심이니까…… 다시 말하면 네가 골을 넣으면 안 되니깐 특별히 선수금을 더 많이 주고 싶군. 선수금으로 3,000만원, 끝나면 7,000만원을 줄 수 있어."

안정수가 말했다.

"우린 선수금 같은 거 필요 없어요. 끝나고 보자고요. 끝나고 나서……."

그 경기는 2012년 10월 13일 19:00 상암월드컵 경기장에서 시작되었다. 그리고 예상을 뒤엎고 서울이 광주한테 3:2로 졌다. 어떻게 이런 일이? 혹시 각본대로?

전반전이 시작되자마자, 그러니까 겨우 5분쯤 지나서 광주의 센터가 가로챈 볼을 드리블해서 중앙선을 넘어서면서 그 순간 서울쪽 아크 서클로 뛰어들어 공간을 만든 공격수에게 볼이 연결되었고 그때 공격수는 골키퍼가 왼쪽으로 몸이 쏠리는 것을 놓치지 않고 오른쪽 골문 구석으로 밀어 넣은 것이다. 골키퍼는 데굴데굴 굴러가는 공을 멍하니 쳐다볼 수밖에 없었다.

전반전이 1:0으로 끝나고, 하프 타임 때 서울 팀의 감독은 라커룸에서 늘 하던 버릇대로 손톱을 잘근잘근 물어뜯으며 선수들을 심하게 다그쳤다.

"왜 그 모양이야, 모두들 발이 땅바닥에 얼어붙어 있어. 뛰란 말이야. 여기저기 쑤시고 다니란 말이야. 그래서 리듬을 타라고 축구는 리듬이야, 리듬. 후반전 전반에 적들이 방심하고 있을 때 원톱에게 바늘구멍이라도 뚫리면 무조건 찔러주라고 원톱은 살살 움직이며 공간을 확보해, 공간을. 수비수를 등에 지고 터닝슛을 날려, 번개처럼 날리라고. 골키퍼를 인정사정없이 죽여 버리라고 알겠지, 알겠어."

그는 골문을 등지고 있었다. 공이 머리 위로 날아왔고 그는 가볍게 점프해서 가슴으로 공을 트래핑한 후 공이 땅에 떨어지기 전에 강슛을 날리려고 몸을 돌리는 순간 적의 수비수가 발로 공 대신 그의 가슴을 찼다. 이건 고의가 아니라 가벼운 실수였지만 여지없이 페널티킥이 주어졌다. 그는 하얀색 원으로 되어 있는 페널티킥 지점에 공을 놓고 몇 발자국을 물러섰다. 주심은 땀을 뻘뻘 흘리며 호루라기를 입에 물고 있다. 그와 골키퍼는 잠시 동안 단 둘이서 서로를 응시했다. 그는 다시 공을 쳐다보며 간절하게 주문을 외웠다. '제발 좀, 들어가다오, 들어가라고'

골키퍼는 슈팅이 되는 순간 거의 무의식적으로 키커가 공을 찰 방향이라고 지레 짐작한 왼쪽으로 몸을 날렸지만 그는 침착하게 인사이드 킥으로 오른쪽 모서리로 찔러 넣었다.

이제 스코어는 1:1이 되었다. 당연히 서울 쪽에서 사기가 올라 계속 밀어붙여야 한다. 그의 몸놀림이 더욱 가벼워지며 최전방에서 공간을 만들고 있다. 그런데 어찌된 일인가. 후반전 종반이 되자 핵심 수비수인 김주봉이 갑작스럽게 허벅지 근육 통증으로 교체되어 후보 선수인 김정욱이 들어왔고, 그때부터 견고한 수비진의 밸런스가 무너지기 시작하며 밀리기 시작했다. 더욱 수비라인이 삐걱거리면서 연거푸 2골을 먹게 되었다. 불과 몇 분 간격이었다.

그제야 감독은 몸이 무거운 늙은 박종수를 젊은 선수인 유지성으로 교체했다. 그리고 다이아몬드형 미드필드로 전환했다. 유지성이 들어오자마자 구석구석을 열심히 뛰어다니면서 수비는 점차 안정되었다. 그들은 패배에 대한 공포감 때문에 새삼 번쩍 정신을 차렸다. 어떻게 광주에게, 한 번도 진 적이 없었는데. 그들은 점점 빨라지고 전진했다. 그들은 땀을 뻘뻘 흘렸고 목구멍이 바짝바짝 타들어갔다. 원톱에게 깊은 스루 패스가 들어왔다. 그는 상대 수비수들과 부딪치고 엉키면서 공을 차지했고 이리저리 공을 굴리면서 방향을 바꾸었고 결국 골키퍼가 전혀 예측하지 못했던 각도로 공을 굴렸다. 골문 오른쪽으로 공이 비집고 들어가자 뒤늦게 골키퍼가 몸을 날렸지만 그는 공을 잡을 수가 없었다. 이제 스코어는 3:2가 되었다.

그는 계속 중얼거렸다. 침착해라, 침착. 아직 괜찮으니까. 시간은 충분하다니까. 흥분할 것은 없어. 공이 발에 걸리면 가차 없이 갈기는 거야. 갈기는 거라고.

그는 상상했다. 모든 눈이 나를 향하고 있다. 나는 빠르게 공을 치고 달리며 수비수를 제치고 이제 골키퍼와 일대일로 맞서 그의 손이 도저히 미칠 수 없는 모서리로 침착하게 공을 굴린다. 골대 그물이 출렁이는 순간 우레와 같은 관중의 함성이 터진다.

그러나 좀처럼 단독 찬스는 찾아오지 않았다.

인저리 타임에서 1분을 남기고 코너킥 찬스가 왔다. 전담 키커가 공을 골키퍼의 손에 닿을 수 없게 높이 길게 찼고 키가 큰 윙백이 상대방 수비수의 방해를 뚫고 높이 떠올라 발밑에 떨구어지자 그는 이를 꽉 문채 상대편을 여유 있게 재치면서 힘차게 갈겼다. 그는 골을 의심하지 않았다. 그러면 해트트릭이 되는 것이다. 아주 오랜만에…… 얼마나 기다리던 순간이었는가. 그런데 공은 굉음을 내며 골대로 맞추고 튀어 올라 아웃이 되어버렸다. 오, 이런! 이런! 그러고 나서 그 시합은 종료가 되었다. 주심이 길게 종료의 휘슬을 불었던 것이다.

그는 어렸을 적에 부모가 이혼하면서 외할머니 손에 자랐다. 그래서인지 자기 자신이 무력함을 느끼거나 자존심이 상할 때 감정을 조절하지 못하는 '간헐적 폭발성 장애 또는 분노조절 장애'증후군이 있었다.

골은 축구의 절정이다. 그는 누구보다도 골에 대한 집념이 강했다. 골을 넣으면 혈중 엔도르핀이 마구 치솟았다. 시합에서 골을 넣은 날은 너무 기뻤지만 넣지 못하면 미칠 것 같았고, 왈칵 눈물을 쏟았다. 이 광신자는 골을 넣기 위해서라면 수단과 방법을 가리지 않고 무슨 일이든지 할 수 있을 것 같았다.

안정수는 중학교 2학년일 때 벌써 학교를 중퇴하고 서울 시티즌에 유소년 선수로 입단해서 2군에서부터 착실하게 기본기를 다졌다. 그때만 해도 대한민국에서는 축구를 하는데도 학교 졸업장이 중요했다. 운동선수들에게도 능력보다는 학력과 출신 학교를 먼저 따졌던 것이다. 축구선수는 고대, 연대, 경희대, 한양대를 거쳐야만 청소년 국가대표, 성인 국가대표로 발탁되고, 일류 프로팀으로 진출하는 출셋길이 열렸다.

하지만 어차피 진짜 축구를 하려면 최종 목표는 프로팀에 입단하는 것이고, 그 후 유럽의 빅 리그로 진출하고 국가대표선수가 되는 것이다. 기회는 항상 있는 것이 아니고 기회가 있을 때 놓치고 싶지 않았다. 코흘리개, 그 어린 나이에 어쩌면 그렇게 어른스럽게 생각할 수 있었는지. 지금 생각해도 그것은 일생일대의 탁월한 선택이었던 것이다. 프로 팀만큼 좋은 시설을 갖추고 좋은 선수들이 모여 있는 곳이 어디에 있겠는가. 그는 성실하고 부지런했다. 그래서 계속적으로 일취월장 성장했다.

그는 책상머리에 '프리킥과 헤딩은 마드리드의 호날두처럼, 드리블과 패스는 바르샤의 메시처럼, 그리고 슛은 내가 한다.'라고 써 붙여 놓았다.

그리고 자면서도 축구공을 안고 잤다. 공은 친구였다. 이제 공은 여자가 되었다. 그녀에게 열광했고, 헌신했고, 복종했다. 그는 그녀를 끊임없이 추구하면서 줄기차게 꽁무니를 쫓아 따라 다녔다. 그녀가 숨고 도망가도 그녀를 찾아서 달리고 깡충깡충 뛰어올랐다.

그에게 있어서 축구는 본능이고 무의식의 세계였다. 나는 축구를 한다. 고로 존재한다. 그는 그라운드에서 언제나 눈에 쌍심지를 켰다. 공을 찾아서.

2009년 여름이었던가?

김대성은 그 시합 며칠 전부터 안정수에 대해 연구했다. 감독님으로부터 그를 전담 마크하라는 지엄하신 지시가 떨어졌기 때문이다. 그는 몸놀림이 빨랐고 오른쪽, 왼쪽 양발 모두를 자유자재로 사용했다. 그는 세 개의 다리를 가지고 있었으니 작은 키이지만 문전에서 빈틈을 헤집고 헤딩슛도 탁월했다. 그는 어쨌거나 혼신의 힘을 다해서 밀착 마크하기로 결론을 내렸다.

원톱은 그날 나이키의 마지스타를 신고 나왔다. 그 축구화는 발목에서 발 밑바닥까지 감싸는 디자인으로 발을 자연스럽게 움직일 수 있었다. 문전에서 정교한 볼 컨트롤이 필요한 선수에게 적합했다. 김대성은 그 녹색 바탕에 나이키 로고가 선명한 축구화를 바라보는 순간 공포감이 밀려오면서 벌써 주눅이 드는 기분이었다. '저 자식을 어떻게 막는담?'

서울팀 감독은 원래 공격수를 2~3명을 기용하는 전통적 포메이션인 4-3-3 형태를 선호했다. 그래야만 투톱 또는 쓰리톱의 경우 공격수가 많기에 그만큼 다양한 공격전술을 사용해서 화끈한 골 퍼레이드를 펼칠 수 있는 장점이 있기 때문이다. 그러나 약점은 있다. 미들필드의 역할이 축소되면서 수비가 엷어지기 때문이다.

이번에는 전남의 날카로운 역습에 대비해서 미들필드를 강화할 것이고 안정수의 공격능력이 워낙 탁월하기 때문에 4-2-3-1 포메이션을 쓰고 당연히 그가 원톱으로 섰다.

그날 전남은 미들필드에서 강한 압박을 받았기 때문에 패스 미스가 빈발했다. 팀이 전체적으로 앞으로 나아가지 못하고 볼 점유율 역시 훨씬 떨어졌다. 서울은 수시로 최전방에 있는 원톱에게 찬스를 연결하고 있었다. 그는 그때마다 중압감과 압박감을 느꼈다. 그가 밀착 수비를 하면서 심판 모르게 안정수의 유니폼을 잡고 늘어지고 팔꿈치로 가슴팍을 가격하고 침을 뱉고 욕설을 퍼부었다.

그러나 그의 얼굴에서 알 수 없는 빈정거림과 적대감을 느꼈을 뿐이다. 그는 김대성을 철저히 무시하고 농락하고 짓밟았다. 그는 이성을 잃었다. 그가 공을 잡는 순간 무자비하게 백태클을 하였다. 안정수가 고통스럽게 발목을 감싼 채 뒹굴었고 그 순간 페널티킥이 선언됐다. 그는 곧바로 가볍게 털고 일어났다.

그가 예리하게 골문 모서리로 차 넣었다. 그리고 목에 걸고 있던 작은 십자가에 입맞춤을 했고, 무어라고 중얼거렸다. 언제부터인가 예수쟁이이니까, 틀림없이 '주여, 감사합니다, 감사합니다.'라고 말했겠지.

그는 그때서야 하프타임 때 감독님이 '야, 김대성, 약간 조심하라고 골 에어리어에서 페널티가 나면 큰일이야'라고 말했던 게 기억났다.

그리고 그때 생각했다. 새까만 후배 녀석에게…… 고아 출신이나 다름없는 놈에게…… 겨우 중학교 중퇴한 놈에게 철저히 당했지, 무시당했지. 나는 축구 명문고와 명문대를 나왔는데 말이지. 저 놈은 지금 너무 잘나가고 있는 거야. 국가대표는 따 놓은 당상이고, 그런 후에는 거액의 계약금을 받고 유럽의 빅 리그로 진출하겠지. 명예와 부를 한 손에 거머쥐는 거지. 그 꼴을 어떻게 봐? 그걸 내가 막아야만 하는 거야. 저놈을 반드시 파멸시켜야만 하지. 다음 시합에서는 그의 무릎이건 발목이건 분질러서 영원히 축구를 못하게 할 거야. 그래도 안 되면 다른 모든 수단을 동원해서 파멸시켜버리는 거지.

그는 그때 감당하기 힘든 굴욕과 함께 시기심과 질투심을 느꼈다. 그리고 복수의 칼날을 벼리고 있었다.

그 시합이 끝나고 며칠이 지나고 나서 우리는 만났다. 김태현이 이정훈에게 말했다.

"형, 잘하면 돈을 받을 수 있을 것 같아. 어차피 진 거니까, 그들이 말한 조건 일부는 충족시킨 거지. 그러니깐, 전부는 아니더라도 일부는 받아야 하는 거지. 내가 대성 형한테 전화를 했더니 '너네 한 것 맞아'하면서 큰소리로 화를 내긴 했지만……. 형 이야기가 나는 잘 모르겠고 빠질 테니 너희들이 펀드매니저를 직접 만나보라고 했거든."

이정훈이 말했다. "이왕 이렇게 된 거, 돈이나 받아야지. 그래, 그렇지. 그때 작업에 동의했던 선수들에게 이야길 해봐야겠어."

김태현이 말했다. "내가 이미 대성 형한테 협박성 문자 메시지를 보냈거든. 사촌 형이 부산에서 유명한 칠성파 조폭이라고 했지. 그 형이 알게 되면 서울에 올라와서 가만 안 둘 거라고 했거든. 그랬더니 펀드매니저를 만날 수 있도록 주선한 거야. 그치한테도 형 이야기를 꺼내는 거지 뭐. 사실 그 형은 가짜야."

그들의 검은 색 외제 SUV를 타고 낡은 5층 아파트 단지를 지나서 개포동 변두리에 있는 빈 가건물로 들어갔다. 옛날에는 자동차 정비소였던 건물이었다. 천장에는 온통 거미줄이 쳐져있다. 시멘트 벽은 칠이 벗겨지고 습기와 곰팡이 냄새가 났다. 지독히 퀴퀴한 냄새. 바닥에는 버려진 엔진오일 자국과 쓰레기가 산더미를 이루고 있다. 그리고 한쪽 구석에는 바람 빠진 축구공이 반쯤 눌린 채로 놓여있다.

깍두기 머리에 검은 정장을 한 건장한 건달 두 명이 그들을 호위하고 있다. 건달 하나는 계속 접이식 칼집에서 예리한 칼날을 접었다 폈다를 반복하고 있다.

펀드매니저가 담배 연기를 우리 얼굴에 내뿜으며 아주 노골적으로 훑어본다. 자기는 모든 걸 빤히 다 알고 있다는 듯한 거만한 눈빛이었다. 나는 그의 일그러진 얼굴을 쳐다보지 않으려고 애썼지만 어쩔 수가 없었다. 나는 그의 눈 밑에 번져있는 다크서클을 힐끗 훔쳐보았다.

펀드매니저가 말했다.

"너희들이 일을 그르쳤지. 완벽한 기회였는데 말이야. 3:1이었을 때. 그런데 다 망쳐버렸지. 죽일 놈들 같으니라고 손해가 얼마가 난 줄 알아, 너희 놈들 때문에…… 이런 뻔뻔한 것들이."

이정훈이 말했다. "그래도 말입니다. 우리 팀이 졌지 않습니까. 모두의 예상을 깨는 커다란 이변이 일어난 것이지요 그렇지 않습니까?"

펀드매니저가 잔뜩 화가 나서 말했다.

"너희가 날 핫바지로 알고 있구먼. 축구에는 도대체 아무것도 모르는…… 그놈을 믿는 게 아니었어. 우리들의 계약조건을 완전히 무시했지. 물불 안 가리고 날뛰더구먼. 해트트릭을 할 뻔했으니까. 그리고 왜 김주봉이 쥐가 났겠어. 개념 없이 천방지축 너무 뛴 거야. 교체될 때까지 벌써 10킬로미터를 넘게 뛰었더라고. 그러니 쥐가 안 나겠어.

너흰 각본대로 따르지 않고 정상적으로 뛰었단 말이지. 서울이 진 것은 그렇게 된 거지. 공은 둥글고 둥글지. 그게 축구야. 강팀이 항상 이길 수는 없는 거지. 축구가 왜 재미있겠어. 누가 이길지 모르는 경기이기 때문인 거지. 작은 물고기가 큰 물고기를 삼켜버릴 수 있다는 거지. 그러니까 아무리 강팀과 약팀의 경기라도 강팀에게 단지 승리의 확률이 높다라고 말할 수밖에 없는 거야. 그래서 스포츠 배팅에서는 축구가 최고인 거야. 바로 그거야. 이번 시합은 바로 그거란 말이다. 그러니까 너희는 한 게 아무것도 없어. 마지막 숏이 골대를 맞췄지. 그건 골이나 다름없는 거야. 우연 중의 우연이고 그 결과는 하늘에 계신 신만이 알고 있는 거지. 그러니 배당금은 없어. 무슨 염치로…… 너희가 염치가 있는 놈들이야! 내가 너희 놈들이 다시는 축구를 못하게 발목이건 무릎이건 분질러 놓을 수도 있지만 이번만은 처음이니까 봐주는 거야.

다음 경기를 한 번 제대로 해주면 이번보다는 배로 올려주겠어. 그리고 이번 일을 완전히 용서해주는 거지."

건달들이 계속 눈알을 부라리며 째려보았다.

"조심해, 조심하라고. 푹, 쑤셔버릴 거야."

나는 그 공포 분위기에서 너무 놀란 나머지 바지에 오줌까지 지렸다.

이정훈이 겨우 말했다.

"우리들이 결정하기에는…… 형들과 다시 상의할게요"

서울남부지방검찰청 507호 검사실

담당 검사는 우리들의 시합 전후 통화 내역, 금융계좌 추적, 스포츠토토나 사설 토토를 한 사실, 프로토 승부식 발매내역에 의한 배팅분석, 전국적으로 판매점별 복권발매 및 적중현황 분석표, 네이버 스포츠 뉴스의 경기기록표에 의한 팀별 기록 및 득점상황표, 한국 프로축구연맹의 K리그 경기별 분석기록지 등 만반의 준비를 갖추고 우리들을 차례대로 소환해서 조사하였다.

그 검사는 처음에는 약간 미심쩍은 눈길을 보냈다. 아니면 눈살을 찌푸렸던가? 그러나 곧 깔보는 듯한 거만한 눈길로 아래 위를 쭉 훑어본다. 나는 불안하고 위축되어 몸이 얼어붙는 듯했다. 그리고 계속 으름장을 놓았다.

"전부 불어, 하나도 빠짐없이. 너희들이 빠져나갈 구멍은 없어. 만약 허튼소릴 하면 너희 가족들의 금융거래 내역과 탈세까지 깡그리 조사해서 패가망신시킬 테니 알아서들 하라구. 너흰 벌써 구속감이야. 너흰 이미 알고 있을 거야. 선수들은 국민체육진흥법에 의해 스포츠토토가 금지되어 있는 데도 너희들은 그걸 했거든. 그것만 해도 징역감인데 사설 토토까지 했거든. 불법 스포츠 도박 사이트에 들어가면 말이야, 참여자도 운영자와 똑같이 5년 이하의 징역이나 5,000만 원 이하의 벌금형에 처하게 되어있지."

우리는 일체의 진술을 하지 아니하거나 개개의 질문에 대하여 진술을 아니할 수 있다. 진술을 하지 아니하더라도 불이익을 받지 않는다. 그러나 진술을 거부할 권리를 포기하고 행한 진술은 법정에서 유죄의 증거로 사용될 수 있다. 우리가 신문을 받을 때에는 변호인을 참여하게 하는 등 변호인의 조력을 받을 수 있다.라고 했지만, 그게 무슨 소용이 있었는가.

검사는 처음에는 신중한 자세로 점잖게 질문했다고 할 수 있다. 그러나, 곧 개버릇 남 못 준다고 빈정거리는 미소를 지으며 신랄하게 또는 신경질적으로 계속 고함을 꽥 질렀다. 금방이라도 쥐어박을 기세였다. 검사는 끊임없이 협박을 하였다.

"너희 놈들은 모두 구속시킬 수 있어. 구속한다고. 그건 내가 결정하는 거야. 알고 있어, 알고 있냐고"

늦겨울의 막바지 추위가 기승을 부리고 있다.

우리는 몇 차례씩 불려 다녔고 그때마다 심한 질책의 말을 들었고 조금이라도 사실 관계가 엇갈리면 검사는 계속 윽박지르거나 손에 쥐고 있던 볼펜으로 뺨을 쿡쿡 찔렀고, 계속 대질신문을 받았다.

(우리는 대질신문을 할 때마다 불편했다. 그때는 서로 불안한 시선으로 멍하니 창밖을 내다보았다. 어쩌다 시선이 마주쳤지만 곧바로 외면했다. 우리들의 시선은 그 어느 곳에도 완전히 가닿지 못했다. 하지만 억지 미소를 지을 수는 없었다. 우리는 현기증을 느꼈고

어쩐지 씁쓸한 느낌에 사로잡혔다.) 그리고 우리 모두는 영상녹화 동의서에 지장을 찍고 그 조사 과정을 녹음, 녹화하게 되었다.

그리고, 우리들이 기소된 후 변호사를 통해서 피의자 신문조서, 진술조서, 녹화 CD를 볼 수 있었고, 사건 전모가 낱낱이 밝혀졌다.

김태현은 포지션이 미드필더였으나 팀에서 2진급 선수로 출전 기회가 거의 없었다. 그는 경기 때마다 벤치에 앉아서 그라운드에서 열심히 뛰어다니는 선수들을 바라보며 그때마다 우울한 기분을 떨쳐버릴 수가 없었다. 그는 프로축구 신인 드래프트 때도 선순위로 지명되었는데 몇 년이 지난 지금은 별 볼일 없는 처지가 되어버렸다. 그리고 고등학교, 대학교 시절만 해도 후보 선수였던 것들이 지금은 팀의 주전으로 뛰고 자신은 어느새 후보 선수로 밀려나 버린 것이다.

그는 텅 빈 스타디움의 그 쓸쓸한 공허함을 알고 있다.

그는 선수들에게는 금지되어 있는 스포츠토토마저 시시해지자 배팅 규모가 훨씬 크고 다양한 경우 수로 따지는 사설 토토에 빠지게 되었고 그 당시 사채가 1억 원을 넘어서면서 악독 사채업자로부터 몹시 시달리고 있었다.

이정훈은 몇 달 전 오른쪽 새끼발가락 피부에 생긴 염증이 더욱 심해져서 결국 수술을 받았다. 새끼발가락에서 고름을 빼낸 후에는 발에 붕대를 감은 채 목발을 짚고 다녔다. 지금은 붕대를 풀고 재활 치료를 받고 있었으니 몇 달째 연습도 못하고 시합에 나갈 수도 없었다. 그는 청소년 대표를 거친 뛰어난 공격수로 국가대표선수로 발탁될 가능성도 있었다. 그러나 그 무렵 그는 난생 처음 겪는 부상의 시련 때문에 몹시 의기소침해 있었다.

그는 그 시합에 나갈 수는 없었지만 김태현과 함께 선수교섭에 나선 것이다. 특히 원톱으로 나서게 될 안정수를 수단과 방법을 가리지 않고 반드시 끌어들이라는 특명을 김대성으로부터 받았다. 그들은 그 대가로 시합에 출전하지 않아도 출전 선수들과 똑같은 조건으로 배당을 받기로 한 것이다.

김태현은 이정훈과 몹시 친했고 (어떤 계기로 친해졌는지는 밝혀지지 않았다.) 김태현의 고교, 대학 선배인 김대성이 먼저 김태현에게 접근했고 김태현은 그와 친한 이정훈과 상의했으며, 오지랖이 넓은 이정훈이 그 솔깃한 제안을 개별적으로 몇몇 선수들에게 은밀하게 전한 것이다.

박종윤은 나이는 어리지만 언제나 기회주의자였다. 그는 처음에는 "형들이 하면 저도 같이 하겠습니다."라고 하였다. 그러자 이정훈이 말했다. "하게 되면 구체적으로 네가 할 일을 말해 줄 테니. 당분간 입조심해라. 무슨 말인지, 알겠지." 그러나 그 후 박종윤은 자기는 빠지겠다고 말했다. 그 대신 사설 토토에 걸겠다고 하였다. 우리는 그걸 그가 전력 질주하지 않고 슬슬 뛰겠다는 뜻으로 받아들였다. 그는 실제 시합에서 별다른 활약을 보여주지 못했는데 자신한테 도대체 패스가 오지 않아 열심히 뛸 수 없었다고 진술했다.

김주봉은 이정훈이 처음 조심스럽게 승부조작 제의를 하였을 때 가볍게 씩 웃었다. 드디어 우리에게도 올 것이 왔다는 느낌이 들었다는 것이다. 그러나 그는 '팀 분위기가 좋지 않다. 지금은 안 된다.'라고 단호히 말했다.

나는 그 제의를 받았을 때 매우 혼란스러웠다. 소문으로만 들었던 승부조작이 나에게도 제의가 들어왔기 때문이다. 그 시합에서 공격형 미드필더로 선발이건 교체선수이건 출전할 예정이었다. 나는 평소 스포츠는 승패를 떠나서 페어플레이 정신이 우선이고, 개인의 이익을 위해 승부조작 등 부정한 거래를 해서는 안 된다고 생각하고 있었다. 그러나 그 제의가 들어오자 다소 흥분했고 구미가 당긴 것도 사실이다. 사실 우리에게는 금지된 장난이라고 할 수 있는 매치게임, 스페셜 플러스 게임, 경기의 승무패의 조합을 하여 거는 프로토에 자주 배팅을 하고, 그것이 시시하면 배팅 한도가 큰 사설 스포츠토토까지 하였다. 그건 연습과 경기 외에는 오락이 거의 없는 우리에게 유일한 흥밋거리였고, 공공연한 비밀이었다. 우리는 승부예측에는 어느 정도 자신감이 있었기 때문에 스포츠 도박에 빠질 수밖에 없었던 것이다.

그런데, 내가 직접 그 경기에 참여해서 운명을 결정해버린다면 이 얼마나 통쾌한 일이 될 것인가. 그러나 나는 몹시 갈등을 느꼈다. 그랬으니 이러지도 저러지도 못했고 처음에는 애매한 태도를 취했다.

(피의자신문조서에 의하면 성명은 **이순고**, 나이는 24세, 직업은 프로축구 선수인) 나는 조사를 받으면서 검사에게 그 모든 시시콜콜한 일들까지 다 이야기해서 나를 억누르고 있던 무거운 짐을 벗어버리고 싶었다. 나는 초조했고 겨울 셔츠 아래로 식은땀이 줄줄 흘러내렸다. 나는 말들이 마구 튀어나올 때마다 해방감을 맛보았다.

마산이 고향입니다. 아버지는 58세이고 지금 마산에서 개인택시를 하고 있습니다. 누나는 27세이고 전문대를 졸업하고 창원 공단에서 경리로 일하며 아직 미혼입니다. 저는 정당이나 사회단체에 가입한 사실이 없습니다. 종교는 없습니다. 초등학교 4학년 때부터 담임선생님의 권유로 시작했어요. 공부를 싫어했거든요. 고등학교 때 패싸움에 말려들어 폭력전과가 한 번 있을 뿐입니다. 여자 친구와는 얼마 전에 헤어졌고 지금은 제 곁에 아무도 없습니다. 외롭습니다, 외로워요. (그 말을 하는 순간 그녀의 크고 빛나는 눈이 떠올랐다.) 2007년 캐나다에서 열린 청소년 월드컵의 50명 예비명단에 들어갔지만 막상 확정된 23명의 최종 명단에는 제 이름이 없었지요. 현재 팀에서 공격형 또는 수비형 미드필더이지요. 가끔 선발 또는 교체선수로 뛰고 있습니다. 아직 확실하게 자리를 잡지 못했거든요. 그 자리에는 아직 늙은 선배가 버티고 있지요. 저는 장래가 매우 촉망되거나 아니거나, 그렇지요 뭐.

제가 직접 참여할 수 있다는 사실에 안도감을 느꼈습니다. 제외되었다면 크게 소외감을 느꼈을 것입니다. 그들의 속닥임에서 따돌림 받는 것이 싫었거든요. 그랬으니 양심의 가책을 느끼지 않았습니다. 죄의식도 없었습니다. 시합에서 지고 이기는 일은 흔한 일이기 때문입니다. 그러나 저는 이러지도 저러지도 못했습니다. 갈피를 잡을 수가 없었으니까요. 구미가 당긴 것은 사실입니다. 그러나 무서웠습니다, 무서웠다고요.

후반전 10분을 남기고 교체선수로 들어갔지만 공 한 번 제대로 차보지 못했습니다. 막상 경기장에 들어가자 승부조작에 대해서는 까맣게 잊어버렸습니다. 교체해서 들어갈 때 감독님의 지시 사항만 머리에 떠올랐습니다. 무조건 패스해라, 시간이 없다, 전진 패스를 하라고, 전진……. 그날따라 몸이 말할 수 없이 무거웠습니다. 공이 저를 피해 다녔거든요. 저는 본능적으로 공을 쫓아갔습니다. 그래도 딱 한 번 찬스가 왔을 때 안정수가 문전으로 쇄도하는 것을 보고 길게 패스해서 어시스트를 했습니다. 나중에 감독님이 칭찬을 했었습니다. 패스가 좋았다고.

그러나 돈 한 푼 만져보지 못 했고요. 펀드매니저 만날 때 따라간 것뿐이에요. 저는 그때 말 한마디 한적 없었어요. 괜히 바지에 오줌만 저렸지요. 그저 그랬지요. 사실입니다, 사실이라고요. 믿어주세요. 저는 축구밖에 모릅니다. 명문 사립대를 졸업했지만 알파벳을 처음부터 끝까지 정확히 쓸 줄을 모르고 대충 그림을 그리지요. 여지껏 구구단을 외울 줄도 모르구요. 어떤 처벌도 달게 받겠습니다.

그러나 축구만은 계속 하게 해주세요.

　검사님…… 검사님……. 용서해주십시오, 용서를……. 제가 잘못
했어요, 무조건 잘못……. 선처를 해주십시오, 선처를…….

　나는 조사가 끝났을 때 갑자기 목이 메었다. 아주 잠깐 동안이었
지만 울음이 터질 것만 같았다. 나는 일어서면서 나도 모르게 '감사
합니다, 정말 감사합니다.'라고 웅얼거렸다.

　검사가 짧게 말했다.

　"재판 잘 받으라고"

　김대성은 축구 명문고인 ○○공고를 졸업했고 청소년대표에 선
발된 적이 있으며 역시 축구 명문대인 ○○대 체육학과를 졸업했다.
경찰청 축구단에서 군복무를 마쳤고 전남에서 프로 선수 생활을 10
년 넘게 하였다. 그는 수비수였으므로 센터 하프백이나 왼쪽 오른
쪽 할 것 없이 풀백이 그의 포지션이었다. 그의 폭넓은 수비 능력과
끈질긴 대인 방어능력은 한 때 높은 평가를 받았다. 그러나 30대 초
반이 되어 체력이 점점 쇠퇴하면서 교체 선수로 밀려났다.

　그 무렵 그는 상대방 공격수를 겁주기 위해서는 콧수염이 무성해
야한다고 하면서 공공연히 금지 약물인 스테로이드 계열의 메틸테
스토스테론을 복용했다. 그러나 콧수염이 무성하게 자라지도 않았
고 상대 공격수를 잘 막아내지도 못했다. 이미 체력적으로 한물간
선수를 그 약물인들 구해낼 수는 없었다. 그 무렵 구단 프런트에서

전화가 왔다. '대성아, 다른 팀을 알아보는 게……. 윗선에서 방출하기로 결정했으니까.'

그 후 그를 원해서 연락을 해오는 구단은 없었으니 몇 년간은 무직 생활을 했다.

그는 그 무렵 마누라와는 합의 이혼하였고 2명의 자식들에게 월 200만 원의 양육수당을 지급해야 했다. 그랬으니 돈이 몹시 쪼들렸고 계속적으로 고리의 사채를 얻어 사설 토토에 배팅을 하였으나 그 결과는 신통치 않았다.

그때 그는 프로 3부 리그 격인 내셔널리그 소속 경주한수원 팀의 수비 전담 코치로 내정되어 있었으나, 프로 선수들 (야구나 축구, 농구와 배구 등을 포함해서)을 상대로 불법적인 스포츠 도박 사실을 폭로하겠다고 은근히 협박해서 돈을 뜯어내려고 시도했다는 혐의를 받고 있었다.

축구의 경우 공격수가 일부러 골을 못 넣을 수는 있지만 계획대로 골을 넣기는 어렵다. 수비수는 상대편 공격수를 슬쩍 놓아줄 여지는 있고 골키퍼는 거의 반사적으로 골을 쳐내기 때문에 일부러 져주기가 쉽지 않다. 더욱이 골키퍼가 어설프게 실점하면 감독이나 코치가 의심을 하여 즉시 교체되며 다음 경기부터는 제외될 공산이 크다. 그러면 골키퍼의 생명은 끝장난다.

야구는 역시 투수 놀음이다. 그러니 투수가 유혹의 대상이 된다. 투수는 마음먹기에 따라 스트라이크와 볼의 조작이 얼마든지 가능하다. 농구는 선수들의 패스, 슛, 반칙이 모두 활용될 수 있기 때문에 가장 유혹이 많다. 자유투 실패는 아주 손쉬운 방법이다. 배구의 경우 수비와 공격에서 언제든지 교묘하게 실수를 가장할 수 있다. 스카이 서브를 시도하는 척하면서 볼을 아웃시키거나 네트에다 처박을 수도 있다.

그는 같은 처지에 있는, 지금은 은퇴한 프로배구 선수 출신인 유○○, 프로농구 선수 출신인 박○○와 짜고 냄새가 나는 선수들을 상대로 무작정 전화와 문자 메시지로 협박을 하였다는 것이다. "과거뿐만 아니라 최근까지 불법적으로 스포츠 도박을 한 사실을 알고 있다. 무조건 2,000만원을 송금해라. 그렇지 않으면 전부 폭로하겠다. 그러면 너의 선수 생명은 끝장나는 거다." 또는 "나는 승부조작해서 몇 년을 꼬박 살고 나왔다. 감방에서 살았다는 말이다. 너도 들어가야지. 그렇지 않나? 내가 다 알고 있는데 말이야." 그러나 모두 물의만 일으킨 채 미수로 끝났다는 것이다.

서울지방경찰청 사이버수사대는 그 당시 그들을 협박 혐의로 조사 중에 있었다.

그러나 김대성은 검찰에서 진술했다.

"저의 경우 정말 참작할만한 동기가 있었습니다. 검사님 그걸 알아주십시오. 김태현은 형편이 너무 어려웠습니다. 얼마 전에 그와 밥을 먹다가 알게 되었지요. 그때 태현이가 울먹이면서 털어 놓았습니다. 그러면서 형이 좀 도와달라고 했습니다. 그는 아버지의 암

수술비와 약값이 없어서 몹시 힘들어 했고, 사채업자로부터는 심한 협박을 받아서 살고 있던 집의 보증금 5,000만원까지 넘겨주었다고 했습니다. 그래서 선배의 입장에서 그를 돕고 싶었습니다."

하지만 김대성과 김태현의 대질신문에서 진실이 드러났다.

김태현이 울먹이면서 진술한 것이다.

"제가 사채업자로부터 협박을 받은 것은 사실입니다. 그러나 대성 형을 만났을 때 그걸 내색하지는 않았습니다. 아버지가 갑상선암으로 수술한 것도 사실이나 수술비나 약값은 보험금으로 충당했기 때문에 형의 도움을 받을 필요가 없었습니다.

형은 '승부조작을 통한 사설 토토를 해서 나는 돈을 많이 벌었다. 너도 그걸 하면 돈을 벌 수 있다. 네 월급이 몇 푼 되느냐…… 출전수당과 승리수당이 나오지만 후보 선수인 너에게는 어림도 없는 일이지.'라고 말했기 때문에 제가 그 유혹에 빨려 들어간 것입니다.

이 사건 조사가 시작될 때, 형이 저를 만나자고 하더니 '네가 협박을 받고 있고 아버지 수술비 때문에 내가 도와준 것으로 진술해라'고 강요하였습니다."

거래액이 1000억 원대에 달하는 불법 스포츠토토 사이트를 운영해서 수백억 원의 부당이득을 취한 일당이 경찰에 붙잡혔다.

서초경찰서는 미국에 서버를 두고 마닐라에 있는 콘도를 근거지로 해서 스포츠토토 도박 사이트를 운영한 혐의로 그 일당을 구속했다. 또 경찰은 필리핀 현지에서 해당 사이트들을 총괄 지휘한 대부라고 알려진 자에 대해서는 체포영장을 발부받아 인터폴 수배를 통해 추적 중이었다.

경찰이 **우일신**을 체포했을 때 그에 대해 집중적으로 추궁했다. 우일신은 말했다. "대부님은 얼마 전에 죽었어요. 조폭이 운영하는 마카오, 마닐라, 베트남, 캄보디아의 카지노를 순회하면서 매일 죽치고 앉아있었지요. VIP룸인 정킷방에서 말이지요. 밤마다 수십억 원씩 걸고 블랙잭을 하다 돈을 다 잃었다니까요. 그 방에는 시간 가는지 모르게 시계가 없고, 외부와 단절된 채로 도박에 몰두하게 하기 위해 창문이 없고, 자신의 초췌한 얼굴을 볼 수 없도록 거울이 없으니 오직 올인할 수 있는 거예요. 그리고 대부님은 거물 중에 거물이었으니 온갖 서비스를 제공 받았지요. 그러나 도저히 감당할 수 없는 거액의 도박 빚을 지면서 협박을 받고 쫓기는 신세가 되었지요. 필리핀 앙헬레스의 코리아타운에서 살인 청부업자에게 끌려간 후 여태 소식이 없어요. 배후가 누구겠어요? 그러니 죽은 거지요, 뭐. 틀림없다니까요."

그러나 경찰청이 필리핀 현지에 파견한 코리안 데스크에서 그쪽 경찰에게 확인해 본 결과 아직 그가 죽은지 여부는 확인할 수 없다는 것이었다. 그가 죽었다는 확실한 단서가 없다는 것이었다.

경찰에 따르면 그 일당은 지난 2010년 8월부터 지난 12월 말까지 미국에 서버를 둔 사설 불법 스포츠토토 사이트 10개를 개설한 뒤 마닐라의 콘도에서 이를 운영하면서 불특정 다수를 상대로 K리그, 잉글랜드 프리미어리그, 스페인 프리메라리그, 독일 분데스리가, 북중미 프로축구 챔피언스컵 등 국내외 스포츠 경기 결과를 예측, 배팅하도록 하는 방식으로 부당이득을 취한 혐의를 받고 있다. 그 일당은 필리핀 현지에서 한국인 및 필리핀인 등 10명을 고용해 주야 2교대로 사이트를 운영하면서 수십 명의 총판을 고용하여 수많은 회원을 모집하였고 국내 브로커를 통해 항공 택배로 법인 대포통장 100여 개를 매입한 뒤 수시로 입출금 계좌를 바꾸었다.

그런데 경찰은 조사 과정에서 도박 사이트 운영자들에게 대포통장을 판매하거나 양도한 혐의로 또 다른 일당과 사이트를 운영하며 상습적으로 사설 토토를 통해 도박과 승부조작을 일삼은 전직 펀드매니저 우일신을 어렵사리 체포한 것이다.

그는 서초동 남부터미널 근처에 있는 약 20평 규모의 복층 원룸에서 24시간 생활하였다. 복층에는 책상 2개와 컴퓨터 8대가 놓여있다. 4대는 사이트 운영에 사용하고 나머지 4대는 대포 계좌로 실시간 이체를 한다. 아래층에는 낡은 소파와 탁자, 시집과 소설책들과 회사 경영과 주식투자와 관련된 책들이 꽂혀있는 책장, 간단한 취사도구들이 있다. 그는 이 오피스텔에서 재무팀장이라는 사람과 토토 사이트를 관리하고 있는 것이다. 그가 국내 총책이고 아직 이름이 밝혀지지 않은 재무팀장과 아르바이트생 4명이 실무 관리자로, 서로 업무 분담을 하고 있는 것이다.

그러나 다른 조직원들과는 반드시 밖에서 만났다.

포털 사이트 댓글이나 각종 인터넷 게시판에서 흔히 볼 수 있는 홍보 글과 고객 모집은 국내 총책이 지휘 감독하는 20여명의 총판이 담당한다. 그들은 인터넷 사이트로 고객을 끌어들이기 위해 무차별적으로 휴대폰 문자메시지, 메일, 인터넷 카페를 활용한다. 그래서 홍보 글을 보고 많을 땐 하루에도 수백 명이 문의를 해온다. 사이트 홍보 글을 보고 신입 회원들이 연락을 해오면 재무팀장이 대포폰으로 통화를 해 회원 가입을 승인해주고 또한 사이트 주소와 돈을 베팅할 수 있는 대포 계좌도 알려주는 것이다.

우일신은 태국에서 대부가 운영하고 있는 그 불법 스포츠 도박 조직과 연계해 외국에 서버를 개설하였다. IP(인터넷 주소)의 추적 등을 피하기 위해서다. 그들은 경찰의 추적을 피하기 위해서 유령처럼 움직인다. 대포폰과 대포통장만 이용하기 때문이다. 거기다 인터넷 공유기인 대포 에그까지 이용해서 흔적을 남기지 않는다.

사설 스포츠토토 사이트에 이용자가 몰리는 이유는 높은 베팅 한도 때문이다. 정부가 대대적으로 홍보를 하면서까지 복권의 판을 키우자 불법 도박업자들도 덩달아 고율 당첨금을 내세웠다. 사설 스포츠토토의 경우 1회 베팅 한도는 게임당 100만 원 이상이다. 언뜻 보면 큰돈을 만질 수 있을 것으로 착각하게 된다. 돈을 딴 회원에게 계좌 이체를 해줄 때도 있긴 하다. 하지만 배당률이 잘못됐다고 핑계를 대면서 베팅한 돈을 돌려주지 않기도 하고, 판돈이 커지면 사이트를 폐쇄하고 사설 포렌식 업체와 짜고 자료 복구가 불가능하도록 기록을 삭제한 뒤 돈만 챙겨 사라지는 것이다.

우일신은 체포된 뒤 국민체육진흥법 위반으로 구속되었고 우리 사건과 병합되었다. 그는 전관예우를 받는 거물 변호사를 선임했고 우리들은 국선변호사가 담당하였다.

마지막 공판기일에 우리들의 변호사가 변론을 하였다.

젊은 시절에 우리는 들떠 있었으니 그 시절은 무지와 과오와 미숙의 시간에 지나지 않습니다. 그렇다고 누가 젊음을 탓할 수 있겠습니까. 결코 이루어질 수 없는 찬란한 꿈과 희망이 있었지 않았습니까. 그리고 끝없는 청춘의 방황이 있었습니다.

그런데, 돈의 유혹이 있었지요. 돈이라는 악마가 그들을 홀린 것이지요. 돈과 사랑은 사람을 철면피로 만든다고 하였습니다. 돈이 무엇인가요. 돈은 선이고 악이지요. 번뇌와 비애의 근원이지요. 누가 감히 돈의 유혹 앞에서 당당할 수 있겠습니까. 이 돈 때문에 얼마나 많은 슬픈 일들이 이 세상에서 일어나고 있는가요? 그렇다고, 피고인들이 돈 한 푼 받은 게 있나요. 없습니다, 없어요. 그들도 악마의 피해자라고 할 수 있습니다.

프로 세계의 냉혹함이란 이루 말할 수 없습니다. 프로는 무조건 황금이 지배하는 세계이지요. 그들은 아주 일찍부터 양육강식의 정글법칙이 적용되는 세계에 내팽개쳐진 것입니다. 그래서 일찍부터 검은 돈의 유혹에 노출될 수밖에 없었습니다. 이제 축구는 상품이고 마케팅이 되었습니다. 그들은 그라운드의 예술가가 아니라 일개 발 노동자로 전락했습니다. 그리고 발 노동자의 노동 강도가 더욱 높아졌지요. 초죽음이 될 만큼 과도한 훈련, 군대식 엄격한 규율, 끊임없는 이동, 매주 계속되는 격렬한 경기, 승리에 대한 부담감 때문에 그들은 지칠 대로 지쳐있지요.

그래서 축구는 점점 빨라지고 단순함의 미학이 사라지고 축구의 참된 멋이 사라져갔습니다. 더 이상 '우리는 이겼다, 우리는 졌다. 그러나 우리 모두는 즐겁다.'라고 말할 수 없게 되었습니다.

그 망할 놈의 유혹이 새파란 젊은이들을 다 버려놓은 거지요. 그러니까 그들의 인생을 다 망쳐 놓았다는 말입니다. 법이 관대할 수 없을까요? 그들이 저지른 단 한 번의 실수를 용서할 수 없겠습니까. 지금 벌금형이나 집행유예가 무슨 소용이 있겠습니까. 어차피 축구계에서 영구 추방인데요. 그들은 지금 막다른 골목에 와있지요. 그들에게 죽으라는 이야기이지요. 어른들이 잔인하지요. 너무 잔인하단 말씀입니다. 지금 이 시점에서 중요한 것은 그들이 축구장으로 돌아가야 한다는 것입니다. 그들은 푸른 잔디밭에서 육체와 정신을 포함한 모든 것을 쏟아 부어야만 하지요. 그게 축구의 본질이기 때문입니다. 그뿐입니다.

공은 둥글고 둥글고 돌고 돕니다. 이 세상처럼 말입니다. 그들은 공 하나에 모든 운명을 걸고 있었지요. 그들은 순간순간 죽음의 심연을 향해 질주하는 인간들이지요. 끊임없이 달리고 몸이 파도치듯 위로 솟구치고 허리가 획획 넘어지면서 말입니다. 그리고 적대적 세상을 향해 한숨을 토해냈지요. 그들은 결국 패배자이니까요.

이건 영국 아스널팀의 응원가의 한 구절입니다. (저는 그렇게 기억하고 있습니다.)

너는 공, 너는 축구, 너는 시.
너보다 나를 위로해준 사람은 아직 없었던 거야.

잔인한 계절인 4월.

그러나 벚꽃이 만개했다.

김대성은 3년의 징역형을 선고받았다. 김태현과 이정훈은 징역 1년에 2년의 집행유예, 박종윤과 나는 벌금형을 선고받았다. 그리고 우리는 모두 대한축구협회와 한국프로축구연맹으로부터 영구 제명되었다. 사형선고를 받은 것이다.

김주봉은 아무런 죄가 없었지만 팀의 선배로서 이 사태를 사전에 막지 못한 것에 대한 책임을 져야 한다는 유서를 남기고 자신의 승용차에서 번개탄을 피워 자살했다.

우리는 젊었고 철딱서니 없었고 오직 축구밖에 몰랐다. 축구는 삶의 전부였다. 그러나 우리는 삶으로부터 영원히 추방되었다. 그때 우리들의 시간은 영원 속에서 정지해버렸다.

삶의 부재.

삶의 공백.

(변호사가) 왜 소설을 쓰는가

(변호사가) 왜 소설을 쓰는가

꾸준히 글을 써라!
절대 항복하지 말고!
— 카프카

원로라는 말은 어떤 업에 오래 종사하여 경험과 공로가 많은 사람을 일컫지만 우리 사회에 얼마나 많은 자칭 원로가 득세하였던가. 그 고리타분한 단어가 풍기는 역겨운 여운 때문에 나는 그걸 질색한다. 당연히 나는 원로 변호사가 아니다. 내가 무슨 경험과 공로가 많은 변호사라고 할 수 있겠는가. 다만 내가 (군대식으로) 자칭 고참 변호사라 해도 별 무리는 없으리라.

법조인 경력 근 30년에 얼마나 많은 소장과 준비서면, 기타 법률문서를 작성, 제출하였는가. 그런데 소장과 준비서면은 그 독자가 우선적으로 판사라고 할 수 있으니 우리는 판사를 설득하기 위해 그것들을 정성스레 작성해서 법원에 제출한다. 그들이 과연 우리들

325

이 정성을 들여 작성한 만큼 정성들여 읽기나 할까? 쓰기보다는 읽기가 훨씬 쉬운 일인데 말이다.

나는 폼 잡고 법대에 앉아서 재판을 진행하는 판사의 표정과 몸짓, 언행, 숨소리에서조차 그가 준비서면을 읽지도 않았고 사건의 내용을 제대로 파악하지 못했음을 눈치 챌 수 있다. 그런 판사일수록 더욱 거들먹거리니. 나는 온몸에서 기운이 쏙 빠져버린다. 그때부터 나는 법정이 몹시 낯설어지면서 일종의 공포감을 느낀다. (물론 예외적인 경우가 있기는 하다.) 그리고 판결문을 받아보면 '혹시나 했는데 역시나'였음을 알게 된다. 그 판결문을 쓴 판사 역시 자신의 판결은 믿지 않을 테니까. 더욱이 그들은 사회경험도 없으면서, 전문지식도 결여되어 있으면서, 이상한 편견까지 가지고 있으니. (그러나 이때 냉정하게 말하자면 승소 판결을 선고한 판사에게는 무어라고 말할 것인가? 글쎄, 변호사들은 각자 너무 잘 알고 있을 것이 아닌가.)

지금 나는 (껍데기는 가라고 외치며) 껍데기와 알맹이를 구분하는 단순화, 이분법적 경향에 영향을 받아 '우리'와 '그들'로 영역을 나누려는 욕구에 사로잡혀 있는지 모르겠다. 우리는 이쯤해서 스스로를 위로해야 한다. 그들은 가끔 자신이 전지전능한 신인 것처럼 착각할까, 아니면, 한번쯤, 가감 없이 인간의 한계를 절감하고 '신이시여, 신이 계시다면 저에게 길을 가르쳐 주소서, 지금 죽고 싶나이다.'라고 하늘을 향해 울부짖었을까.

그들 역시 보통 인간이다. 우리 모두는 하찮은 인간이다. 그러니 만날 허구한 날 서면 읽는데 얼마나 지쳤을 것인가. 얼마나 지겨울 것인가. 그래서 직업적 매너리즘에 빠져서 설렁설렁 눈대중으로 대충 읽고 대충 판단하지 않을 것인가.

판결을 내리는 인간.

그러나 (모든 글에는 대개 '그러나'가 들어있다.), 그들은 겸손이라는 강력한 무기를 휘두를 줄을 모른다. 그들이 자기 직업을 언제 부끄러워한 적이 있었던가? 언제 자신에게 의혹을 품어본 일이 있었던가? 한번쯤 법대에 앉아서 정체를 알 수 없는 불안과 긴장감 때문에 셔츠가 땀으로 후줄근하게 젖은 경험이 있었던가? 그들은 언제, 가끔 악몽을 꾸는 일이 있었던가? 그 악몽 때문에 불면하는 밤은?

뒤틀린 허영심. 오만한 권위의식. 자아도취적인 관료주의. 나는 법복을 입고 높은 법대에 앉아있는 거야. 지금 법복의 무게를 느끼고 있지. 너희들은 우러러보고 있겠지. 그렇지 뭐! 알게 뭐야! 내 일도 아닌데! (물론 기록을 꼼꼼하게 읽고 고뇌하면서까지 판단하는 판사들이 있다. 그들은 어떤 경우에도 사물의 무게를 올바르게 평가하기 위해 고심한다.)

결론인즉, 나는 그런 서면을 작성하는데 지쳤고, (세상 물정도 모르는) 그런 판사들에게 재판을 받는 일도 우스웠고, 우울한 현실이다. 물론 그들 탓이 아니다 라고 말할 수도 있겠다. 그러면 사법제도의 모순 때문인가, 아니면 결국 인간의 문제인가? (플라톤이 벌써 2천 5백 년 전에 말했다. '판사는 젊은이가 되어서는 안 된다. 판사는 자기 자신의 사악성 때문에 악을 저절로 아는 사람이 아니라, 남의 악성을 만년까지 오래 관찰함으로써 악을 알게 된 사람이어야 한다.')

법조인으로서 지난 30여 년간은 진실과 허위, 법정에서 끊임없이 주절거리는 똑같은 말들의 반복 (그 닳고 닳은 말들 속에 언어의 간결함과 아름다움, 침묵의 언어, 언어의 정수인 은유는 없으니, 나는 관습적으로 '관대하게 처벌해주시기 바랍니다.'라고 변론하면서도 그 공허한 말을 경멸하고 증오했다.), 관료주의와 매너리즘, 자기기만, 자기연민 (궁상스럽고 인간의 존엄성을 해치는)과의 기나긴 싸움이고 패배의 시간이었다.

나는 사물과 현상의 진실을 밝히려는 자신의 능력에 한계를 느꼈다고 할 수 있다. 그들이 가차 없이 무위로 만들어 버린다. (나는 지금 무능한 변호사였다고 고백하고 있는 것인가?)

그래서 그 중과부적의 일에서 하루 빨리 벗어나고 싶은 것이다. 지금 단절 또는 절단이 필요하다. 나의 (완전히 벌거벗은) 영혼이 그걸 간절히 소망하기 때문이다. 나는 평생 동안 변호사 업을 천직으로 알고 살아왔지만 말이다.

그리고 검버섯이 피기 시작한 내 손을 바라보며 시간이 없다고 절실하게 느낀다. 도저히 붙잡을 수 없는 시간은 도도한 강물처럼 흘러가고 있으니. 나의 방언으로 내 글을 써야한다는 갈망. 강박관념.

나는 이 나이에 원로 변호사 또는 원숙한 인간이 될 수 없다. 원로 혹은 원숙이라는 느글느글한 단어는 교활이나 노회라는 말 이외에 아무것도 아니기 때문이다. 나는 여전히 미성숙한 인간으로 남을 것이다.

『동물농장』과 『카탈로니아 찬가』를 쓴 조지 오웰은 작가가 소설을 쓰는 네 가지 동기를 열거하였다.

첫째, 순전한 이기심. 남들보다 똑똑해 보이고 사람들의 입에 오르내리며 죽은 후에도 기억되고 어린 시절 자기를 무시했던 어른들에 보복하고 싶은 욕망. 그게 작가의 동기, 그것도 강한 동기가 아니라고 말한다면 그건 거짓말이다. 둘째, 역사적 충동. 사물/사건을 있는 그대로 보고 진실을 발견하여 후대를 위해 이것들을 기록해두려는 욕망. 셋째, 정치적 목적. 세계를 특정 방향으로 밀고 가려는 욕망, 성취하고자 하는 사회가 어떤 사회여야 할 것인가라는 문제를 놓고 다른 사람들의 생각을 바꿔보려는 욕망. 넷째, 미학적 열정. 이 세계의 아름다움, 혹은 언어의 아름다움과 단어의 적절한 배열이 지니는 아름다움을 지각하기. 좋은 산문의 단단함을 알아보고 좋은 이야기의 리듬을 인지하는 즐거움.

그러나 나는 위 네 가지 동기 또는 욕망 중에서 순전한 이기심이나 역사적 충동, 정치적 목적은 가지고 있지 않다. 단언할 수 있다. 특히, 나는 정치적인 것, 추상적인 이념, 주의 같은 것은 잘 알지도 못하고, 역사의식도 사회의식도 희박하니 그 운동에도 무관심한 편이다. 나는 이데올로그, 사회 변혁가, 운동권, 정치가가 아니기 때문이다. 그러므로 참여문학이나 사회주의적 리얼리즘 같은 것은 나에게 해당되지 않는다. 오직 미학적 동기만 있을 뿐이다.

나는 입체파 화가들처럼 입체적 플롯, 자기 내면이 강한, 규범적이고, 고독한, 특별한 성격의 작중 인물, 인간 삶의 근원적인 것에 물음을 던지는 주제, 무엇보다도 나만의 독특한 컬러를 가진 미학적이고 섬세하고 서정적이면서 아름다운 문체에 집착한다. 나는 서사의 중요성을 잘 알고 있다. 그러나 나는 산문에서 소설과 시의 중간쯤인 서정성이 풍부한 글을 쓰려고 무진 애를 쓴다. 항상 적절한 단어와 문구는 내 머릿속을 맴돌았다. 문제는 그것들을 어떻게 배열해서 완벽한 문장과 문단을 만드느냐는 것이다.

그리고 자유로운 상상력을 발휘하여 내가 바라던, (나의 예술가적 영혼을, 내 온전한 애정을, 내 모든 증오를 집어넣은) 가상의 세계를 구성하고 그때 칸트가 말한 '미학적 쾌감'을 느끼게 된다. 그리고 허구가 아니고 모두 진짜 현실인 것처럼 꾸미기 위해서, 다시 말하면 작가적 진실성으로 독자를 현혹시키기 위해 머리를 싸맨다. 개연성 또는 핍진성. 그런데 소설에는 다른 예술의 형식으로는 도저히 표현할 수 없는 독특한 영역이 있다. 나는 창조주, 신이 된다.

하지만 영원히 미완성으로 남을 작품을 쓰게 되지 않을까. 서사 능력이 고갈되어 쓰고 쓰다가 막히면 결국 미완으로 남을 것이다. (진실을 말하자면, 나는 더 이상 할 말이 없다고 생각되면 그 즉시 글 쓰는 것을 그만둬야 할 것이다. 하지만 그때를 어떻게 알 수 있을 것인가.)

휠덜린의 '엠페도클레스의 죽음'처럼 말이다. (나는 휠덜린을 조금은 이해할 것 같다. 그리스 철학자 엠페도클레스는 불을 찬양했고 스스로 신이라고 생각했으니 에트나 화산의 불구덩이 속으로 몸을 던졌다. 영원히 신으로 남으려 했던 것이다. 불은 생명의 근원이고 파괴의 근원이다. 불은 마지막 정화이다. 장엄한 불과 신적 인간의 죽음. 그걸 어떻게 인간의 단어로 표현할 수 있었겠는가. 휠덜린은 튀빙겐의 탑 속에서 36년 동안이나 혼자 살며 글을 썼지만 끝내 완성할 수 없었던 것이다. 그때 그는 정신분열증에 걸렸을 수도 있고 아니면 그의 광기는 위장된 것일 수도 있었지만.)

그러나 작가는 허황된 소리에 불과한 '영감'이 아니라 끈기와 인내가 필요하다. 오르한 파묵이 말한 오스만 터키의 속담 '바늘로 우물 파기'라는 끈기와 인내가 필요한 것이다. 쓰고 또 쓰고, 쓰고 고치고, 쓰고 고치고.

나는 (지금쯤 국가와 사회의 기억에서 사라진 전쟁인) 월남전 참전, 나트랑 102 야전병원, 생사의 기로를 헤매야 했던 정체불명의 열병, 환각과 망상, 죽음의 공포, 그리고 그 전쟁에 대한 섬광과 같은 총체적 기억이 일으킨 정서적 트라우마 때문에 평생 동안 상상력 과잉이었고, 불안증과 공포감, 편집 성향, 과대망상에 시달렸기 때문에 글쓰기는 즐거움 (또는 행복)의 근원이 아니라 강박관념이었다. 쓰고 또 쓰지 않으면 안 되었다. 그렇지만 절제와 금기가 필요하다. 번지르르한 미사여구로 설교를 기도해서는 안 될 것이다. 하지만 작가란 결국 자기의 내면을 끝까지 파고들어야 하니까, 자신의 목소리를 찾아내야만 하니까, 자의식 과잉이고, 지독한 자기중심주의자, 나르시시스트가 될 수밖에 없을 것이다.

그런데 나는 그 과정에서 아주 서투르게도 주제와 담론을 너무 명백하게 드러내 놓고 스스로 판단을 해버린다. 그것은 독자의 몫인데 말이다. 그리고 소설에는 독자의 상상력으로 채워야할, 작가가 주절주절 말하지 않고 비워두어야 하는 여백, 즉 빈자리 leerstelle가 있어야 하는데. 사실인 즉, 소설은 무엇을 쓰느냐 (또는 이야기하느냐)보다는 어떻게 쓰느냐가 중요한데 나는 여전히 어떻게 쓰는지를 잘 모르고 있으니.

지금 이 나이에 한심할 정도로 무명작가일 뿐이다. 그게 멸시받은, 저주받은 작가의 운명이다. 내가 베스트셀러를 쓸 수 있을까? 어떻게 하여 교보문고의 베스트셀러 코너에 내 책이 수북하게 쌓여 있는 것을 상상할 수 있겠는가? 나에게는 그런 능력이 있을 리가 없다. 그런데 베스트셀러는 소설의 문학적 가치 또는 책으로서의 완성도와 일치하지 않는다. 대부분 상업적 수단에 의해 만들어질

뿌이다. 여기에 대중의 변덕이 부동符同한다. 그러니까 그게 어중이 떠중이들이 들고 다니는 허접쓰레기 같다면 내가 그런 걸 쓸 이유가 무엇이겠는가.

나는 움베르토 에코가 말한 모델 독자가 필요할 뿐이다. 단 몇 사람이라도 내 소설의 배경과 가치를 진정으로 이해하는, 소설 속에서 독자 나름의 분석과 해석, 추론을 통해 창조적 행위인 작가도 모르는 메시지를 스스로 만들어내고, 의미를 찾아내는 진지한 독자가 필요한 것이다. 독자는 작가와 함께 책을 만들어 간다고 했으니까. 작가는 소설을 매개로 하여 독자와 일대일로 만나니까, 그러니까 한 권의 소설에는 오직 한 명의 독자만이 존재하는 것이 아닐까. 그 독자가 현명한 독자이길 바라는 것이다. (그러나 부질없는, 터무니없는 몽상이 아닐까. 내가 지금 어이없게도 무슨 독자를 운운하고 있는가. 내가 감히 현명한 독자를 얻을 자격이 있다고 생각하고 있는 것인가?)

장편소설 『사하라』의 에필로그와 단편소설집 『이별』의 서문 중에서 일부를 발췌해서 재론하겠다. 그것에는 변호사가 왜 소설을 쓰게 되었는지, 그 편린을 보여주기 때문이다. 그리고 지금까지 나온 얼마 되지도 않은 내 작품들에는 소위 말하는 메타 텍스트적 또는 상호 텍스트적 요소들이 여기저기 흩어진 채 들어있다는 것을 미리 말해야할 것이다. 그것은 새로운 자료와 주석을 참고하고 상상력을 발휘해서 내가 구축한 세계를 더욱더 확장하고 내가 말하고자 하는 주제와 담론을 심화시킬 수 있기 때문이다. 되풀이되는 특정한 인물과 주제. 주제가 반복되고 주인공의 목소리가 누적되면 하나의 총체적인 목소리를 만들어낼 수 있을 것이다.

그런데 모든 이야기의 뒤에는 그 인물들의 또 다른 삶이 있다. 그 작중 인물들의 이야기가 아직 끝나지 않은 것이다. 그러므로 그들의 이야기를 이어갈 수밖에 없다. 우리는 소위 후일담, 그 후 이야기를 궁금해 하지 않은가. 그런 이야기를 추가하고 싶은 것이다.

(다만 작가가 자신의 창작 과정을 지루하게 내세우면 그건 촌스럽고 오만하고 진부하다고 비난받을 수 있다. 그러나 이는 유명작가에게나 해당하는 일이고 나 같은 무명에게는 상관없는 일 아니겠는가.)

내 나이 60을 넘어서니 이제서야 철이 들었다는 느낌이 들고 세상일에 조금씩 눈을 뜨게 된다. 논어의 六十而耳順이라는 경구가 비로소 마음에 와 닿는다. 그리고, 꼭 쓰고 싶다면 세상을 알아야할 만큼 알게 되었으니까, 이제는 소설을 잘 쓸 수 있을 거라는 (사상누각처럼 곧 허물어져 버리는 초라한) 자신감이 생긴다. 유능한 작가란 작가 자신이 내면적으로 어느 정도는 성숙해야만 세상과 인간을 제대로 이해하게 되고, 그래서 서로 상극하는 모순된 목소리와 세계관들이 생생하게 얽히고설키면서 좋은 소설이 탄생하는 것이 아니겠는가.

헤테로글로시아heteroglossia.

나도 지금쯤 마음만 굳게 먹으면 어떠한 세상이라도 창조할 수 있는 거야. 그런데 언제쯤이면 '내가 정말 작가일까'하고 자문자답할 수 있을 것인가. 비록 실패한 작가임이 판명난 후라도 말이다. 그러나 늦어도 한참 늦었다는 자괴감이 드는 것은 어쩔 수 없다. 그러니까 전에는 제대로 된 단 한 편의 에세이나 소설 같은 산문을 써본 적이 없었으니 당혹스러웠던 것이다. 지금 생각해보면 나도 한때는 문학청년이었는데 내가 그동안 그렇게 무심할 수 있었는지 알다가도 모를 일이다. 하여간에 정신적으로 동맥경화에 걸리는 때인 이 나이에 무슨 소설을 쓴다고 하면, 소설작가가 되겠다고 우기면, 누군들 고개를 갸우뚱하지 않겠는가? 남들은 20대에 등단해서 젊은 시절 한창 문명을 날리고 60대쯤이면 벌써 반 은퇴하여 원로 대접을 받는 데 말이다.

더욱이 미국 작가 조나단 레덤의 친구인 작가 (그의 이름은 모른다.)는 '역사적 기록을 보면 알 수 있다. 몇몇 예외를 제외하고 소설가들은 35세에서 50세까지의 나이가 전성기라는 사실을, 그 나이가 바로 젊음의 열정과 경험이 만나는 교차로이다.'라고 말했는데.

내가 7년 전쯤, 사하라의 초고 30매 정도를 몇몇 사람들에게 보여주면서 진지한 조언을 구한 적이 있었다. 하지만 모두 한결같이 냉담한 반응을 보였다. 그들은 본업인 대학교수나 변호사 일에 전

넘하라고, 격려 아닌 격려를 쏟아냈다. 그들 모두가 문학에는 거의 무지막지한 수준의 동료 변호사였으니 말이다. 그중에서 막역한 후배인 Y변호사를 결코 잊을 수가 없을 것이다. "*형님, 제발 그만 두세요 유치한 짓 그만두란 말이에요 사람들이 노망들었다고 욕할 거예요*" 하면서, 노골적으로 핀잔을 했던 것이다. 그때 우리는 거나하게 취해 있었다. 취중진담이라고나 할까. 나는 아연실색하였다. 내 하찮은 소설이 아니라 무릇 인간의 한심함 때문에 오랫동안 절망하였다.

그러나, 그런 노골적인 야유도 나를 멈추게 할 수는 없었다. 그리고 그들에게 보여준 것은 커다란 실수였음을 깨달았다. 그 누구도 나에게 충고를 해주거나 도와줄 수는 없기 때문이다. 그럴 가능성이 있는 사람은 아무도 없다. 작가에게는 고독이 필요하다. 오직 자신에게 물어보아야 할 것이다. 언제나 자신 속으로 파고 들어가야만 한다.

말랑말랑한 감성적인 글을 쓰는 일은 딱딱하고 무미건조한 학술 논문이나 법학 전문서를 쓰는 것과는 비교할 수 없을 만큼 상쾌한 일이다. 우선 글과 미묘한 감정의 흐름이 교류하면서 서로 유쾌하게 소통할 수 있었다. 펜은 지금 시대에 원시적인 필기구이다. 나는 컴퓨터 키보드를 두들길 줄을 모른다. 그걸 두려워한다. 그러므로 오직 손으로 고통스럽게 쓰면서 내 몸과 글이 견고하게 결합되어 있음을 느낀다. 말들이 내 몸에서 천천히 흘러나왔다. 여러분은 느리게 쓰는 기쁨을 아는가. 종이 위에 끄적거리는 감각을 아는가. 우리는 가끔 글이 엄청 편리하다는 사실을 까먹는다. 가장 단순한 도구들만 있으면 쓸 수 있고 읽을 수 있으니까 말이다.

그리고, 새삼스럽게 우리말의 아름다움과 그 운율 때문에 감탄을 하였던 것이다. 우리말이 그렇게도 아름다운 줄은 미처 모르고 살아 온 것이다.

구석 방.

그 방 (내가 그 당시 소속된 로펌의, 소송서류 더미가 여기저기 잔뜩 널려있고 법률서적들이 산더미처럼 쌓여있는 내 사무실이었는데)은 남향이여서 고층 빌딩 사이를 뚫고 침입한 햇빛이 늘 찬란하였다. 그 빛의 수다스러운 달변이 나에게 패배를 안겨 주었다. 내 마음을 마구 흔들어 놓았다. 갈피를 잡을 수 없게 하였다. 나는 그때 자포자기하여, 또는 의혹과 자기불신 때문에 사악한 범죄를 마음속에 상상하고 있었던 것은 아닐까. 아니면 하릴없이 비감에 젖어 황폐했던 과거를 떠올리고 있었던가. 패배는 인간의 영혼에게 승리보다 깊게 침투한다. 패배는 비장함이 서려 있기 때문이다. 그래서 사람들은 승리한 그리스 도시들보다 비극적으로 패배한 트로이를 더 기억한다.

그 경이로운 빛이 나의 가슴 속에 강렬한 감정을 불러 일으켰다. 글을 쓰고 싶은 욕구가 내 가슴 속 심연에서 솟구쳐 올라왔다. 그래서 쓰고 또 쓰고, 고치고 또 고쳤다. 읽고, 쓰는 일처럼 괴롭고 유쾌한 일이 어디에 있을까. 한 문장을 완성하고 마침표를 찍을 때면 안도의 한숨을 쉰다. 그 마침표는 배가 항구에 도착하여 바다 밑바닥으로 던지는 무거운 닻과 같은 것이다. 그러나, 다시 읽어보면 늘 불만족스럽다. 단 한 번도 만족스러운 적이 없었다. 문장의 밀도와 완성도가 괜찮은가 하는 불안과 두려움이 끊임없이 날 괴롭힌다. 내가 지금 쓰고 있는 글이 쓰레기가 아닌지, 얼마나 지루하고 보잘 것 없는지, 그런 느낌을 받는 날이 많다. 그러므로 나는 취미삼아, 재미삼아 쓰는 게 아니다. 그렇다면 처음부터 아무것도 쓰지 않았을 것이다. 소설은 육체적으로도 정신적으로도 모든 것을 바치고 모든 것을 다 소진하는 일이니 한갓 취미로 할 수 있는 일은 아닌 것이다. 하지만 여전히 왜 쓰는지를 모른다. 나는 무엇을 쓸 것인지, 어떻게 써야하는지도 잘 모른다. 다만 글을 통해서 이야기를 하고 싶다는 강렬한 충동 때문에 글을 쓰고 글을 써야 이야기가 생기기 때문에 쓰고 있다.

나는 지난 30여 년 동안 한 주에도 수십 장의 글을 썼다. 변호사의 주 업무인 소장이나 답변서, 준비서면, 가끔 형사 고소장, 법률의견서 등을 쓰는 일 말이다. 그 이외에도 나의 주 전공인 국제거래와 신용장거래, 금융거래와 관련해서 제법 두툼한 법학전문서 12권, 이들 분야에 대한 90여 편의 학술논문과 판례평석을 발표하였고, 200여 편의 사설과 기타 칼럼을 (마감시간에 쫓겨서 두서없이) 갈겨 썼다. 그것들은 모두 한결같이 너무나 직설적이고 명쾌하며, 한 치의 빈틈도 있어서는 안 되는 논리 정연한 존재들이었다. 법은 아주 단순명쾌한 것이다. 유죄이면 유죄이고 무죄이면 무죄이다. 유죄도 아니고 무죄도 아닌 중간 영역은 있을 수 없다. 애매모호한 것이 존재해서는 안 된다. 법은 단순명쾌하기 때문에 강력한 것이다. 그러니 법률문서도 단순명쾌해야 하는 것이다. 그런데 말이지, 세상만사, 인생사 중에서 어느 것 한가지인들 그렇게 명쾌하고 논리적일 것인가. 모두가 불분명하고 확실치 않은 것투성이일 뿐이다. 인간 삶의 조건 역시 의문투성이인 것이다. 그러니 주식투자도, 사람 사는 일도 고달픈 것이다.

나도 지금쯤은 그 지겨운 흑백논리의 멍에를 벗어나야 할 때가 된 것 같다. 무엇보다도 이 세상에는 분명히 중간 영역인 회색의 영역이 무수히 존재한다.

유럽에서 중세가 끝나가고 르네상스가 시작될 무렵 왜 연옥의 개념이 탄생했는가. 더 이상 지옥과 천국이라는 이분법만으로는 도저히 설명이 불가능했기 때문 아니었겠는가. 그래서 지옥도 아니고 천국도 아닌 중간 개념이 필요했던 것이다. 단테는 불후의 명작인 신곡에서 지옥과 연옥, 천국을 묘사했다.

그렇다. 세상을 살다보면 흑백논리로는 도저히 감당할 수 없는 희끄무레한 영역이 존재한다. 그래서, 완전히 검거나 완전히 희거나, 완전히 나쁘거나 완전히 좋은 건 이 세상에 없는 것이다. 악과

선이 사이좋게 공존한다. 그러나 세상은 애매모호하여 대부분 회색인 것이다. 그것이 진실이다. 나는 그것이 이 세상을 가장 정직하게 바라보는 방식이라고 생각한다.

무엇보다도 소설의 형식을 빌어서 세상의 허공에 대고 하고 싶은 이야기가 왜 없겠는가. 나는 가슴 속 응어리를 이야기로 풀어내야 했다. 그런데, 왜, 하필 사막 이야기인가. 사막에는 완벽한 침묵이 존재한다. 사막에서 유일하게 귀중한 말은 침묵이다. 그곳에서 인간의 목소리는 언어가 되기 전에 먼저 침묵과 조우한다. 죽음과 같은 침묵이 황량한 사막의 존재를 정당화시켜 주었다. 대지에서 울리는 느낌이 너무 강렬하기 때문에 그 사막은 인간의 영혼을 사로잡는 주술적 마력을 갖고 있었다. 초인간적인 대지의 기운이 엄청난 힘으로 인간의 영혼을 빨아들인다.

요즈음의 경박한 세상에는 하찮은 일상을 지저분하게 늘어놓은 수필이나 에세이류, 여행기 또는 신변잡담을 무슨 의식의 흐름 수법이라는 그럴듯한 미명 하에 주절주절 써놓은 일기장 같은 소설, 자폐증에 걸린 사람의 중얼거림 같은 소설, 새로운 것, 신기한 것에 강박관념이 든 나머지 얼토당토 않는 해괴망측한 소설들이 넘쳐 난다. 그리고 언제까지 지리산이나 한강, 경남 하동, 남원, 원미동, 삼양동 이야기에만 매달릴 것인가? 언제까지 향토적이고 토속적이어야만 하는가? 언제까지 한恨 타령을 할 것인가. 왜 한이 우리 민족만의 고유 정서이겠는가. 무슨 근거로? 언제부터? 혹시 일제 식민사관의 잔재인가? 두말할 것도 없이 한은 모든 인간의 보편적 정서이다. 분하고 억울한 일, 크고 작은 원한이 없는 사람이 이 세상에 누가 있겠는가. 그리고 찌질이들의 찌질한 삶. 가난뱅이의 삶. 그것만이 우리 것인가? 여보게들 궁상 좀 그만 떨게. 우리 삶의 영역이 세계적으로 확장되고 있지 않은가. 우리 배달민족이 세계 방방곡곡 구석구석까지 진출하고 있지 않은가. 이 세상의 끝인 파타고니아까지. 이제는 인간 삶의 보편적인 주제를 찾아서 세계의 독자들을 향해 글을 써야 되지 않겠는가.

지구촌. 국제화. 세계화.

옛날 동아건설이 사하라에 간지는 20년도 넘었다. 사하라의 토착 유목민은 투아레그족이지 않은가.

(그런데 호모 사피엔스가 탄생한 이래 수만 년 동안 이루 헤아릴 수 없이 많은 무명의, 익명의, 이름 있는 이야기꾼, 작가들이 이미 수백 번, 수천 번을 넘게 똑같은 형식과 내용, 재료, 주제를 가지고 소설을 우려먹었으니, 단언컨대 새로운 것이 남아 있을 리 없다. 모든 이야기는 다른 이야기의 변형이고, 변주일 따름이다. 모든 것이 이미 쓰여졌다. 그래서, 솔로몬은 '하늘 아래 새로운 것은 없다. 모든 새로운 것은 단지 망각의 결과일 뿐이다.'라고 말했다. 우리는 다만 과거를 기억하고, 모방하고, 가끔 훔칠 뿐이다. 그러니 새로운 것을 추구하는 것은 헛된 일이거나, 자기기만에 불과한 것이다.)

나 역시 마찬가지이다. 나는 남의 것을 훔치고 모방을 하며 배운다. 내가 무슨 탁월한 상상력이나 번뜩이는 영감이 있어서 새로운 것을 창조할 수 있겠는가. 모방. 모방의 모방. 절도 모조품. 반복. 위선. 위악. 진부함. 클리셰. 그렇다면 주로 누구로부터 모방을 하고 배우고 있는가. 문학을 체계적으로 공부한 적이 없었다. 오랫동안 끊임없이 무작정 읽었으니까 널리 모두로부터 영향을 받았을 것이다. 특별히 누구로부터라고 의식하지는 못 한다. 그러나 작가가 지독하게 읽지 않으면 어떻게 글을 쓸 수 있겠는가. 그동안 수천 권의 책 (그 책들은 우선 소설에서부터 역사, 철학, 문학, 법학, 생물학, 동물학, 천문학, 지리, 여행기, 기타 잡서 등등 수십 종에 달하지만)을 읽고 또 읽었고, 지금도 매일 눈이 짓무르도록 매일 책을 읽고 있으니, 도저히 헤아릴 수 없는 그 수많은 경우를 어떻게 기억할 수 없다. 나는 호르헤스가 말한 기억의 천재 '푸네스'도 아라비안나이트에서 1001개의 이야기를 풀어 놓는 '세헤라자데'도 아니기 때문이다. 기억이란 참으로 애매하고 모호하고 믿을 수 없는 것이다. 바로 조금 전 일도 그렇다.

지금 우리 소설들은 이야기는 너무 빈약하면서 변곡점에서 느닷없이 또는 지나치게 비틀어서 탈이다. 그래서 독자들이 지겨워서 떠나고 있는 것이다. 그랬으니 현대 소설은 유구한 역사를 지닌 시와 비교하면 그 역사가 극히 짧은 젊은 장르임에도 불구하고 벌써 일부 평론가들과 작가들 스스로 소설에 사망선고를 내린 것이다. 경제적 관점에서 보자면 수요는 늘어나지 않고 계속 줄어드는데 이상한 소설은 공급과잉인 것이다.

그러나 소설은 모든 예술 형식 중에서 충분하리 만큼 열려있고, 길고, 폭 넓고, 대담하고 진득하다. 그래서, 그럼에도 불구하고, 심각하게 상처를 입기는 하겠지만, 어떻든 영원히 살아남을 만큼 내구성이 있는 것이다.

이제는 소설의 본류, 기본으로 돌아가야 할 때이다. 그러면 소설은 살아남을 것이다. 인류는 스토리텔링 storytelling 애니멀이고 스토리리스닝 storylistening 애니멀이기 때문에 결코 이야기를 떠날 수 없는 것이다. 이야기에 대한 인간의 욕구는 음식 섭취에 대한 욕구와 마찬가지로 기본적이기 때문이다. 우리는 천일야화를 읽으면서 인간의 그 욕구를 이해할 수 있게 된다. 그러므로 무엇보다도 정확한 세부 묘사를 통하여 리얼리티가 살아있는, 모더니즘, 포스트모더니즘 또는 (지금은 이미 사라져버린 장르인) 마술적 리얼리즘을 추구하는 소설일지라도 앞뒤가 잘 들어맞는 꽉 짜인 이야기여야 할 것이다. 소설은 현실보다 훨씬 더 진지하고 성실해야 한다. '왜 소설보다 현실이 이상해 보이는가. 소설은 어쨌거나 말이 되어야 한다.' (마크 트웨인) '……소설을 쓰려고 할 때 작가는 가능한 선까지, 그리고 가능한 한 자세히 소설이라는 세계를 창조해야 한다.' (움베르토 에코) 그렇다고 19세기 프랑스 리얼리즘 소설에서 비극의 원칙으로 가장 중요시 했던 반전이나 반전의 반전, 반전의 연속이 소설에 필수적이라는 말은 아니다. 그래서 에코는 빅토르 위고의 소설에 대해서 '과잉의 시학'이라고 하였다.

나는 자신의 경험을 정직하게 간직하고 있다. 사람들의 오랜 경험은 인간 내면의 가치가 무엇인지 가르쳐준다. 삶에 대하여 절망하지 않으면 삶에 대한 희망도 없을 것이다. 우리는 모든 걸 잃은 후에야 겨우 뭔가를 깨닫는다. 나는 인간 삶과 죽음의 조건, 인간의 운명과 같은 근원적인 문제들에 대하여 계속적으로 탐구할 생각이다. 생명이 있는 모든 존재는 필연적으로 자신의 존재 안에 죽음을 내재하고 있다. 그러므로, 삶의 마지막이 죽음이고 죽음의 시작이 삶이다. 죽음은 인간 삶의 가장 중요한 조건인 것이다.

장편소설 『사하라』에서 김규현은 투아레그족 청년 이브라함과 함께 사하라 사막 남쪽을 여행하던 중, 고물 자동차가 고장 나고 사막 속의 사막에 갇히면서 목이 말라 갈증 때문에 죽는다. 아주 솔직히 말해서, 과격하게 말하면 그는 사막에 완전히 매혹되어 사막에 미친 사람이라고 할 수 있겠지만, 그래서 사막에서 목말라서 갈증으로 죽어야 했지만, 나는 그와는 전혀 다른 사람으로 결코 사막에 완전히 매료된 바도 없고 더욱이 사막에 미친 사람도 아니다. 이 점 오해가 없기를 바란다. 순진한 독자들 몇몇은 자주 그와 나를 동일한 인물로 오인하기 때문에 이 말을 하지 않을 수 없다. 나는 소설의 화자와 작중 인물의 타자성을 충분히 인정한다고, 말하고 싶다. 그러므로 작가는 배우가 되는 것과 같다고 하였다. 작가는 배우처럼 자기와는 전혀 다른 배역과 다른 인간성을 소화해야 하기 때문이다.

물론 나는 상상적 세계인 소설 속 인물을 실제 인물과 동일시하고 싶은 독자의 정당한 욕망을 이해한다. 작가와 소설의 주인공이 미분화된 고백 형식의 사소설, 1인칭 소설이 한 때 (일본의 초기 자연주의 문학 시절) 일본 소설의 전통이 된 적이 있기는 하다. 그러나 그는 실재하는 인물이거나 어떤 인물의 모방이 아니다. 지금 우리 주변에서 그렇게 어리석고, 무구한 사람을 어디서 찾을 수가 있을까. 왜 그는 모진 고통 속에서 살다가 일찍 죽어야만 했는가. 이게 이 긴 소설이 독자들에게 제기하는 진지한 물음이라고 할 수 있을 것이다.

(그런데…… 왜, 어떤 이유로 이 세상에는 온갖 죄악과 부조리, 고통과 고난이 이토록 많은 것인가. 사악한 인간이 고통을 받는 것은 당연하다고 할 수 있지 않겠는가. 그런 인간은 마땅히 대가를 치러야 하기 때문이다. 그것이 정의다. 그러나 무구한 사람이 크나큰 고통을 받는 이유는 무엇인가. 왜 정의로운 인간이 사악한 인간보다 더 큰 고통을 받아야 하는가. 사악한 인간들이 횡행하고 그들이 세상을 좌지우지 지배하는 이유는 무엇인가. 왜 신이 존재한다면 신은 그런 행위를 용납하는가. 정말 위대한 유일신이 존재하는가. 그런데 기독교의 종말론적 계시론은 '때가 온다.'고, 악의 시대가 거의 끝나간다고 강조했다. '회개하라, 복음을 철석같이 믿어라.' 그

리고 하나님이 악의 세력을 몰아내고 어떤 고통도 없고 가난도 없는, 진리와 정의, 평화만 있는 유토피아, 하나님의 나라가 곧 도래한다는 것이다. 그러나 우리는 2,000년이 넘게 기다렸지만 어떤 기미도 느낄 수 없으니 독실한 범신론자인 내가 유일신을 믿지 않는 이유이다. 나는 이 세상에는 악과 선이 사이좋게 공존하고 있고 악의 세력은 결코 사라질 수 없다고, 믿는다. 악은 필요악이고 불멸의 존재이기 때문이다.)

　일부 독자들은 말한다. *"소설이 쓸데없이 어려워요 그래서 몇 장 넘기다 읽기를 포기했지요"*, *"소설에 깊이가 있기는 해요"*, *"소설이 너무 재미없어요 재미가 없으면 소설이 아니지요* (재미가 없다는 것은 다른 말로 하면 지루하다는 것이다. 소설의 지루함이란? 왜 소설이 꼭 재미있어야 할 책무라도 있다는 말인가? 왜 소설이 난해하고 불투명하고 지리멸렬하면 안 되는가.).*"*, *"김규현이 누구예요 인터넷에서 아무리 찾아봐도 그런 사람이 없어요 실제 인물이 맞나요"*, *"그런데 사하라에는 몇 번이나 다녀왔지요?"* 나는 그 말들을 듣는 순간 그들이 그 소설을 전혀 읽지 않았음을 눈치챘다. 그러나 나는 '여러분, 좀 더 주의 깊게 끝까지 읽어보세요.'라고 말할 용기는 없다. 일상생활에서 너무 바쁜 그들이 그걸 왜 읽겠는가. 수긍이 간다. (그러니까 폴 오스터의 말이 생각난다. 그는 글쓰기를 인생을 어리석게 사는 확실한 방법이라고 했고, 어느 누구에게도 필요치 않고 아무도 원치 않는 것을 만드는 일이라고 말했다.

정말 그렇다. 내가 지금 무얼 하고 있는 것인가.)

스탕달은 1822년에 지금은 너무나 유명한 『연애론』을 출간했지만 그 당시에는 11년 동안 단 17권밖에 팔리지 않았다. 그때 출간 당시 스탕달은 너무 궁금한 나머지 그 책의 평판이 어떤지, 출판사에 넌지시 물어 보았다. 출판사 영업 직원이 대답했다. "*그것은 신성한 책이라고 할 수 있겠지요. 아무도 집어 들거나 펴보려고 하지 않으니까요.*" 그런 의미에서 사하라는 지금 신성한 책이 되었다. 커트 보네거트는 일단 책을 발표하고 나면 그 작품은 자신의 손을 떠난 것이고 세상으로 나간 책은 자신만의 생명을 얻을 것이라고 말했지만, 나는 그 소설에 대해 자부심과 자포자기 사이를 오락가락한다. 그러나 호르헤 루이스 보르헤스는 "*실낱같은 존재의 개연성만 있어도 그 책은 얼마든지 실재한다고 볼 수 있다.*"고 말했으니, 그 책도 가냘픈 생명력으로 살아남으리라. 그래서 나는 그 책을 다시 읽기가 민망하면서도 여전히 그걸 붙잡고 있다. 아주 사소한 부분이라도 내게는 너무 중요하다. 소설의 배경을 바라볼 때 대가는 그것을 단지 충실하게 묘사하는 일은 피하는 법이어서 사실 그대로 그리려 하기보다는 오히려 그 본질만을 전달하려고 한다는데, 나는 대가는커녕……

그래서 반복해서 세밀한 묘사에 집착하고, 밀란 쿤데라가 말한 '*소설만이 발견할 수 있는 것*'을 찾아내려고 분주하고, 소설은 이야기만이 전부가 아니기 때문에 우화적인 의미를 동시에 담아내야 하느냐를 가지고 고심하고, 너무 진지하고 지나칠 정도로 엄숙한 것은 현대의 이단이기 때문에 유머와 난센스가 어느 정도는 필요하다고 느끼고, 내 주변의 이야기, 사소설은 대부분 너무나 어리석고 사소한 주제이기 때문에 결코 써서는 안 될 것이다. 특이한 단어를 발견하면 지워버리고 평이한 단어로 대체해야 하지 않을까, 그러나 뻔하고 흔해빠진 상투적 어구만은 피해야만 한다. 내가 창조했던 인물들을 사랑할 수 있을까, 그가 까칠하고 악인인 경우에도 말이다. 표현이 멋있지만 불필요하다고 생각되는 문장을, 문단을 살리려고 하지 말고 버릴 방법을 찾아야 하지 않을까, 마음에 드는 문장을 과감하게 삭제하면 미심쩍었던 부분 전체가 살아나기 때문이다. 마술적 리얼리즘을 흉내라도 낼 수 있을까, 상상력을 무한정 발휘할 수 있으니까 쉬워 보이지 않는가, 또 환상특급 같은 부류의 소설은 어떠한가, 어쨌거나 기괴한 이야기들 아닌가, 귀신 씻나락 까먹는 소리가 아닌가, 그러니 나의 경우는 불가능할 것이다. 일상생활에서나 소설에서 애매하거나 무질서한 것을 견디질 못하는 습성을 이제는 버려야만 하지 않을까, 지금쯤은 절대로 못 버릴 것이라고 단정할 수는 없다. 누군가 소설은 과도해지기 쉬운 장르라고 지적했지만 (보르헤스는 '모든 장편소설은, 최고 수준의 작품이라고 하더라도, 언제나 군더더기가 들어있기 마련이다.'라고 말했다. 자신이 단한 편의 장편도 쓰지 못한 것에 대한 구차한 변명이 아니겠는가), 그러나 가망 없을 정도로 소설이 지루하게 길어지면 안 되니까, 적당한 선에서 끊거나 삭제를 해야 할 것이 아닌가, 그러나 그 이야기를 어디에서 끝맺을 것인가? 그걸 어떻게 잘 알 수 있을 것인가. 작중 인물이 작가로부터 해방되어 질주하도록 내버려 둘 것인가, 아니면 철저히 통제해야만 하는가, 인간의 내면 속으로 파고들어 가야한다. 내가 누굴 흉내 낼 수 있을까, 지금 도무지 생각나지 않는다. 내가 누구로부터 많은 영향을 받았다는 것을 본능적으로 부인하고 싶기 때문에, 아니면 숨기고 싶어서인가. 나는 소설에서 역사적, 지적 요소를 중요시한다, 그러나 그것들은 이야기 속 인물과 행동, 사건 속에 녹아들어가야 한다, 그런데 역사는 진실이라고 단언할 수 있을까, 역사는 허구이고 기껏해야 반쯤만 진실이 아닐까, 역사는 선택이다, 다시 말하면 역사에 쓰여지지 않은, 역사에 편입되지 않은 무시되고 버려진 수많은 사람, 사실들이 있기 때문이다, 역사가들은 실제 역사의 주체이면서 역사에 희생돼 매몰되어 버린 사람들을 철저히 무시한다. 소설의 모든 요소가 왜 시계장치처럼 정확하게 맞아 떨어져야 할 것인가, 좀 더 혼란스럽고 거칠고 대담하면 어떻게 될까, 19세기 정통 리얼리즘 소설처럼 특정한 시간과 장소를 배경으로 한, 견고한 플롯과 인물, 토대가 필요하지 않을까, 그러나 현실보다 더 초현실적이고 상징적인 것은 없다. 헤밍웨이처럼, 내가 한 편의 이야기를 끝마쳤을 때 텅 비고, 슬픈 느낌이면서도 행복감을 느낄 수 있을까, 나는 여전히 철학적 주제와 관련한 사색을 소설의 기본 토대로 삼기 위해 노심초사하고, 제시된 수많은 테마들과 모티브들이 변주되면서 분해되고 용해되며 서로 뒤엉켜서 화음을 이루고 결국에는 통일성을 이루어야 한다는 일종의 강박관념을 벗어나지 못하고 있다.

나는 타고난 소설가는 아니기 때문에 또한 지금쯤 모든 감수성은 사라져 버렸기 때문에 이를 극복하려면 표류하지 말고 계속 열심히 쓸 수밖에 없는 운명이다. 악몽과 불면증에 시달리며 강박적일 만큼 헌신과 열정, 인내심이 필요하다. 그러나 자신감 부족을 어떻게 극복할 것인가. (죽을 때까지 불가능할 것이다.) 그러나 여전히 심혈을 기울여 몇 번씩이나 수정하고 있다. 결벽에 가까운 수정을. 아무도 거들떠보지 않을 것임을 잘 알면서도 말이다. 이건 우울한 아이러니이다. 그런데 글이란 수정하지 않으면 글이 되지 않는다. 이미 발표된 것도 마찬가지이다. 고치고 또 고쳐야 한다. 고쳐야만 한 편의 글이 탄생한다. 소설도, 시도, 에세이도, 편지도, 소장이나 준비서면도 고치고 고쳐야 한다. 내가 아는 한 톨스토이도, 헤밍웨이도, 피츠제럴드도, 샤토브리앙도, 드 메스트르도, 밀란 쿤데라도, 최인훈도, 소설가 모두, 시인들도 모두 끊임없이 수정했다. 르 메스트르는 그의 『아오스토 골짜기의 문둥병자』를 17번이나 고쳐 썼고, 헤밍웨이는 『무기여 잘 있거라』의 결말 부분을 47번이나 고쳐 썼고, 프루스트는 죽기 전에 『잃어버린 시간을 찾아서』의 초판본을 고쳐 썼다.

중국 춘추시대 정나라의 유명한 학자이면서 중국 최초의 직업 변호사였던 등석은 논변 이론에서 좋은 말을 '큰말 大辯'이라고 하였고, 하찮은 말 또는 나쁜 말을 '작은말 小辯'이라고 분류하였으니 소설은 분명히 하찮고 나쁜 말임에 틀림없다. 그러므로 小說은 中說도 아니고 大說도 아니고 소설이면서 雜說이다. 그러나 소설은 잡초처럼 질기고 포용 능력 역시 한계가 없다. 소설은 잡설이므로 그 내용 속에 논문이나 학설, 시나 에세이, 르포, 잠언, 오마주, 패러디, 독백, 철학이나 과학, 온갖 잡설을 다 풍부하게 포용할 수 있는 것이다. 그래도 소설의 정체성은 훼손되지 않으니. 오! 너무나 위대한 잡설이여.

사하라는, 오랫동안 이야기 속의 이야기를 쓰고 또 쓰는 과정에서 전혀 내 의지와는 상관없이 많은 주제를 포용하게 되고 그 주제들이 위태롭게 소설의 구성을 떠받치고 있다. (그것은 천일야화의 세헤라자데의 상황과 비슷하다고 할 수 있을까? 그녀는 사실 생과 사의 갈림길에서 칼날 위에 서서 이야기가 이야기를 낳고, 다시 낳고, 그렇게 해서 이야기를 풀어 가는데, 강박증 환자였던 샤푸리 야르 왕은 이야기를 듣는데 몰입했고, 그래서 그들은 일시 그 상황을 잊어버릴 수 있었던 것이다. 그들 역시 삶과 죽음이라는 경계선에 서있으면서 자신의 과거를 회상하고 여러 겹의 이야기를 풀어내는 과정에서 이야기에 몰두했기 때문에 마음의 평정을 되찾고 죽음의 악몽에서 일시적으로나마 벗어날 수 있었던 것이다. 이야기란 그런 것이다. 말하는 쪽이나 듣는 쪽이나 몰입하게 하는 마법을 가지고 있는 것이다.)

사하라는, 아프리카 원주민으로 유럽으로 건너온 이방인이었기 때문에 서구 문명사회에서 온갖 풍상과 슬픔, 모멸을 겪은 사람, 사막의 여행 가이드 이브라함과 건축설계사이면서 오직 정글과 사막만을 여행하는, 오디세우스처럼 험한 길을 방랑하는 건축 설계와 감리, 엔지니어링 회사인 (주)공간의 김규현 상무가 사하라 사막의 남쪽에서 갈증으로 죽는다는 이야기이기 때문에 (그들이 사막 도시 타만라세트를 출발한 것은 2000년 6월 15일 이른 아침이었다. 그 며칠 후 사하라 남쪽에서 사막의 미로에 갇혔다. 김규현 상무는 44세의 나이로 7월 9일 죽었다. 이브라함은 그 이틀 전에 죽었는데 짐작키로는 32세쯤 되었을 것이다. 그들은 절망적인 상황에서 더 이상 내일은 없었다. 그들은 오직 과거를 이야기 할 수 있었을 뿐이다. 그들은 자신의 지나온 인생 역정을 담담하게 서로에게 들려주었다. 소설 사하라는 분해 또는 해체할 수 있는 여러 이야기 조각들을 주워 모은 것이다. 그러나 그들은 사하라 남쪽 사막에서 죽을 운명이었다. 그렇게 예정되어 있었다. 그러니 작가인 내가 죽게 한 것이 아니다.) 우선 여행소설이어서 여행의 의미, 그것의 목적, 목적지에 도달했을 때의 허무감, 호모 에렉투스인 인간이 어떻게 해서 허리를 펴고 걷게 되었는지, 걷는다는 것의 의미는 무엇인가.

우리는 여러 가지 이유로 고향을 떠난다. 보다 나은 삶을 추구하기 위해서, 또는 고향을 더 이상 견딜 수 없어서 고향을 떠난다. (김규현과 이브라함처럼 말이다. 그들은 공통적으로 고향에 대한 외상 후 스트레스 장애 때문에 평생 동안 고통을 받았다.) 고향이란 무엇일까. 고향은 '고향의 푸른 잔디 (green green grass of home)'처럼 평생 동안 잊지 못할 그리움을 의미하는 것일까. 고향과의 단절은 끊임없는 고통으로 남을 수밖에 없을 것이다. (「파리의 이별」에서 H처럼 말이다.)

미학적 토대에서 인간 삶의 조건, 삶과 죽음, 우리를 끊임없이 괴롭히는 신이라는 주제와 관련해서 신은 존재하는지 마는지, 신은 살았다가 언제부터인가 죽어버렸는지, 그건 타살인지 자살인지. 사막에는 정말 신이 존재하는지, 김규현은 자신의 신을 찾았는지, 그 신이 그를 외면하지는 않았는지. 인간의 영혼은 불멸하는지, 꿈이 무엇인가, 우리는 끊임없이 꿈을 꿔야 하는지, 꿈은 영혼의 자양분이다. 인간의 운명은 무어란 말인가, 운명까지도 유위전변 有爲轉變이라고 할 수 있는가, 운명은 예정되어 있는가, 그렇다면 인간의 자유의지는 무슨 의미가 있는가, 그런데 나의 삶의 궤적에서 내 운명은 어떻게 되었는가.

그리고 전쟁이란 무엇이란 말인가. 20세기는 위대한 전쟁의 시대가 아니었던가. 제1차 세계대전은 모든 전쟁을 끝내기 위한 전쟁이었지만, 애당초 더 참혹한 전쟁인 제2차 세계대전을 잉태하고 있었지 않은가. (그래서 존 키간은 '대부분의 성인에게 전쟁에 관한 이야깃거리가 있다는 것이 20세기의 비극 가운데 하나'라고 말했다.)

그러나 전쟁이 남긴 참화가 개개 가족과 인간에게 끼친 후유증은 인간 비극 그 자체이다. 자크는 제2차 세계대전 중 서부전선 뫼즈 강 전투에 참여하였다가 포로가 되어 포로수용소에서 5년을 보냈다. 김규현의 두 삼촌은 6·25 전쟁에서 전사하였다. 그 때문에 그의 아버지는 알코올 중독에 거의 폐인처럼 살다가 바다에서 자살한 것처럼 죽었다. 나는 1969년 월남전에 참전하였다. 우리 모두는 그 후 평생 동안 전쟁이 남긴 정서적, 심리적 트라우마 때문에 고통을 받았어야했다.

  나는 사하라에서 이러한 전쟁의 비극을 주제로 삼아서 고발하려고 의도한 것인가. 그렇다면 그 책은 나 자신을 위해 썼던 것일까. 확실하게 말할 수는 없을 것이다. 나도 모르기 때문이다. 아마 유령을 위해 썼을 수도 있다. 지금 세상에 누가 전쟁의 비극에 관심이 있겠는가.

  그런데 key word인지 여부와는 상관없이 이 소설의 구성에 있어서 미학적 욕망이라 할 수 있는, 구체적인 실체로 나타나는 것들이 있다. 그것들은 소설의 정체성과 관련된 것이다. 그것들은 소설 속에서 인물들의 모티프, 행동과 실존적 상황을 통해서 점차 드러나게 된다.

  사하라, 사막, 낙타, 사막의 도시 타만라세트, 거룩한 신부님, 유목민인 투아레그족, 아프리카, 사바나, 사헬지대, 밀림, 원시 부족, 분쟁, 사자, 에이즈, 남쪽 바다, 늙은 여자, 사이코패스, 종교의 타락,

해서 쓸 것인가, 주제와 담론과 관련해서 우리의 삶에서 근본적인 것들, 삶의 조건, 신이나 죽음, 자유 등의 문제에 대해 에세이를 쓰면, 에세이는 소설적인 기교나 우회로 없이 단도직입적으로 명쾌하게 담대하게 쓸 수 있으니까, 나는 소설과 함께 몇 개의 에세이를 쓰게 되었다. 솔직하게 말하면 독자들의 오독에 대한 의구심 때문이었을지도 모른다.

미친 듯한 반복. 쓸데없는 중복.

그러나 칸트의 '무목적의 목적성' 개념이 의미하는 것처럼 아무런 목적의식 없이 독자가 소설 속으로 몰입하여 감상하고 이해하는 과정에서 독자는 자신의 삶을 성찰하고 타자와 이 세상에 대하여 공감하게 된다면 더 이상 무엇을 바랄 수 있겠는가.

사랑과 이별.

사랑이 해피엔딩으로 끝나버린다면 그게 어찌 호모 사피엔스가 탄생한 이래 모든 이야기의 영원한 주제가 될 수 있었겠는가. 진지한 예술의 영원한 주제는 사랑의 실패에 관한 것이다. 성공은 대개 동화 같은 이야기에서 나온다. 우리는 사랑하며 미워한다. 우리는 사랑해선 안 될 사람을 사랑한다.

진정한 사랑이란 이별을 동반한다.

짧은 사랑과 긴 이별 또는 영원한 이별. 이런 비극적이고 절망적인 사랑이란 도저히 이루어질 수 없는 사랑을 말하는 것이 아니고 단 한 번 이루어졌다가 영원히 잃어버리는 사랑을 말한다. 닥터 지바고에서 지바고와 연인 라라의 사랑과 이별처럼 (그 짧은 만남이란), 또는 사하라에서 김규현과 손희승의 사랑과 이별처럼, 또는 이브라함과 만수라의 이별처럼 말이다.

이별은 천 년 전에도 그랬다. ……날러는 엇디 살라하고 바리고 가시리잇고 잡사와 두어리마나난 선하면 아니 올세라……

김소월 시인은 32세 때 (1934년) 아편을 마시고 음독자살하였으니. 그는 '*나보기가 역겨워 가실 때에는 말없이 고이 보내 드리오리다*'라고 하였다. 떠나는 사람을 어찌 붙잡을 수 있겠는가. 그러나 인간이 분노와 배신감, 저주와 원망을 그렇게 쉽게 감출 수 있을 것인가? 하지만 한용운 시인은 '님의 침묵'에서 만나면 헤어지는 것이 순리라고 하였다.

그러므로 사랑은 언제나 이별의 시간이 오기까지는 자신의 깊이를 모르게 마련이고 (K. 지브란), 사랑하는 사람과 이별하는 것은 죽음보다 더 괴로운 것이다. (W. 쿠퍼) 그리고 모든 이별에는 일종의 해방감과 함께 큰 고통이 뒤따른다. (C. 에이 루이스)

죽음과 이별.

죽음은 필연적으로 이별을 동반한다. 이별은 삶의 무상성을 뼈저리게 깨닫게 한다. 그러므로 죽음과 이별은 동의어가 아닐까. 이별은 단순하게 생각하면 시공간의 멀어짐을 의미하지만, 미학적 관점에서 보면 운명적 결별을 의미하며 죽음을 은유하기 때문이다. 가장 강한 사람도 운명을 막지 못한다. 많은 사람들이 너무 늦게 죽고 몇몇 사람들은 너무 일찍 죽는다. 선한 사람은 일찍 죽고, 악인은 늦게 죽는다. Only the good die young. 이게 바로 그 소설의 큰 테마 중 하나라고 할 수 있다. 김규현과 이브라함은 참으로 착하고 선한 사람이지만 불의에 일찍 죽기 때문이다. (물론 김규현은 자살한 것인지 여부가 여전히 의문으로 남아 있기는 하다. 그는 사막을 사랑했으니까 사막에서 죽을 기회를 찾고 있었던 것은 아닐까. 그리고 죽음은 자유를 예찬하고 열망했던 그에게 궁극적인 자유가 아니었을까.)

죽음은 필멸하는 모든 생명체의 숙명이다. 만물의 영장인 인간도 어쩔 수 없다. *누구에게나 인생은 한 번 단 한 번뿐이거늘.* 그러나 영원히 죽지 않기를 진심으로 바라는 어리석은 사람이 과연 있을까? 누가 무엇 때문에 영원히 살기를 원하겠는가. 인생이 얼마나 지루하고 공허한데.

그런데 우리는 또 다른 의미에서 매일 살아가면서 죽음을 겪는다. 성 바울이 말했다. '*나는 날마다 죽노라.*'

인간의 죽음에는 천수를 다 누리고 죽는 자연사 (이때는 집의 침대 또는 병원의 침대에서 편히 죽는다), 날벼락처럼 닥쳐오는 뜻밖의 돌연사나 사고사, 자살, 살인에 따른 죽음, 천재지변 (act of god) 같은 신의 짓궂은 장난에 의한 죽음, 막다른 운명의 장난에 의한 죽음, 오만한 인간의 광기에 의한 죽음, 전쟁과 혁명에서의 죽음, 제도적 살인 예컨대 국가기관의 고문, 학살 (우리는 현대사에서 나치의 유대인 홀로코스트, 스탈린의 대학살, 크메르 루즈 대학살, 북한의 폭정과 학살을 기억할 수 있다.), 인간을 심판할 자격이 있는지 의심스러운 멍청한 판사에 의한 살인 선고와 그 집행 등에 의한 죽음이 있다.

굳이 죽음의 과정을 분류하자면 그렇다는 것이다.

그러나, 사람은 죽지만 이별은 남는다.
그러나, 이별은 자유이다.

작가의 말

나는 2007년부터 8년 동안 장편소설 『사하라』를 붙들고 재재 수정하였다. 나는 지금 약간 후련한 기분으로 그 소설의 최종판을 썼다고, 안도하고 있다. 그 인물들, 그들의 창백한 영혼과 미완의 꿈, 무의식, 고달픈 삶과의 이별이란……

이 소설집에 들어 있는 단편들과 에세이는 우리 시대의 모호하고 복잡한 법적 쟁점을 내포하고 있는 것들이다.

「소록도 이야기」에서 두 수녀님 이야기는 실제 있었던 일로 2007년 경 인터넷을 통해 인구에 널리 회자되었으며, 한하운 시인이 피를 토하며 썼을 시와 서울중앙지방법원 2014가합108342 손해배상 사건 판결 내용 중 일부를 요약해서 인용하였다.

짧은 에세이 「진실은 어디에?」에 관한 상세한 내용은 신동아 2015년 8월호 강지남 기자가 쓴 '최고 경매가 한국화가 이우환 위작 논란'을 참조하기 바란다.

그리고 시적 감흥과 삶의 지혜, 도덕률이 가득한 성서와 쿠란, 신화와 전설, 섬광처럼 전율케 하는 경구, 금언, 시들을 가끔 원문 그대로 또는 거기서 의미를 얻고 그 핵심 단어들을 따온 경우 이들 문장은 특별히 이탤릭체로 표시하였다.

이탤릭체는 현란한 산문처럼 얼마나 아름다운가.

2015년 12월

우리들의 시간

초판 1쇄 발행 2016년 1월 20일

지 은 이 유중원
펴 낸 이 최종숙
펴 낸 곳 글누림출판사

책임편집 이태곤
편   집 문선희 박지인 권분옥 오정대 이소정
디 자 인 안혜진 이홍주
마 케 팅 박태훈 안현진

주   소 서울시 서초구 동광로46길 6-6(반포4동 577-25) 문창빌딩 2층(우 06589)
전   화 02-3409-2055(대표), 2058(영업), 2060(편집)
팩   스 02-3409-2059
전자메일 nurim3888@hanmail.net
홈페이지 www.geulnurim.co.kr
등록번호 제303-2005-000038호(2005.10.5)

정   가 15,000원
ISBN 978-89-6327-325-9 03810

출력 · 안문화사 **인쇄** · 오양인쇄 **제책** · 동신제책사 **용지** · 에스에이치페이퍼

* 이 도서의 국립중앙도서관 출판예정도서목록(CIP)은 서지정보유통지원시스템 홈페이지(http://seoji.nl.go.kr)와
  국가자료공동목록시스템(http://www.nl.go.kr/kolisnet)에서 이용하실 수 있습니다.(CIP제어번호: CIP2016000077)